मालती जोशी की लोकप्रिय कहानियाँ

मालती जोशी की लोकप्रिय कहानियाँ

मालती जोशी

प्रभात पेपरबैक्स
www.prabhatbooks.com

प्रकाशक

प्रभात पेपरबैक्स

4/19 आसफ अली रोड, नई दिल्ली-110002
फोन : 23289555 • 23289666 • 23289777 ❖ फैक्स : 23253233
इ-मेल : prabhatbooks@gmail.com ❖ वेब ठिकाना : www.prabhatbooks.com

संस्करण
2019

सर्वाधिकार
सुरक्षित

मूल्य
एक सौ पचहत्तर रुपए

अ.मा.पु.स. 978-93-5186-883-5

मुद्रक
नरुला प्रिंटर्स, दिल्ली

──────── ★ ────────

MALTI JOSHI KI LOKPRIYA KAHANIYAN
Published by **PRABHAT PAPERBACKS**
4/19 Asaf Ali Road, New Delhi-110002
ISBN 978-93-5186-883-5

₹ 175.00

मेरे असंख्य
सुधी पाठकों
को

भूमिका

कहानीकार श्रीमती सुधा अरोड़ा ने एक बार कहीं लिखा था—''मालती जोशी पाठकों में सर्वाधिक लोकप्रिय और समीक्षकों द्वारा सर्वाधिक उपेक्षित कथाकार हैं।''

सर्वाधिक लोकप्रियता की बात अतिशयोक्ति हो सकती है, परंतु समीक्षकों की उपेक्षा वाली बात सौ फीसदी सच है। मेरी सीधी-सादी नितांत घरेलू कहानियों को श्रेष्ठिजन कोई तवज्जों नही देते। उन्हें हाशिए पर डाल दिया जाता है या यों कहें कि एक तरह से खारिज कर दिया जाता। स्वातंत्र्योत्तर कहानियाँ, साठोत्तरी कहानियाँ, महिला रचनाकार जैसे लेखों में मेरे नाम का उल्लेख तक नहीं होता।

अगर मैं कहूँ कि इस बात का मुझे कोई मलाल नहीं है तो यह झूठ बोलना होगा। शुरू में सचमुच इस बात से बहुत दुःख होता था, पर अब मैंने मन को समझा लिया है। मैं जिन लोगों के लिए लिखती हूँ, जिनकी कहानियाँ लिखती हूँ, वे तो मुझे सिर-आँखों पर लेते हैं—फिर दुःख कैसा!

घोर साहित्यिक कृतियाँ पुस्तकालयों की अल्मारियों में कैद होकर रह जाती हैं, जब कि लोकप्रिय रचनाओं को लोग हाथोहाथ लेते हैं। इतिहास में दर्ज होने से ज्यादा अच्छा है, पाठकों के मन में घर करना।

वैसे भी समीक्षा पढ़कर कोई पुस्तक नहीं खरीदता। आम पाठक अपनी पसंद का लेखक खुद चुन लेता है, फिर ढूँढ़-ढूँढ़कर उसकी रचनाएँ पढ़ता है।

ऐसे ही सुधी पाठकों को यह पुस्तक समर्पित है।

—मालती जोशी

अनुक्रम

	भूमिका	7
1.	परिणय	11
2.	कैलक्यूलेशन	36
3.	पिता	41
4.	तुम मेरी राखो लाज हरि	52
5.	आखिरी शर्त	68
6.	बहुरि अकेला	75
7.	इच्छाओं का अनंत आकाश	91
8.	मोरी रँग दी चुनरिया	98
9.	साजिश	120
10.	अंतिम संक्षेप	126
11.	शापित शैशव	148

परिणय

लौटते हुए मेरी आँखों में सीमा का कमनीय सौंदर्य तैरता रहा। घर से चलते हुए निश्चय करके चली थी कि अगर लड़की जीतू के योग्य न हुई तो साफ मना कर दूँगी। भारी-भरकम दहेज के लालच में लड़के की जिंदगी बरबाद न होने दूँगी। पता नहीं क्यों, मन में एक बात बैठ गई थी कि इतने बड़े लोग रिश्ता लेकर आए हैं तो लड़की जरूर ऐसी-वैसी होगी। पर सीमा को देखा तो देखती रह गई। खिलता चंपई रंग, तीखे नैन-नक्श, घनी केशराशि, सुडौल देहयष्टि—मीन-मेख निकालने की जरा भी तो गुंजाइश नहीं थी। लगता था, जैसे मेरी कल्पना में रची-बसी पुत्रवधू ही साक्षात् उतर आई है।

आनंद की तरंगों पर झूलते हुए मैंने कनखियों से अपने लाडले की ओर देखा, वह दत्तचित्त होकर गाड़ी चला रहा था। उसका मन कहीं रहा हो, पर नजरें इस समय सड़क पर केंद्रित थीं। और ठीक भी तो है, एम.जी. रोड पर शाम के समय गाड़ी चलाना किसी नट के खेल से कम थोड़े ही है!

घर पहुँचते ही मैं उसे कुरेदना चाहती थी, पर उसने मौका ही नहीं दिया। हमें उतारकर सीधा डिस्पेंसरी चला गया। झुँझलाई सी मैं कुछ देर गुमसुम बैठी रही। फिर मैंने उसके पापा को ही जा पकड़ा।

"कहिए, लड़की पसंद आई?"

"मुझसे क्या पूछती हो, अपने लड़के से पूछो।"

"आप अपनी तो कहिए?"

"भई, लड़की तो ए-वन है। उसके बारे में तो दो राय हो ही नहीं सकती। बाकी अब उन्हें रिश्ता जँच जाए तब है।"

"अरे, वाह! रिश्ता न जँचा होता तो क्या वे दस बार हमारे दरवाजे पर आते। कोई हम तो लड़की माँगने गए नहीं थे।" मैंने तैश में कहा।

"सो तो ठीक है, भई..." और वे चुप हो गए। समझ गई कि रामदासजी के वैभव की चकाचौंध से वे अब तक उबर नहीं पाए हैं। झूठ क्यों बोलूँ! विस्मित तो मैं भी हुई थी। जो सोचा था, उससे कुछ ज्यादा ही पाया था। और जो था, उसका प्रदर्शन करने की भी उन्होंने भरपूर कोशिश की थी। विशाल कोठी, बाहर पंक्तिबद्ध खड़ी तीन-तीन गाड़ियाँ, जिनके सामने हमारी मॉरिस एकदम छकड़ा लग रही थी। कीमती सूटों में सजे हुए उनके तीनों लड़के, गहनों-कपड़ों से लदी तीनों बहुएँ, दामी कालीन, महँगा फर्नीचर, वर्दीधारी नौकर, शाही नाश्ता—हर चीज में प्रदर्शन था। हर बात में प्रभावित करने की कोशिश थी।

चलने से पहले वह हमें अपना खूबसूरत लॉन और कलात्मक बगीचा दिखाते हुए काफी दूर तक ले गए। और फिर सहजभाव से एक खाली प्लॉट की ओर इशारा करते हुए उन्होंने बताया कि यह उन्होंने लड़की के लिए रख छोड़ा है। लड़कों को उन्होंने शहर के संभ्रांत इलाकों में एक-एक बँगला बनवा दिया है। क्योंकि वह जानते हैं कि देर-सवेर सबको अलग होना ही है। लेकिन लड़की को वे अपनी आँखों के सामने ही रखना चाहते हैं। इसलिए प्लॉट यहीं ले लिया है।

उन्होंने बहुत ही सहजभाव से यह सब बताया था, पर उनका उद्देश्य छिपा न रहा। उनकी संपन्नता पर, ऐश्वर्य पर विस्मय-विमुग्ध होते हुए भी मेरे भीतर बैठी अभिमानिनी माँ मुझे बार-बार जतला रही थी—'देख, तेरे बेटे के लिए कितने बड़े घर का रिश्ता आया है।'

और तब बेटे की योग्यता के सम्मुख सारा वैभव हेय लगने लगा था।

"एक बात सोच लो।" जीतू के पापा कह रहे थे, "यह शादी हो गई तो जीतू अपने पास नहीं रह पाएगा। वहीं बँगला बनाकर रहना पड़ेगा।"

"कोई जरूरी है!" मैंने तुनककर कहा, "क्या उसके घर-द्वार नहीं है, जो ससुराल में बसने जाएगा? और मेरे ही क्या दस-पाँच लड़के हैं, जो उसे भेज दूँगी?"

"फिर वह प्लॉट?"

"पड़ा रहेगा।" मैंने लापरवाही से कहा, "न होगा तो एक नर्सिंग होम डाल लेंगे।"

"नर्सिंग होम्स कम हैं इंदौर में!"

"बच्चों के लिए तो कोई नहीं है। अपन तो बच्चों का ही बना लेंगे, जिसमें उसने स्पेशलाइज किया है।"

और बातों-ही-बातों में मैंने एक तिमंजिले नर्सिंग होम की रूपरेखा बना

डाली। नीचे आउट-डोर और ऑपरेशन थिएटर, बीच वाली मंजिल पर जनरल वार्ड्स—और सबसे ऊपर स्पेशल कमरे। सामने खुली सी बालकनी। पूरा नक्शा मेरे मन में तैयार था। इंजीनियर होती तो कागज पर उतारकर ही दम लेती। स्तावित नर्सिंग होम के लिए कोई अच्छा सा नाम सोच ही रही थी कि गाड़ी का परिचित हॉर्न सुनाई दिया।

"अपने लाडले से पूछ तो लो पहले," ये बोले, "सपने बाद में बुनती रहना।"

अपने बचपने पर झेंपती सी मैं खाना लगाने उठ गई।

☐

खाने के समय मैं बराबर उसके चेहरे को देखकर टोह लेती रही, पर उसने जरा भी हवा न लगने दी। आखिरकार मुझसे न रहा गया। इनके उठते ही मैंने पूछ लिया, "क्यों रे, लड़की कैसी लगी?"

"बिना देखे मैं कैसे बता सकता हूँ?"

"क्या मतलब? फिर सारी शाम तू क्या करता रहा?"

"उनकी मेहमाननवाजी का लुफ्त उठाता रहा, उनकी लंबी-चौड़ी बातों से बोर होता रहा। ममा, सारी चमक-दमक देखकर यही लगता रहा कि बेकार एम.डी. किया मैंने। बस पापा एक एजेंसी ले देते तो…"

"बकवास बंद कर! पहले लड़की के बारे में बता।"

"ममा, कहा तो मैंने कि उसे ठीक से देखा ही नहीं। अव्वल तो वह इतनी देर बाद कमरे में नमूदार हुई और फिर नब्बे डिग्री का कोण बनाकर बैठ गई। न तो एक बार भी उसने ऊपर देखा, न मुँह से एक शब्द निकाला। मेरे खयाल में वह या तो भैंगी है या गूँगी है।"

"चुप भी कर, जब देखो उल्टी-सीधी बातें करेगा। लड़कियाँ क्या ऊँट की तरह मुँह उठाए सामने आती हैं?"

"तो फिर देखने के लिए बुलाने का तात्पर्य क्या है?" उसने जिद की।

"यह हिंदुस्तान है, बेटे!" इन्होंने एकाएक भीतर आते हुए कहा। शायद इतनी देर तक कान लगाए हमारी नोक-झोंक सुन रहे थे। बोले, "यह हिंदुस्तान है, बेटे! भले घरों की लड़कियाँ यहाँ ऐसा ही व्यवहार करती हैं।"

"मैं भी हिंदुस्तानी हूँ पापा! दो साल अमेरिका में रहने से कोई अमेरिकन नहीं हो जाता।"

"पर बात तो ऐसी कर रहा है, जैसे वहीं पर पैदा हुआ हो।" इनका स्वर कुछ सख्त हो आया था। जीतू ने प्रत्युत्तर नहीं दिया, चुपचाप हाथ धोने चला गया और

हाथ धोकर सीधा अपने कमरे में। शायद इस विषय पर वह अधिक बहस बढ़ाने का इच्छुक नहीं था। देखने-दिखाने की प्रथा से वह हमेशा से ही चिढ़ा हुआ था। जया की शादी के समय भी उसने दो-चार बार हमारा विरोध किया था। पर वधू पक्ष की दुहाई देकर हमने उसका मुँह बंद कर दिया था। पर अपने लिए तो इस तरह के नाटक करने से उसने साफ मना कर दिया था। कहता, ''ममा, जिस दिन कोई लड़की मुझे भा जाएगी, मैं तुम्हारे सामने लाकर खड़ी कर दूँगा। तुम चिंता मत करो।''

पर उसकी यह बात ही तो हम लोगों के लिए सबसे बड़ी चिंता का कारण थी। आजकल की लड़कियों का ठिकाना थोड़े ही है। हर क्षेत्र में तो उनकी घुसपैठ है। पता नहीं कौन, कब टकरा जाए। डॉक्टर के लिए तो यह खतरा कुछ ज्यादा ही है, जिसमें जीतू जैसा सुदर्शन व्यक्तित्व तो हर कहीं प्रशंसक बटोर लेता है। इसलिए हम लोग बहुत व्यग्र थे।

जीतू के डॉक्टर होते ही रिश्ते आने शुरू हो गए थे। पर अमेरिका से लौटने के बाद तो जैसे बाढ़ सी आ गई थी। क्योंकि जीतू डॉक्टर था, इकलौता था, फॉरेन-रिटर्न्ड था। गली में सही, पर अपना दो मंजिला मकान था। पुरानी सही, पर घर में एक गाड़ी थी। पिता की अच्छी-खासी प्रैक्टिस थी। बिरादरी में ऐसे सर्वगुण-संपन्न लड़के ही कितने थे! खाता-पीता घर और डॉक्टरी पास वर लोगों के मुँह में पानी न आता तो आश्चर्य था। तभी तो रामदासजी जैसे प्रमुख व्यवसायी ने हमारे दरवाजे पर दस्तक दी थी।

बड़ी मुश्किल से जीतू साथ जाने के लिए राजी हुआ था। कह रहा था, 'पहले तुम देख आओ।' पर लड़की वालों को बार-बार परेशान करना हमें अच्छा नहीं लगा। जया के वक्त के कुछ कड़वे-मीठे अनुभव मन में अभी ताजे ही थे, इसीलिए हम सब साथ ही वहाँ पहुँचे।

रामदासजी ने इतनी आवभगत की, उनके परिवार ने इतना प्रेम टपकाया कि बार-बार यही डर बना रहा कि लड़की अगर अच्छी न हुई तो...तो उन लोगों को किस तरह जवाब देंगे।

वह बहुत देर बाद बाहर आई। उस समय हम लोग कॉफी पी रहे थे। अपनी दोनों भाभियों के बीच चलती हुई वह कमरे में आई थी और एक अस्पष्ट सी नमस्ते के साथ सिर झुकाकर बैठ गई थी। उसकी विनम्रता पर मैं मुग्ध हो गई थी। अंग्रेजी में एम.ए. लड़की और इतनी सुशील। इतने लोगों के बीच उसका यह सहमा-सिमटा रूप एकदम स्वाभाविक लग रहा था। तब यह बात मन में उठी ही नहीं कि इस तरह जीतू तो उसे बिल्कुल नहीं देख पाया होगा। वह भी तो बड़ी

शालीन सी मुद्रा में बैठा हुआ था।

सोच-समझकर आखिर एक उपाय मैंने ढूँढ़ ही लिया। जया की सालगिरह के बहाने बहन-भाइयों को एक दिन चाय पर आमंत्रित कर लिया। जया थी अपनी ससुराल में। इसलिए उपहार आदि लेकर मुझे चिंतित होने की जरूरत नहीं थी।

दो दिन तक मैं घर की सफाई में जुटी रही। फर्श धो-पोंछकर चमकाया गया। नई चादर बिछाई गई। सोफे के कुशंस बदले गए। परदे धुलवाए गए और तो और, ड्राइंगरूम के दरवाजे तक नए सिरे से पेंट कर डाले। नया सा एक कालीन लेकर वहाँ डाल दिया। फिर भी जैसे मन की तृप्ति नहीं हो रही थी। हर कोण से मैं वहाँ की सजावट को देखती और हर बार कुछ-न-कुछ सुधार कर देती। ये लोग बीच में टोक न देते तो शायद मेरा यह क्रम मेहमानों के आने तक चलता रहता।

दोनों बाप-बेटे हाथ बाँधकर बैठे हुए थे और मेरी परेशानी का मजा ले रहे थे। जब दो-तीन बार वाल-पीसेज और कलेंड्र्स बदल चुकी तो उन्होंने कहा, ''मेरा खयाल है, एक बार डिस्टेंपर हो जाता तो ठीक रहता। पाँच बजने में अभी तो बहुत टाइम है। क्यों?''

इतना गुस्सा आया मुझे। एक तो खुद करेंगे नहीं और···मेरा फूला हुआ चेहरा देखकर ही जीतू मेरे मूड को भाँप गया तो बोला, ''ममा, क्यों बेकार ही परेशान हो रही हो, लाख कोशिश करें हम, यह घर कोठी तो बनने से रहा!''

''उसे मत रोक, जीतू! अपनी होने वाली बहू को इंप्रेस करने की योजना है उसकी, ऐंड यू नो, फर्स्ट इंप्रेशन इज द लास्ट इंप्रेशन। कोठी न सही, आउट हाउस तो लगेगा न यह घर।''

''अरे, आउट हाउस भी लग जाए तो गनीमत समझो।'' मैंने तुनककर कहा, ''जाने किस दरिद्दर जगह में डाल दिया है सारा पैसा। कितना भी करो, रौनक ही नहीं आती।''

गुस्से में ही सही, मैं अपने मन की बात कह गई थी। इतना लंबा-चौड़ा मकान बनवा तो लिया, पर गली की वजह से उसकी सारी शान पर पानी सा फिर जाता था। रामदासजी के आउट हाउसेज सचमुच इससे अच्छा शो देते थे। उस दिन प्लॉट दिखाने ले गए थे, तब उन्होंने दिखाई थी छोटे-छोटे घरों की वह लंबी कतार। उनकी संस्था के कर्मचारी उनमें रहते थे। खुली जगह में, हरियाली के समुद्र के बीच वे छोटे-छोटे द्वीपों की तरह लग रहे थे।

जीतू ठीक ही कहता है, बेकार मेहनत करने से क्या फायदा! उस वैभव से तो होड़ लेना ही असंभव है।

ठीक पाँच बजे वे लोग आए—छोटी वाली दोनों भाभियाँ, छोटा भाई और वह। मुझे अच्छा लगा। बहुत भीड़ होती तो वही उस दिन वाला किस्सा हो जाता। लगा कि लोग समझदार हैं। सीमा उस दिन की तरह गहनों से लदी नहीं थी। मेकअप भी बहुत हल्का था। इसलिए उसका सौंदर्य आज आँखों में चकाचौंध नहीं भर रहा था, बल्कि ठंडक दे रहा था। नीबू कलर की हल्के जरी के काम वाली शिफॉन उसके रंग के साथ एकाकार हो रही थी और देखने वाले की आँखों को बाँध लेती थी।

मेरी नौकरानी ने तो वहीं निर्णय सुना दिया, ''लाडी घणी सुंदर छे हो। कदे म्हारी नजर नी लागि जाए।''

वे सभी लगभग समवयस्क ही थे। उन्हें ड्राइंगरूम में छोड़कर मैं रसोई में चली आई और देर तक नाश्ता लगाती रही। नाश्ते की तैयारी भी मैंने कल से शुरू कर दी थी और अपना सारा पाक-कौशल दाँव पर लगा दिया था। उन लोगों ने हर वस्तु के साथ न्याय किया और प्रशंसा के पुल बाँध दिए। छोटी बहू ने दो-एक चीजों की विधि भी पूछी। अच्छा लगा। सीमा जरूर धीरे-धीरे चुग सा रही थी। पर मैंने ध्यान नहीं दिया। अपनी होने वाली ससुराल में कोई चबर-चबर खा सकता है भला!

खाने के बाद मैं महिलाओं को घर दिखाने में लग गई। उन दोनों बहुओं ने हर बात की प्रशंसा की—सजावट की, सामान की, कढ़ाई की, बुनाई की। सबसे अंत में मैं उन लोगों को किचन में ले गई, जो मेरा अभिमान-बिंदु था। सफेद रंग में नहाया हुआ, आधुनिक उपकरणों से सजा हुआ। अलमारी में झिलमिल करते स्टील के बरतन। चमकते पीतल के, हिंडालियम के डिब्बे, जगमग करती क्रॉकरी। मचान पर एक सी झालर से सजी अचार-मुरब्बे की बरनियाँ। जो भी देखता, प्रशंसा करता। इन लोगों ने भी की, पर सीमा यहाँ भी चुप-चुप बनी रही। इस बार मैं उतनी तटस्थ नहीं रह सकी। मन में कुछ चुभा जरूर। मुँह खोलकर तारीफ न करती, पर प्रशंसा की एक नजर तो डाल लेती। आखिर कल को यह गृहस्थी उसकी भी हो सकती है।

उनके जाते ही मैंने पूछा, ''क्यों रे, आज तो ठीक से देख लिया न!''

''हाँ !''

''अच्छी है?''

''हाँ, बशर्ते बोलना जानती हो।''

''क्या मतलब?''

परिणय

"मतलब यह है, ममा, कि वह जरूर हकलाती होगी। नहीं तो दो घंटों में क्या एक बार भी मुँह नहीं खोलती।"

आश्चर्य में भरकर मैं उसे देखती ही रह गई।

□

"देखो, दो-दो बार तो तुम लोग लड़की देख चुके हो। और तो और, उसे घर भी बुला चुके हो! अब अगर मना कर दें, हम लोग तो क्या शराफत होगी? बिरादरी में कहीं मुँह दिखाने लायक भी नहीं रह जाएँगे हम।" इन्होंने सख्ती से कहा।

"और अगर वहीं से इनकार आ जाए तब!"

"उस ओर से निश्चिंत रहो। उनके मन में जरा भी शंका होती तो वे लड़की को यहाँ नहीं भेजते। मैं तो सोचता हूँ कि वे तो अपनी ओर से सब तय मानकर ही चल रहे हैं।"

"कैसे?"

"याद नहीं, उस दिन जब हम लोगों को प्लॉट वगैरह दिखाने ले गए थे, तब रामदासजी के पुराने पार्टनर की लड़की मिल गई थी। तब उन्होंने जीतू का परिचय देते हुए कहा था, 'यह तुम्हारे जीजाजी हैं'।"

"अरे, हाँ!" और मुझे एकदम सारी बातें याद आ गईं। उस दिन रामदासजी हमें अपना बगीचा दिखाते हुए दूर तक उस प्लॉट के पास ले गए थे, जो उन्होंने अपनी बिटिया के लिए रख छोड़ा था। हम लोग मुआयना कर ही रहे थे कि पीछे आउट-हाउस की तरफ से एक लड़की साइकिल पर आती दिखाई दी। पास आते ही साइकिल से उतरकर उसने पहले रामदासजी को और फिर हम सबको सलज्ज भाव से प्रणाम किया। लड़की बहुत सुंदर नहीं थी, वेशभूषा भी साधारण ही थी। पर कोठी के चमक-दमक भरे वातावरण के बाद उसका रूप ऐसे लगा जैसे बरसात के बाद धूप निकल आई हो।

"स्कूल जा रही हो, बेटे?"

"जी।"

"माँ ठीक हैं?"

"जी। रात कुछ बुखार हो आया था। अब तो ठीक हैं।"

"बस, अब तो उन्हें ठीक होना ही है। यह तुम्हारे जीजाजी अमेरिका से डॉक्टरी पढ़कर आए हैं, सो किसके लिए?" रामदासजी ने कहा। फिर जीतू की ओर देखकर बोले, "बेटा जितेंद्र, यह एक ही साली है तुम्हारी, लेकिन दस के बराबर है। बचकर रहना।"

उसने कनखियों से जीतू को देखा और शरमाकर मुसकरा दी। फिर धीरे से रामदासजी से बोली, "ताऊजी, मैं चलूँ अब?"

"हाँ, बेटे। साढ़े दस हो रहे हैं। चलो अब, नहीं तो लेट हो जाओगी।" उन्होंने प्यार से पीठ थपथपाकर उसे विदा किया। जाने से पहले उसने एक बार फिर हम सबको नमस्कार किया और साइकिल हाथ में लेकर चल पड़ी। कुछ दूर जाने के बाद ही वह उस पर सवार हुई।

उसकी विनम्रता पर मुग्ध हो गई मैं। पूछ ही लिया, "कौन है यह? बड़ी प्यारी लड़की है।"

"मेरे दोस्त की बेटी है। हम दोनों एक ही दफ्तर में काम करते थे। क्लर्की की बँधी-बँधाई आमदनी से तंग आकर दोनों ने साथ-ही-साथ यह बिजनेस शुरू किया था। तब कल्पना भी न थी कि यह इतना अच्छा चल निकलेगा। दुःख यही होता है कि जब अच्छे दिन आने को हुए, वह चल बसा।"

"अरे, क्या डेथ हो गई?"

"हाँ। एक स्कूटर एक्सीडेंट में वह और अनु से बड़ा लड़का, दोनों जाते रहे। तब से माँ-बेटी यहीं हैं। धंधे में जो शेयर था, उसके एवज में भाभी ने यह मकान माँग लिया है। उसी में रहती हैं। एक प्राइवेट स्कूल में पढ़ाती हैं। पिछले दो सालों से बीमार चल रही हैं, इसलिए उन लोगों ने अब अनु को लगा लिया है।"

"रिश्तेदार तो होंगे या कोई नहीं है?" मैंने सहानुभूति से पूछा।

"हैं क्यों नहीं! पर बहनजी, रिश्ते सब पैसे से बँधे रहते हैं। शंभुनाथ की मृत्यु के बाद उसके पिताजी आकर बहू को, पोती को लिवा ले गए थे, पर इंश्योरेंस के पैसों को लेकर मनमुटाव हो गया। उनकी इच्छा थी कि वह पैसा शंभु की बहन की शादी में लगा दिया जाए। आखिर भाई होता तो कुछ-न-कुछ देता ही। पर अनु की माँ राजी नहीं हुई। बोली, 'निपट कंगाल होकर मैं किस के सहारे दिन काटूँगी।' आठ-दस हजार की मामूली रकम थी, पर एक बेसहारा औरत के लिए तो वही संबल थी, सहारा थी। घरवालों से पैसों का तकाजा भी नहीं किया जा सकता था। कल को अनु की शादी में सब लोग अँगूठा दिखा देते तो—बस तब से यहीं आ गई हैं तो लौटकर नहीं गईं। उन लोगों ने भी कोई सुधि नहीं ली। स्वाभिमानिनी ऐसी हैं कि उसके बाद से पीहर में भी पैर नहीं दिया। यहाँ भी हम लोगों के रहते वे नौकरी करें, अच्छा नहीं लगता। पर माँ-बेटी दोनों बहुत आन वाली हैं।"

इसके बाद विषय बदल गया था। रामदासजी अपने व्यवसाय के फैलाव का वर्णन करने लगे थे। इसी कारण वे अपने कुशाग्रबुद्धि बच्चों को सरकारी नौकरी में

नहीं भेज सके थे। वैसे तीनों बिजनेस मैनेजमेंट का डिप्लोमा लिये हुए थे। एक तो विदेश भी हो आया था।

उस आकर्षक बातचीत के बीच अनु दब गई थी। आज इन्होंने एकाएक याद दिला दिया तो मुझे अपने पर ही रोष हो आया। मुझे पहले ही यह खयाल क्यों न आया।

''जीतू, हम लोग गलती कर गए।'' मैंने एकाएक कहा तो वह आँखों में प्रश्न भरकर मुझे देखने लगा।

''उस दिन हम लोग इतनी भीड़भाड़ इकट्ठी न करके केवल अनु को बुला लेते तो ठीक था।''

''कौन अनु!''

''तुम्हारी इकलौती साली। सीमा के साथ वह आती तो वातावरण जरा खुल जाता। भाई का थोड़ा-बहुत लिहाज करना ही पड़ता है। अनु रहती तो सीमा थोड़ी सहज हो जाती।''

''ममा, क्या दुनिया में और लड़कियाँ नहीं हैं। आखिर आप उसी के लिए इतनी व्यग्र क्यों हैं?''

''मना नहीं कर पाएँगे जीतू, हम। पापा को यह रिश्ता बहुत भा गया है।''

''पापा को भा गया है, वह प्लॉट और दहेज की संभावित राशि!''

''और लड़की? वह भी तो बुरी नहीं है। अच्छा, सच बता, क्या तुझे पसंद नहीं है?''

उसने उत्तर नहीं दिया। केवल मेरी ओर देखा।

उसकी आँखों में सीमा का नाम साफ पढ़ा जा सकता था।

□

उस दिन मैं और जीतू पिक्चर देखकर लौट रहे थे। वैसे मैटिनी मैं अकसर चली जाती हूँ, पर बहुत दिनों बाद 'गाइड' देखने का सुयोग बना था। उसका लोभ गैं संवरण न कर सकी। पिक्चर समाप्त हुई और जैसा कि तय था, हॉल से बाहर निकलते ही मेरे सिर में दर्द होने लगा।

''जीतू गाड़ी रोक तो।'' रास्ते में एक मेडिकल स्टोर नजर आते ही मैंने कहा।

''क्यों?''

''दवा लेनी है।''

''घर में दो-दो डॉक्टर हैं, पर तुम्हें केमिस्ट के यहाँ गए बिना चैन नहीं आता।'' उसने गाड़ी रोकते हुए कहा।

"घर में डॉक्टर हैं, इसीलिए तो मुसीबत है। कोई अपने मन की दवा ले ही नहीं सकता। इससे रिएक्शन होता है, इससे हार्ट पर प्रेशर बढ़ता है, और भी न जाने क्या-क्या।" भुनभुनाती हुई मैं उतर पड़ी। वह भी पीछे-पीछे चला आया। शायद देखना चाहता था कि मैं कौन सी गोलियाँ ले रही हूँ। हम लोग स्टोर में घुसे ही थे कि आवाज आई, "जीजाजी, नमस्ते।"

चौंककर देखा। बड़े-बड़े नीले फूलों वाला गुलाबी सलवार-सूट पहने एक प्यारी सी, शोख सी लड़की जीतू से नमस्ते कर रही है।

"आप...मैंने ठीक से पहचाना नहीं।" जीतू ने हकलाते हुए कहा।

"अ...रे! इतनी जल्दी भूल गए। श्रीमानजी, मैं अनु हूँ।"

"ओह!" एकदम जैसे जीतू को सबकुछ याद आ गया।

"अपनी इकलौती साली को इतनी जल्दी भूल गए? फिर मेडिकल की पढ़ाई आपने कैसे पूरी की होगी? हमने तो सुना था, आप बड़े स्कॉलर हैं।"

"मेडिकल कॉलेज में फैंसी ड्रेस थोड़े ही सिखाया जाता है। उस दिन तो आप सफेद सी साड़ी-वाड़ी पहनकर बड़ी सोबर सी लग रही थीं।"

"उस दिन स्कूल जा रही थी न! वहाँ तो भाई, सोबर बनकर ही जाना पड़ता है।"

"तो पढ़ाती भी हैं? हे भगवान्! इस देश का क्या होने वाला है।" जीतू भी अब मूड में आ गया था।

"देश की चिंता मत कीजिए, जीजाजी! जो बच्चे आपके इलाज से बच जाएँगे, वे ही मेरे स्कूल में आएँगे।"

मैं काउंटर पर खड़ी-खड़ी उस नोक-झोंक का मजा ले रही थी। जब बिल चुकाकर लौटने लगी तब अनु ने मुझे देखा।

"नमस्ते, आंटी!" उसने विनम्रता से सिर झुकाकर कहा और पास आकर खड़ी हो गई।

"कैसी हो, बेटे? माँ कैसी हैं?" मैंने औपचारिकता निभाई।

"माँ का तो आंटी, चलता ही रहता है। उन्हीं की दवाइयाँ लेने तो आई हूँ।" उसने कंधे पर लटका बैग खोलकर दिखाते हुए कहा।

"चलो, तुम्हें घर छोड़ दें।" मैंने दुकान से बाहर निकलते हुए कहा।

"न, आंटी! मेरे पास तो अपना लौह-रथ है। पर यह बताइए, आप लोग घर कब आ रहे हैं? उस दिन ताऊजी कह रहे थे कि जीजाजी एक दिन माँ को देखने जरूर आएँगे।"

मैंने जीतू की ओर देखा।

वह कुछ देर तक सोचता रहा, फिर बोला, "अनुजी, आपके घर हम आएँगे जरूर, पर एक शर्त है।"

"फरमाइए।"

कुछ देर वह पसोपेश में चुप रहा। फिर बोला, "ममा, तुम चलकर बैठो। मैं अभी एक मिनट में आया।"

बच्चे इस तरह लिहाज करते हैं तो कितना अच्छा लगता है। वैसे शर्त क्या मुझसे छिपी हुई थी। सीमा को भी उसके साथ अनु के यहाँ बुलवाने की बात होगी और क्या!

☐

पाँच-छह दिन बाद एक दोपहर का खाना खाते हुए उसने पूछा, "ममा! शाम का कोई कार्यक्रम तो नहीं है?"

"नहीं तो, क्यों?"

"अनु के यहाँ चलना है।"

"मैं चलकर क्या करूँगी, रे! यों ही तुम लोगों को असुविधा होगी।"

"हम लोगों से मतलब?"

"मतलब यही कि सीमा भी आएगी न वहाँ।"

"नहीं। उसके साथ सुबह इंदौर कॉफी में दोसा खा चुका हूँ। यही तय हुआ था।" उसने रूखे-रूखे अंदाज में कहा था। मैंने गौर से देखा, उसका चेहरा भी बुझा-बुझा सा था।

शाम को कुछ यों ही मूड में हम लोग रवाना हुए। अपनी कार हम लोगों ने जान-बूझकर छोड़ दी थी। हमने स्कूटर ले लिया था, जो बाहर-बाहर चलता हुआ ठीक उस घर के सामने जाकर रुका था।

वह प्रतीक्षा में द्वार पर ही खड़ी थी। हमें देखते ही उसकी आँखें प्रसन्नता से चमक उठीं।

पहले कमरे में ही अनु की माँ का बिस्तर लगा हुआ था। उम्र पता नहीं क्या रही होगी, पर जीवन-संघर्षों और बीमारियों ने उस औरत को बुरी तरह थका दिया था।

कुछ औपचारिक चर्चाओं के बाद जीतू बोला, "ममा, आप लोग थोड़ी देर गपशप करो। तब तक मैं इन्हें देख लेता हूँ।"

अनु मुझे भीतर लिवा ले गई। दो ही तो कमरे थे—बीच में आँगन और उस

पा रसोई। उसने बताया कि बाहर के कमरे में रहने से माँ को अकेलापन नहीं सताता। दरवाजा भी पलंग पर बैठे-बैठे खोल लेती हैं। सुबह-शाम कोठी से कोई नौकरानी आकर चौका-बरतन, सफाई कर जाती है। पर बाकी समय तो उन्हें अकेले ही रहना पड़ता है।

आँगन में उसने कई गमले लगा रखे थे। मैं मूढ़े पर बैठे-बैठे उन खूबसूरत फूलों को देखती रही कि कुछ ही क्षणों में जीतू आ गया।

"हाथ धुलवाएँगी?" जीतू ने कहा।

वहीं जामुन के थाले में अनु हाथ धुलवाने लगी।

"कैसी हैं माँ?" अनु ने अधीरता से पूछा।

वह चुपचाप हाथ धोता रहा, बेमतलब देर लगाता रहा।

"माँ ठीक तो हो जाएँगी न?" उसने दुबारा पूछा। इस बार उसकी आवाज काँप रही थी।

"अनुजी, हमने तो आपका वादा पूरा कर दिया, पर आपकी बात तो अधूरी रह गई।"

"तो इसका हम क्या करें! शर्त तो सिर्फ दीदी को ले आने भर की थी। अब वह बुत बनी बैठी रहीं तो हम क्या करें।"

"हाँ, आप कर ही क्या सकती हैं। एक कप चाय तो पिला सकती हैं न!"

"ओ, श्योर!" एकाएक उसका चेहरा खिल उठा। माँ के बारे में पूछते हुए दो आँसू बरबस गालों पर लुढ़क आए थे। वे अब धूप में ओसकण की तरह चमकने लगे थे।

"आप थोड़ी देर माँ के पास बैठिए, आंटी! मैं चाय लेकर अभी आई।"

हम दोनों फिर से बाहर जाकर बैठ गए।

थोड़ी देर तक गुमसुम बैठने के बाद जीतू ने कहा, "चाचीजी, यहाँ आसपास आपके कोई रिश्तेदार नहीं हैं?"

"हैं क्यों नहीं, बेटा। पर अपना कहलाने लायक कोई नहीं है। चार-चार चाचा हैं अनु के, पर पिछले दस साल से किसी ने एक बार भी इधर का रुख नहीं किया है।"

"अनु के मामा तो होंगे?"

"एक हैं। और उनका अपना ही परिवार इतना बड़ा है, फिर परिस्थिति भी साधारण है। उन पर बोझ बनने की अपेक्षा अपनी ही कमाई खाना अच्छा लगा। अब तक तो ईश्वर ने आन निभा दी थी। अब दो साल से लड़की खट रही है। पर

तुम क्यों पूछ रहे हो, बेटा?''

''कुछ नहीं, ऐसे ही। आप बीमार चल रही हैं। अनु नौकरी करती है। कोई जिम्मेदार आदमी पास रहे तो ठीक रहता है।''

''मुझे मालूम है, बेटे, दिन-पर-दिन मैं छीजती जा रही हूँ। जिंदगी से मुझे कोई मोह भी नहीं है। पर मुझे इतना जिला लो कि अनु को अपने हाथों विदा कर सकूँ।'' कहते हुए माँ का स्वर कातर हो आया था।

''आप तो पता नहीं क्या सोच बैठीं! उसके पूछने का मतलब यह नहीं था।'' मैंने ढाढ़स बँधाते हुए कहा, ''अभी तो आपको जीना है। अनु के बच्चे खिलाना है।''

''शादी तो हो जाए पहले।''

''शादी की चिंता क्यों करती हैं आप। लड़की तो हीरा है।'' मैंने कहा।

''उससे क्या होता है, बहनजी! कोरी लड़की कौन ब्याहता है आजकल! सच है, भगवान् लड़की दे तो तिजोरी भर धन भी दे। नहीं तो व्यर्थ है सब।'' उन्होंने उसाँस लेकर कहा।

उसी समय हाथ में ट्रे लेकर अनु ने प्रवेश किया!

''माँ ने अपनी रामायण शुरू कर दी न!'' उसने नाश्ता लगाते हुए कहा, ''इसीलिए तो सब यहाँ आने से घबराते हैं। आंटी बेचारी पहली बार आई हैं। उन्हें भी बोर कर दिया तुमने।''

माँ बेचारी खिसियाकर चुप हो गई। उनका मन रखने के लिए मुझे कुछ कहना चाहिए था, पर समय पर कुछ सूझ ही नहीं पड़ा।

उधर चाय-नाश्ते का दौर शुरू हो गया था। थोड़े समय में लड़की ने काफी कुछ तैयारी कर ली थी, पर मुझसे कुछ खाया नहीं गया। बीमार के कमरे में एक अजीब सी गंध बसी रहती है। डॉक्टर की पत्नी होने के बावजूद मैं उसकी अभ्यस्त नहीं हो पाई हूँ।

हम लोग उठने लगे तो अनु की माँ ने अनु से जीतू का टीका करने को कहा और उसके हाथ में इक्कीस रुपए रखे।

वह एकदम तमतमा गया। बोला, ''आप क्या मुझे फीस दे रही हैं? मैं तो घर का आदमी बनकर यहाँ आया था, डॉक्टर बनकर नहीं।''

अनु की माँ ने दोनों हाथ माथे से छुआते हुए गिड़गिड़ाकर कहा, ''फीस नहीं है, बेटे! तुम्हारी फीस देने की सामर्थ्य नहीं है मेरी। इस घर के दामाद हो तुम। अनु और सीमा में मैंने कभी फर्क नहीं किया। तुम घर के बड़े दामाद पहली बार घर आए हो। खाली हाथ कैसे जाने दूँ? चाहिए तो था कि हम बहनजी का भी कुछ

सत्कार करते। पर उतनी सामर्थ्य ही कहाँ है! बस, हाथ भर जोड़ लेते हैं।'' इतना कहते हुए भी वे हाँफ गई थीं।

''शगुन के रुपए हैं। ले लो बेटा!'' मैंने जीतू की जेब में जबरदस्ती वे नोट ठूँसते हुए कहा। मैंने देखा, अनु की माँ की आँखें तरल हो आई हैं।

जीतू ने कोई प्रतिवाद नहीं किया, पर वह गुमसुम हो आया था। सड़क तक हमें छोड़ने आई अनु ने भी इसे लक्ष्य किया। बोली, ''जीजाजी, प्लीज, माँ की बातों का बुरा न मानिएगा। कभी-कभी वह बेहद भावुक हो जाती हैं। उनकी तबीयत को देखकर हर बात मान लेती हूँ मैं, आप भी…''

''नहीं अनु, मैंने किसी भी बात का बुरा नहीं माना।'' जीतू ने उसे आश्वस्त करते हुए कहा, ''माँ लोगों की बातों का कोई बुरा मानता है भला!''

☐

अनु तो आश्वस्त होकर घर लौट गई, पर जीतू सारे रास्ते वैसा ही चुप-चुप रहा। मैंने समझाया भी, ''इतना संकोच करने की जरूरत नहीं है। कल को तेरी शादी होगी तो मैं अनु को बीस की जगह एक सौ बीस की साड़ी पहना दूँगी। पर आज अगर रुपए लौटा दिए जाते तो दोनों माँ-बेटी यही समझतीं कि उनकी परिस्थिति का मखौल उड़ाया जा रहा है।''

पर वह उसी तरह गंभीर बना रहा।

रात अचानक मेरे मन में एक बात कौंधी और मुझे उसके उखड़े मूड का कारण समझ में आ गया। बत्ती बुझाकर सो चुके थे हम लोग, फिर भी मैं धीरे से उठ आई और जीतू के कमरे का दरवाजा खटखटाया। दरवाजा खुला ही था और वह रोज की तरह बेड-लैंप जलाए पढ़ रहा था। मुझे देखते ही हड़बड़ाकर उठ बैठा और बोला, ''क्या बात है, ममा? तुम्हारी तबीयत तो ठीक है न!'' उसके स्वर में घबराहट थी।

''मुझे कुछ नहीं हुआ है, रे!'' पास पड़े स्टूल पर बैठते हुए मैंने कहा, ''पर मुझे एक बात बता। क्या सचमुच सीमा ने आज तुझसे बात नहीं की?''

''की क्यों नहीं? कम-से-कम इतना तो साबित हो ही गया कि वह गूँगी नहीं है और हकलाती भी नहीं।''

''मजाक रहने दे। मुझे ठीक से बता। अगर सचमुच उसका व्यवहार ऐसा ही रूखा रहा है तो मैं इनसे कल ही कह दूँगी। ऐसी घमंडिन लड़की मेरे घर में नहीं चलेगी।''

जीतू ने कोई उत्तर नहीं दिया। वैसे ही मुँह लटकाकर बैठा रहा।

"और इस जरा सी बात के लिए तू क्यों मन खराब कर रहा है? दुनिया में क्या और लड़कियाँ नहीं हैं।"

"ममा, अगर मैं उदास हूँ तो सीमा के लिए नहीं। सारी शाम मैं सिर्फ अनु की माँ के लिए सोचता रहा हूँ।"

"क्यों?"

"उनकी हालत बहुत खराब है, ममा! हार्ट एकदम डेमेज्ड है। किसी भी समय कुछ भी हो है, पेरलेसिस का एक अटैक उन्हें हो चुका है। दूसरा किसी भी समय हो सकता है और वह इतना आसान नहीं होगा।"

"पेरलेसिस! पर उनकी उम्र तो इतनी ज्यादा नहीं लगती।"

"उम्र से क्या होता है! ब्लड-प्रेशर तो है, डायबिटीज तो है। शुगर का पर्सेंटेज कितना हाई जा रहा है। उनका चार्ट देखतीं तो तुम्हें गश आ जाता। कोई जिम्मेदार आदमी घर में होता तो मैं स्थिति की गंभीरता से उसे परिचित कराता। पर ले-देकर बस वही एक लड़की है घर में। उससे कोई क्या कहे, कैसे कहे!"

सच ही तो कह रहा था वह।

□

जया सगाई से चार-पाँच दिन पहले ही आ गई थी। आते ही वह शुरू हो गई, "ममा, लड़की खूब सुंदर है न! नहीं तो मैं कहीं मुँह दिखाने लायक नहीं रह जाऊँगी।"

"अब जैसी भी है, देख लेना।" मैंने चुटकी लेते हुए कहा।

"नहीं, ममा, ऐसा गजब न करना। अपने यहाँ इतने रिश्ते मैं लौटा चुकी हूँ। सबसे कह रखा है, एक ही बहू आएगी घर में तो वह ऐसी-वैसी नहीं चलेगी। अब जो यह लड़की सुंदर न हुई तो लोग मेरा मजाक बना डालेंगे। मेरी जिठानी तो अभी से कह रही हैं कि देखें कौन सी अप्सरा आएगी। उनकी भतीजी के लिए मना करके मैंने उन्हें खूब नाराज कर दिया है न।"

"यहाँ भी तो वही हाल है।" मैंने कहा, "लोग-बाग अपनी लड़की देखते नहीं और मुँह उठाए चले आते हैं। और मना कर दो तो हमेशा के लिए मुँह फुला लेंगे। जब से बात पक्की हुई है, बस यही चर्चा है कि हमने बस पैसे का मुँह देखकर ही 'हाँ' की है। अब तो बस यही लगता है कि कब शादी हो, कब बहू घर में आए। एक बार उसे देख लेंगे तो अपने आप सबके मुँह बंद हो जाएँगे।"

मेरी बात से जया की उत्सुकता चरम सीमा पर पहुँच गई। मैंने भी उसे ज्यादा प्रतीक्षा कराना उचित नहीं समझा। दूसरे ही दिन सीमा को बुलवा भेजा। सगाई की

साड़ी खरीदने का बहाना था ही। वैसे भी मैं अब तक जया के लिए रुकी हुई थी। सोचा, लड़कियों की पसंद से ही खरीदना ठीक रहेगा। रोज-रोज कोई इतनी महँगी साड़ी तो खरीदता नहीं।

रामदासजी स्वयं बेटी को लेकर उपस्थित हुए। हाथ जोड़कर बोले, ''आपका आदेश टाला नहीं जा सकता था, इसीलिए ले आया हूँ। वैसे उसकी अपनी कोई पसंद नहीं है। आप जो भी पहनाएँगी, पहन लेगी।''

मैंने उन्हें आश्वस्त किया कि ''खरीदारी का तो बहाना है। दरअसल, जया उसे देखना चाहती थी।'' मेरी बात से उनका सारा संकोच दूर हो गया। बार-बार यह कहकर कि ''लड़की अब आपकी है। जब चाहें बुलवा लीजिएगा।'' वह वापस लौट गए।

मैं जान-बूझकर उन लोगों के साथ बाजार नहीं गई। सीमा के साथ अनु आई थी। मैंने जया के साथ जीतू को कर दिया। सोचा, सब बराबर उम्र वाले साथ रहेंगे तो ठीक रहेगा। मेरी वजह से बेचारे यों ही संकोच में पड़ जाएँगे।

अनु और जीतू की नोक-झोंक तो रामदासजी के जाते ही शुरू हो गई थी। बोली, ''जीजाजी, आज तो ताऊजी का लिहाज करके चली आई। पर यह मत जानिएगा कि हर बार इसी तरह दीदी के साथ घिसटती चली जाऊँगी। भविष्य में बाकायदा निमंत्रण भेजना पड़ेगा। आखिर हमारी भी कोई प्रेस्टिज है।''

''क्यों नहीं, क्यों नहीं! आपकी प्रेस्टिज का तो हमें खयाल सबसे पहले रखना है। हमारी वकील तो आप ही हैं।'' जीतू ने कृत्रिम गंभीरता से कहा और डायरी निकालते हुए बोला, ''लाइए, जरा अपना पता तो लिखवाइए। मैं तो अनु के आगे कुछ भी नहीं जानता। अनुराधा, अनुपमा या कि पौराणिक अनसूइया।''

''गलत! लगता है नामों के बारे मैं आपका ज्ञान बहुत सीमित है। श्रीमानजी, मेरा नाम अनुप्रीता है।''

''ओह, ह्वाट ए लवली नेम!''

''बस। हाय जीजाजी, आप कवि न हुए। नहीं तो कहते—वाह, जैसी आप हैं, वैसा ही सुंदर आपका नाम है।''

''मुझे दुःख है अनुजी कि मैं डॉक्टर हूँ। सच बात कहता हूँ, जो अकसर कड़वी होती है।''

''कहिए तो।''

''कहना चाह रहा था कि काश! आप भी उतनी सुंदर होतीं जैसा आपका नाम है।''

"हाँ, ठीक तो है। अब तो आपकी नजरों में एक ही व्यक्ति सुंदर रह गया है।'' कहते हुए उसने होंठ भींच लिये। पलकों के किनारे भीग गए। मैंने जीतू को डाँटकर चुप कराया तो बोला, ''बस! इतने में ही रो दीं। और आपके ताऊजी कह रहे थे। एक ही साली है, पर दस के बराबर है। हमने तो सिर्फ बानगी पेश की थी और आपके छक्के छूट गए।''

उनकी इस जुगलबंदी का हम सभी मजा ले रहे थे। जीतू की आखिरी बात पर तो सब लोग ठठाकर हँस पड़े। अनु भी बहादुरी के साथ मुसकरा दी। इसी हँसी-खुशी के वातावरण में सब लोग घर से विदा हुए।

और उन लोगों के चले जाने के बाद मुझे याद आया कि इस सारे शोर-शराबे के बीच सीमा एकदम गुमसुम बैठी हुई थी। बोलना तो दूर, वह एक बार मुसकराई तक नहीं। शर्मीली बहुत लड़कियाँ देखी हैं मैंने, पर उनके अधमुंदे होंठों से, नत पलकों से हँसी की किरणें निरंतर फूटती रहती हैं।

सीमा शर्मीली नहीं, घुन्नी लड़की है। जीतू जैसे हँसमुख लड़के के साथ उसका निबाह कैसे हो सकेगा! या उसे भी अपनी तरह मनहूस बनाकर रख देगी। जब से यह शादी तय हुई है, मैं इसी चिंता में घुली जाती हूँ। इनसे तो कुछ कहना ही बेकार है। एक बार मुँह खोलने का प्रयास किया था तो बुरी तरह डाँट खानी पड़ी थी। बोले, ''तुम तो जीतू को अभी दुधमुँहा बच्चा ही समझती हो। वह तुम्हारे सामने नाटक करता है और बाहर उसे लेकर होटलों में घूमा करता है।''

''होटल में सिर्फ एक बार गया था, जी। तभी तो··· ''

''एक बार या सौ बार, उससे क्या फर्क पड़ता है! अपने लाड़ले को समझा दो, यह हिंदुस्तान है, अमेरिका नहीं है। यहाँ की लड़कियाँ ऐरे-गैरे के साथ होटलों में नहीं जाया करतीं।''

और बात फिर दब गई थी।

पर जितनी बार सीमा को देखा है, यही लगा है कि इस लड़की से मेरा या जीतू का निर्वाह कैसे होगा! कोई और लड़की होती तो इतने दिनों में घर से एक आत्मिक संबंध स्थापित कर लेती। पर यह आज भी उतनी ही पराई लगती है। बाजार से लौटी जया तो भरी हुई थी। साड़ी का डिब्बा मेरे सामने पटककर बोली, ''लो, देख लो। पूरे सात सौ की साड़ी है। पर महारानी ऐसे मुँह बनाती थीं, जैसे उनके लिए छींट खरीदी हो।''

मैंने डिब्बा खोलकर देखा—रानी कलर की बनारसी रेशम जरी की बूटियों से झिलमिल कर रही थी।

"उसे पसंद नहीं आई?" मैंने अधीर होकर पूछा।

"अरे, मुँह खोलकर कहे तब न! मूर्ति की तरह कोने में बैठी रही। हाथ लगाना तो दूर, एक बार आँख उठाकर नहीं देखी। वह तो वह सिलबिल थी साथ में तो ठीक रहा। उसी की मदद से चुनाव कर डाला।"

मेरा मन एकदम बुझ गया। माना कि बड़े घर की लड़की है, बनारसी साड़ी उसके लिए अनोखी चीज नहीं है, पर सगाई की साड़ी के साथ तो एक भावात्मक संबंध होता है। मुँह से कुछ न कहे कोई, तो आँखों से ही बहुत कुछ कहा जा सकता है। कम-से-कम जया का मन तो रह जाता। वह तो इतनी आहत होकर लौटी है कि बहू की रूप-चर्चा उसके सामने व्यर्थ ही है।

"मुझे यही तो डर लगता है, रे!" मैंने कहा, "अजीब घुन्नी लड़की है। जीतू के साथ पता नहीं कैसे निभेगी!"

"घुन्नी नहीं है, ममा, घमंडी है। तुम तो अब अपनी चिंता करो। जीतू के लिए परेशान होने की जरूरत नहीं है। उनकी तो खूब घुट रही है। अभी आते-आते भी उसने एक चिट्ठी चुपके से पकड़ाई है। मैंने साफ देखा है।"

जया की बात ने सचमुच चौंका दिया मुझे। सोचा, ये ठीक ही कहते हैं। जीतू यों ही मेरे सामने नाटक करता होगा। मैं भी तो पागलों की तरह उसके पीछे पड़ जाती हूँ—सीमा ने क्या बात की? कैसे की? बेचारा जवाब दे भी तो क्या?

कुछ भी हो, मन से एक बोझ तो उतर ही गया।

☐

सारी तैयारी करते-कराते रात के बारह बज गए।

दूसरे दिन ये लोग ओली डालते जा रहे थे। इतने बड़े घर में संबंध होने जा रहा था। पहली बार हम लोग कुछ लेकर जा रहे थे, पर जैसे सारी चिंता मेरे ही सिर थी। और कोई मेरा हाथ बँटाने नहीं आ रहा था। जीतू का तो खैर प्रश्न ही नहीं था। जया मुँह फुलाकर बैठ गई थी। उसे सीमा जरा भी अच्छी नहीं लगी थी। कल जीतू ने चिढ़ा दिया था कि सीमा के आ जाने से दीदी का सौंदर्य-तेज थोड़ा फीका पड़ जाएगा। इसी से वह नाराज है। बात हँसी-मजाक में ही टल जानी थी, पर जया बहुत बुरा मान गई थी। उसकी ओर से किसी सहायता की आशा करना ही व्यर्थ था। सबसे ज्यादा रोष तो मुझे उसके पापा पर आ रहा था। एक बार भी उन्होंने सारा सामान नहीं देखा, न पूछ-ताछ की।

मैं बिस्तर पर गई तब वे बड़े मजे से खर्राटे भर रहे थे। इतना ताव आया मुझे। उन्हें झकझोरकर जगाया मैंने और पूछा, "सुनो, सुबह जमाई साहब को लेने स्टेशन

कौन जा रहा है? ठीक से तय कर लो, नहीं तो समय पर कोई नहीं पहुँचेगा।''

''कोई नहीं जा रहा।'' उन्होंने अलसाए स्वर में कहा।

''क्यों?''

''क्योंकि वे नहीं आ रहे।''

''क्यों? आपको कैसे पता चला?''

''क्योंकि मैंने ही उन्हें फोन पर मना किया है।''

''अरे! क्यों?''

''क्योंकि कल का प्रोग्राम कैंसल हो गया है।''

''क्यों?''

''रामदासजी को हार्ट अटैक हो गया है।''

''हाय राम! क्यों?''

''क्योंकि उनकी लड़की अपने फुफेरे भाई के साथ भाग गई है।''

''क्यों···?''

वह एकदम झल्लाकर उठ बैठे, ''तुम्हारी इस 'क्यों' का कहीं अंत भी होगा। लड़कियाँ किसी के साथ क्यों भाग जाती हैं, क्या यह भी मुझे बताना होगा!''

खिसियाकर चुप हो गई मैं। सच तो, पागलों की तरह प्रश्न-पर-प्रश्न किए जा रही हूँ। कम-से-कम इनकी मन:स्थिति का तो खयाल किया होता। शाम से अनमने हैं बेचारे पर मुझे अपनी व्यस्तता के बीच ध्यान ही न आया। इस कांड की तो मैंने कल्पना भी न की थी। मन इतना बौखला गया था कि अनचाहे मुँह से निकल गया—अब?''

''अब क्या, मिठाई बाँटो।'' वह गुर्राए, ''तुम दोनों माँ-बेटे तो शुरू से ही गीन मेख निकाल रहे थे न। अब तुम्हारे मन की हो गई। घर आई लक्ष्मी दरवाजे से ही लौट गई। खूब आनंद मनाओ अब।''

क्षोभ उनके हर शब्द से टपका पड़ रहा था। रामदासजी के घर समधी बनकर जाने का सबसे ज्यादा चाव उन्हीं को था। इसीलिए सबसे ज्यादा निराशा भी उन्हें ही झेलनी पड़ी।

इसके बाद चुप रहने में ही मैंने अपनी खैरियत समझी। पर रातभर मुझे नींद नहीं आई। बार-बार सीमा का रूखा व्यवहार याद आता रहा। उसे हम लोगों में कोई दिलचस्पी नहीं थी तो वह स्वाभाविक ही था। पर घर के लोग कैसे हैं? क्या उन्हें भी अंदाजा न हुआ होगा!···लेकिन लगता है, वे लोग सब जान गए थे। तभी

तो हाथ धोकर पीछे पड़ गए थे। जिस दिन से रिश्ता लेकर आए थे, उन्होंने हमें साँस नहीं लेने दी थी।

यह तो ईश्वर की कृपा थी, जो समय रहते सारा रहस्य खुल गया।

□

मुझे कमरे में आते हुए उसने दर्पण में देख लिया था। वहीं से बोला, ''तुम परेशान क्यों हो रही हो, ममा! मैं अभी शेव बनाकर वहीं आ तो रहा था।''

''मैं तो यों ही चली आई थी, रे!'' चाय की ट्रे गोल मेज पर रखते हुए मैंने कहा, ''सोचा, साथ-साथ चाय भी पी लेंगे और···एक बात भी कहनी थी।''

''समथिंग इंपोर्टेंट?'' उसने अपना काम जारी रखते हुए पूछा।

''हाँ, ऐसा ही समझ लो। वह जो सीमा है न··· ''

वह इस बुरी तरह से चौंका कि रेजर हाथ से फिसल ही गया। गीले तौलिए से गाल को सहलाते हुए वह मेरे सामने आकर बैठ गया और अधीर स्वर में बोला, ''सीमा का क्या कह रही थीं तुम, क्या किया है उसने?''

''वह अपने फुफेरे भाई के साथ भाग गई है।'' मैंने सपाट स्वर में आखिर कह ही डाला।

''ओह, ममा!'' उसने एक दीर्घ उसाँस छोड़ी, ''तुमने तो मुझे डरा ही दिया था। उतनी सी देर में मैं पता नहीं क्या-क्या सोच गया था।''

''क्या सोच गया था?'' मैंने हैरत से पूछा।

''दरअसल ममा, मैं एक पागलपन कर बैठा था।'' उसने खिसियाए स्वर में कहा। इससे पहले कि मैं कुछ पूछूँ, वह उठा और दराज में से एक कागज का पुर्जा निकाल लाया और बोला, ''लो, पढ़ो।''

पढ़ने को था ही क्या, बस दो पंक्तियाँ ही थीं—

''अगर आप शादी से इनकार नहीं करेंगे तो मुझे मजबूरन कुछ खा लेना पड़ेगा।''

''कब मिली यह चिट्‌ठी तुझे?'' मैंने काँपते स्वर में पूछा।

''उसी दिन जब हम लोग साड़ी खरीदने गए थे।''

''तो पगले, मुझे बताया क्यों नहीं? कैसा सर्वनाश हो जाता अभी!''

''एक जिद सी सवार हो गई थी, ममा! मैं भी जया की तरह सोचने लगा था। लगता था यह लड़की हमें बहुत छोटा करके देखती है, इसके दर्प को तोड़ना होगा। इसे ब्याह कर घर लाना ही है, भले ही दूसरे दिन उसे छोड़ आना पड़े। उसकी बेरुखी का और भी कोई कारण हो सकता है, इस ओर ध्यान ही नहीं गया।''

"और अगर वह सचमुच कुछ खा लेती तो?" मैंने कप में चाय डालते हुए पूछा।

इसीलिए तो, तुमने जब एकाएक उसका नाम लिया तो मैं डर गया। मुझे तो हैरत होती है, ममा, पढ़ी-लिखी होकर भी ये लड़कियाँ इतनी बुजदिल कैसे होती हैं! अपने मन की बात मुँह खोलकर कहतीं क्यों नहीं! बस गूँगी गाय की तरह हर किसी खूँटे से चुपचाप बँध जाती हैं।"

"अब तो उसने अपने तेवर दिखला दिए न!" मैंने कड़वाहट भरे स्वर में कहा।

"हाँ, यह तो मानना पड़ेगा। उसने काफी दिलेरी से काम लिया। पता मालूम हो तो मेरी ओर से बधाई का तार भेज देना। मैं तो इसी बात के लिए शुक्रगुजार हूँ कि वह काफी समझदारी से पेश आई। शादी की रात तक इंतजार नहीं किया...नहीं तो अपनी जिंदगी में भी फिल्म स्टोरी बन जाती।"

वह उठकर पुनः आईने के सामने खड़ा हो गया था। मैं उसे गौर से देखती रही। पर साबुन के झाग से भरे उस चेहरे पर कुछ भी पढ़ना असंभव था। ईश्वर से यही मनाती रही कि हताशा का यह ज्वार जो मुझे मथ रहा है, उसे अछूता ही छोड़ दे। वह वास्तव में उतना ही निर्लिप्त बना रहे, जितना कि वह दिखा रहा है।

□

सीमा के अपने घर में जो भी कहर बरपा हुआ हो, पर इस घर की भी रौनक कुछ दिनों के लिए छिन सी गई थी। बच्चों के पापा का मूड तो उसी दिन ऑफ हो गया था। मेरा मन भी बुझ गया था। जया भी इतने दिनों बाद इंदौर आई थी। पर सहेलियों से मिलने का, रिश्तेदारों के यहाँ जाने का उसमें जरा भी उत्साह नहीं रह गया था। जहाँ भी जाओ, वही प्रश्न, वही कौतूहल, वही शंकाएँ—खीझ सी होने लगती थी।

हम सबके बीच जीतू बिल्कुल सरल-स्वाभाविक बना हुआ था। पर माँ थी, इसीलिए जानती थी कि वह भीतर-ही-भीतर हिल गया है। उसके ठहाके बेजान होते जा रहे हैं। दीदी के साथ उसकी नोक-झोंक में कोई दम नहीं रहा। जया के बच्चों के साथ चल रही उसकी छेड़खानी भी मात्र एक दिखावा है।

और फिर जया ने एकदम घर लौटने का फैसला कर लिया। उसे रोकने में कोई तुक भी नहीं था। भारी मन से मैंने विदा की तैयारियाँ शुरू कर दीं। कैसे उत्साह से आई थी बेचारी और अब कैसी मनःस्थिति में लौट रही है। पर लड़की बहुत समझदार है। बोली, "ममा, हम तो सबको यही बताएँगे कि लड़की के पिता

अचानक बीमार हो गए थे। इसी से काम रुक गया है। आप लोग अपने से कुछ लिखना नहीं।''

उसकी सूझ-बूझ देखकर दंग रह गई मैं। सच, लड़कियों को मैके की प्रतिष्ठा का कितना खयाल रहता है।

कुलियों के सिर पर सामान लदवाकर हमने प्लेटफार्म पर पैर दिया ही था कि आवाज आई, ''नमस्ते दीदी, नमस्ते आंटी, नमस्ते जी···''

मैंने चौंककर देखा, यूनीफॉर्म की साड़ी पहने बच्चों के एक झुंड से घिरी अनु खड़ी है।

''आज जा रही हैं, दीदी?'' उसने पूछा।

पर उत्तर की कौन कहे, दोनों भाई-बहनों ने उसकी ओर देखा तक नहीं। सीधे मुँह उठाए थ्री-ह्वीलर की तरफ चले गए। बेचारी का इतना सा मुँह निकल आया।

मुझे दया हो आई। वैसे भी पीछे ही घिसट रही थी मैं। पास जाकर पूछा, ''कैसी हो, अनु? माँ ठीक हैं?''

''माँ ठीक नहीं हैं, आंटी! परसों से बुखार में पड़ी हैं।'' उसने उदास स्वर में कहा।

''तो छुट्टी क्यों नहीं ले लेती?''

''रोज-रोज छुट्टी कौन देता है, आंटी! फिर यह तो जनवरी का महीना है। रोज ही बच्चों को लेकर किसी-न-किसी स्कूल में जाना पड़ता है। प्रतियोगिताएँ जो चल रही हैं। आज भी महू जा रही हूँ। घर पर महरी को बिठाकर आई हूँ।''

ट्रेन ने शायद सिग्नल दे दिया था। प्लेटफॉर्म पर गहमा-गहमी एकदम बढ़ गई। उसी शोर-शराबे में अनु की आवाज भी खो गई और अनु भी। जया को ढूँढ़ते हुए मैं भीड़ को चीरती चल पड़ी।

लौटते समय मैंने जीतू से पूछा, ''अनु से बात क्यों नहीं की तूने? उस बेचारी का क्या दोष है?''

''दोष किसी का भी हो, ममा! सजा तो सभी को भुगतनी पड़ती है।''

उसके स्वर से चौंककर मैंने देखा, व्यथा से या कि रोष से उसका चेहरा काला पड़ गया था।

मैंने ठीक ही समझा था।

लड़का भीतर-ही-भीतर हिल गया था।

और फिर एक बार रिश्तों की बाढ़ सी आ गई।

खबर फैलते देर ही कितनी लगती है। फिर शुरू हो गई बरसात फोटो और जन्म-कुंडलियों की। सुबह-शाम दरवाजे पर परिचित-अपरिचित चेहरों की भीड़ जुटने लगी। बढ़-चढ़कर दहेज के आकर्षक प्रस्ताव सामने आने लगे।

एक समय था, जब इन सारी बातों से मुझे बड़ी खुशी होती थी। लड़के की माँ होने का गौरव जैसे मन में समाता नहीं था। पर अब तो जैसे कोफ्त सी होने लगी है। लगता, जैसे मेरा लड़का नीलाम पर चढ़ रहा है। जिसकी बोली सबसे ऊँची लगेगी उसी को मिलेगा।

लाख बार समझाया कि अभी हम लोग कुछ कहने-सुनने की स्थिति में नहीं हैं। हमें कुछ सँभलने का मौका दीजिए। पर लोग इसे भी वर-पक्ष की एक अदा ही समझते। फिर से मनुहार शुरू हो जाती।

हम लोग तो जैसे-तैसे मान भी जाते। पर जीतू को लड़की दिखाने ले जाना एक टेढ़ी खीर थी। जनता के पास इस समस्या का भी हल था। लोग किसी-न-किसी बहाने लड़कियों को लेकर घर आने लगे। बाजार में, मंदिर में या सिनेमा हॉल में योजनाबद्ध तरीकों से लड़कियों का प्रदर्शन होने लगा। जीतू तो एकदम बौखला गया। बोला, ''ममा, तुम सब लोग मिलकर मुझे पागल बना दोगे। भगवान् के लिए मेरा पीछा छोड़ दो। जिस दिन कोई लड़की मन की मिल जाएगी, मैं तुम्हारे सामने लाकर खड़ी कर दूँगा। बस!''

अब लड़कियाँ क्या सड़कों पर पड़ी मिल जाती हैं। पर उससे उलझे कौन! गोमती भाभी के चाचाजी एक बहुत अच्छा प्रस्ताव लेकर आए थे। अच्छा खानदान था। खाते-पीते लोग थे। लड़की सुंदर थी और डॉक्टर थी। जीतू मेडिको पत्नी के पक्ष में कभी भी नहीं था। पर लड़की के पिता ने कहा, ''डिग्री ले ली है। आप चाहेंगे तो नौकरी करेगी, नहीं तो घर-गृहस्थी में भी उसे बहुत रुचि है। जितेंद्रजी चाहेंगे तो घर पर ही छोटी-मोटी डिस्पेंसरी खोल लेगी। वैसे उसका कोई आग्रह नहीं है। आप लोग जैसा चाहेंगे।''

मैंने भी सोचा, ठीक तो है। कल को जीतू की प्रैक्टिस अच्छी चल निकली तो डॉक्टर-पत्नी वरदान ही सिद्ध होगी। हुनर तो तिजोरी में रखे धन की तरह होता है। जब चाहा, काम में ले लिया।

उन दिनों वह यशवंतराव अस्पताल में हाउस जॉब कर रही थी। तय हुआ कि उस वहीं चलकर देखा जाए। जीतू से तो साफ-साफ कहना व्यर्थ ही था। मैंने बहाना बनाया, ''छठी मंजिल पर अमुक चाची बीमार पड़ी हैं। उनका मोतियाबिंद का ऑपरेशन हुआ है। तू साथ चला चलेगा तो थोड़ी लिफ्ट की सुविधा मिल

जगागी।'' वह मना नहीं कर सकेगा, जानती थी।

अस्पताल के विशाल पोर्ट में स्कूटर टिकाया ही था कि देखा सीढ़ियों पर एक परिचित आकृति हथेलियों में चेहरा छिपाए सिसक रही है।

''अनु! क्या हुआ?'' हम दोनों के मुँह से एक साथ निकला। उसने अपना आँसुओं से भीगा चेहरा उठाकर हमारी ओर देखा और पास चली आई। बोली, ''जीजाजी, माँ बहुत बीमार हैं।''

उस दिन स्टेशन पर जीजाजी कहते हुए उसकी जबान लड़खड़ा गई थी। पर आज उसे इसका होश नहीं रहा था। उसकी माँ सचमुच बीमार थी।

''क्या हुआ माँ को?''

''पता नहीं। परसों से यहाँ ले आए हैं, तब से उन्होंने एक बार भी आँख नहीं खोली है।''

''कौन से नंबर में हैं? चलो, देखते हैं।''

''यहीं इंटेसिव में हैं। पर वहाँ किसी को भीतर जाने थोड़े ही दे रहे हैं। ताईजी, भाई साहब, मामाजी—सब बाहर ही बेंचों पर बैठे हैं। मुझसे तो वहाँ बैठा नहीं जाता। रुलाई सी छूटने लगती है। जीजाजी, आप तो डॉक्टर हैं। आपको तो जाने देंगे न?'' उसने अधीरता से पूछा।

''मामाजी आए हैं?'' जीतू ने पूछा।

''हाँ, कल शाम ही आए हैं। उन्हें तार दे दिया था न।''

''अच्छा अनु, तुम अंदर चलो। मैं डॉक्टर परिहार को लेकर अभी आ रहा हूँ।'' जीतू ने अधिकारपूर्ण लहजे में कहा। एक बार हम लोगों की ओर करुण दृष्टि से देखते हुए अनु भारी कदमों से भीतर चली गई।

उसके जाते ही जीतू मेरे सामने तनकर खड़ा गया और पास से गुजरती बेतहाशा भीड़ को अनदेखा करके बोला, ''ममा, क्या तुम इस लड़की को बहू के रूप में स्वीकार कर सकोगी?''

मैं हतप्रभ हो उसे देखती ही रह गई।

''यह मत सोचना, ममा कि मैं भावावेश में आकर इतनी बड़ी बात कह बैठा हूँ। पिछले कई दिनों से यह बात मेरे मन में घुमड़ रही है। पर मैं व्यक्त नहीं कर पा रहा था। पर अब तो सोच-विचार के लिए समय ही न रहा। बोलो न, ममा, प्लीज!''

''पर बेटे, ये बातें हड़बड़ी में तय नहीं की जातीं।'' मैंने कहना चाहा तो वह फौरन मेरी बात काटकर बोला, ''कहा न मैंने, अब सोच-विचार के लिए समय

नहीं रहा। मुझे मालूम है, अपने इकलौते बेटे की शादी के लिए तुम्हारे मन में ढेर सारे अरमान हैं। पर ममा, भीतर जो दम तोड़ रही है, वह भी एक माँ है। उसने भी अपनी इकलौती बेटी के लिए कई सपने सँजोए होंगे। उन सपनों के लिए वह जिंदगी भर अपनों से, परिस्थितियों से लोहा लेती रही। अब तो शायद वह कुछ भी कहने-सुनने के परे चली गई है। पर अगर एक क्षण को भी उनकी चेतना लौट आए तो मैं उन्हें आश्वस्त करना चाहता हूँ। मैं उन्हें यहाँ से खाली हाथ नहीं जाने दूँगा। पर ममा, इसके लिए मुझे तुम्हारी आज्ञा चाहिए। दोगी न?"

उसकी बात पूरी न हो पाई थी कि अनु बदहवास सी दौड़ती आई और बोली, "जीजाजी, जल्दी चलिए न, प्लीज! माँ को देखिए, वे लोग क्या कह रहे हैं?"

पलभर को हम दोनों जैसे काठ हो गए।

मैंने ही किसी तरह अपने को समेटा और कहा, "जीतू, तुम अंदर जाकर देखो। अनु की चिंता मत करो। वह मेरे पास है; हमेशा रहेगी।"

और सुबकती हुई अनु को मैंने अपने अंक में भर लिया।

□

कैलक्यूलेशन

साढ़े आठ बजने को थे और पिंकी का अब तक पता नहीं था। मेरी चिंताओं का ग्राफ बढ़ने लगा था। सर्दियों में अँधेरा वैसे ही जल्दी घिर आता है। और शहर में रोज होने वाली घटनाएँ मन को डरा देती हैं। बच्चों को हमारी परेशानियों का कोई एहसास नहीं होता, बल्कि मैं फोन भी करती हूँ तो वह नाराज हो जाती है। कहती है—और किसी के घर से फोन नहीं आता, बस मेरा ही घनघनाता रहता है। इतना एंबेरेसिंग लगता है।

अब भला इसमें एंबेरेसिंग होने जैसा क्या है। तुम्हारे दोस्तों के घर वाले लापरवाह हैं तो मैं क्या करूँ। मैं तो उतनी बेफिक्र नहीं हो सकती न। ये घर में होते हैं तो हर पाँच मिनट पर मुझे 'कूल डाउन' की सलाह देते हैं। पर आज ये भी टूर पर हैं। सारा टेंशन मुझे अकेले ही झेलना है।

जब घर में बैठना असंभव हो गया तो मैं शॉल ओढ़कर गेट पर जाकर खड़ी हो गई।

"बिटिया की राह देखी जा रही है?" अँधेरे में एक प्रश्न उछला। मैं बुरी तरह चौंक गई। देखा, बगल वाली अम्माँजी शॉल लपेटे कुरसी पर विराजमान हैं।

मैं मुड़कर उनसे मुखातिब हो गई। कंपाउंड वॉल पर टिकते हुए कहा, "ओरी देखिए न! अँधेरा कैसा हो रहा है! इतनी रात अकेले आती है तो चिंता होने लगती है।"

"वह अकेले नहीं आती। एक लड़का घर तक छोड़ने आता है।"

मैं चकित होकर उन्हें देखती रह गई। पिंकी ने उनका नाम, 'चुंगी नाका' रखा है, वह गलत नहीं है।

अपने बरामदे में बैठकर वह पूरे मोहल्ले की खोज-खब़र रखती हैं। थोड़ा बुरा भी लगा। जरा सी तुर्शी के साथ पूछा, "आप अब तक यहाँ ठंड में क्यों बैठी हुई हैं?"

"अरे, बेटा अभी-अभी दफ्तर से लौटा है। उसका चाय-नाश्ता हो जाने दो, फिर भीतर जाऊँगी।"

"मतलब।"

"अरे मुझे देखेगा तो पास बिठा लेगा। मेरे हालचाल पूछेगा। दफ्तर की बातें बताएगा। बहू को यह सब अच्छा नहीं लगता। कहती है, शादी क्यों की? जिंदगी भर अम्माँ के पल्लू से बँधे रहते।" कहते हुए उन्होंने शॉल और कसकर लपेट ली।

मैं चुप हो गई। हर घर की अपनी समस्या होती है। उससे खुद ही निपटना पड़ता है। बाहर वाला कुछ नहीं कर सकता। इस समय तो मैं अपनी ही चिंता से ग्रस्त थी। दूसरों की मदद क्या करती।

मुझे ज्यादा प्रतीक्षा नहीं करनी पड़ी। कुछ ही देर में मेरी समस्या यानी कि पिंकी रानी पधार गई। साथ में वह लड़का भी था।

पिंकी बाहर से ही चिल्लाई—"ममा, वहाँ ठंड में क्या कर रही हो?" अब उस लड़के ने मुझे देखा—"नमस्ते आंटी!"

"नमस्ते बेटा—आओ, भीतर आओ। गरमागरम कॉफी पिलाती हूँ।"

स्कूटर बाहर खड़ा करके वह निस्संकोच भीतर चला आया।

"रोज तो बाहर से ही चले जाते हो। आज पकड़ाई में आए हो।"

"प्रियंका ने कभी बुलाया ही नहीं। मैं तो रोज आ जाऊँगा।"

मैंने फटाफट कॉफी बनाई। सूखे नाश्ते के साथ सर्व की, और कॉफी पीते हुए उससे ढेर सारी बातें पूछ डालीं।

जब वह चला गया तो मैंने जैसे अपने आप से कहा, "लड़का अच्छा है न!"

"कहीं तुम इसके साथ मेरा गठजोड़ा करने की तो नहीं सोच रही हो? एक ही बैठक में उसके खानदान की सारी हिस्ट्री-जॉग्रफी पता कर ली, इसलिए पूछ रही हूँ।"

"हर्ज क्या है?"

"नो मम्मी—ही इज जस्ट ए फ्रेंड। कोचिंग तक लाने-ले जाने के लिए ठीक है। पर शादी के कतई लायक नहीं है। इतने मीडियाकर पर्सन से शादी की बात तो मैं सोच भी नहीं सकती।"

"कैट की तैयारी कर रहा है सो क्या ऐसे ही?"

"पता है मम्मी, यह उसका तीसरा अटेम्प्ट है?"

"तो तुम कौन सा पहली बार में ही निकल जाओगी?"

"तुमसे तो बात करना ही बेकार है।" उसने तुनककर कहा और कपड़े बदलने चली गई।

☐

इन लड़कियों को समझना सचमुच बहुत मुश्किल है। पिछले साल तक सुनील नाम के एक लड़के से अच्छी-खासी दोस्ती थी। दोनों ने टेबल टेनिस में कॉलेज को कई बार रिप्रजेंट किया था। फिर एकाएक उसका आना बंद हो गया। मैंने पिंकी से पूछा तो बोली, "जनाब खेल-खेल में लाइफ पार्टनर बनने के सपने देखने लगे थे। हाऊ रबिश!"

एक लड़का था रजत। दो-तीन नाटकों में दोनों ने साथ काम किया था। लड़का सुंदर था, संपन्न भी। मुझे तो सुशील भी लगता था, पर पिंकी बोली, "मम्मी! उसे ऑफ स्टेज देखोगी न तो तुम्हें मतली आ जाएगी।"

"फिर उसके साथ काम क्यों करती हो?"

"बिकॉज ही इज ए फाइन एक्टर।"

"कल को बॉलीवुड में जाकर बड़ा स्टार बन गया तो..."

"नो चांस, मम्मी! वह तो बस लोकल हीरो है। वहाँ तो ऐसे सैकड़ों मारे-मारे फिरते हैं। कोई घास नहीं डालता।"

"मैंने सुना है, लड़कियाँ उस पर जान छिड़कती हैं।"

"लड़कियाँ परले दरजे की बेवकूफ होती हैं। तभी तो ऐसे लोगों की बन आती है।"

"कई बार मेरा पूछने का मन होता है कि लाडो! तेरी नजर में कोई मिस्टर परफेक्ट है भी?"

☐

उस दिन कॉलेज से लौटते ही बोली, "मम्मी, थोड़ा विटामिन एम स्पेयर करो। पार्लर जाना है।"

"क्यों? कॉलेज में फंक्शन है कोई?"

"फंक्शन तो है, पर कॉलेज में नहीं है। बर्थ डे पार्टी में जाना है। कार्तिक इज थ्रोइंग ए पार्टी।"

"कार्तिक! इतने दिनों कहाँ था?"

"यहीं था। पढ़ाई में बिजी था। पी.जी. कर रहा था न!"

"एकाएक तुम्हें कैसे याद कर लिया?"

"याद क्यों नहीं करेगा? मैंने उसे भूलने ही कब दिया है। हर साल बर्थ-डे पर विश करती हूँ। न्यू इयर पर कार्ड भेजती हूँ हाँ, पार्टी आज पहली बार दे रहा है।"

कार्तिक की पार्टी में खूब बन-सँवरकर गई थी। बार-बार पूछ रही थी—"मम्मी! मैं ठीक लग रही हूँ न! मेकअप बहुत गाड़ी तो नहीं है? साड़ी बहुत जाजी तो नहीं है?"

वह सचमुच बहुत प्यारी लग रही थी। बाल भी ढंग से सँवारे थे। कपड़े भी ढंग से पहने थे। ऐसा नहीं कि हमेशा की तरह कुछ भी ऊटपटाँग पहन लिया और चल दिए। उसकी सज्जा से ही पता लग रहा था कि वह किसी को इंप्रेस करने के लिए बेताब है।

यह जानकर अच्छा भी लग रहा था। कार्तिक सचमुच अच्छा लड़का था। बहुत अरसे पहले वे लोग हमारे पड़ोसी थे। उसकी बहन कीर्ति पिंकी की क्लास में थी। माता-पिता दोनों डॉक्टर थे। अकसर बिजी रहते थे। कीर्ति का अधिकांश समय हमारे यहाँ ही गुजरता था।

फिर मोहल्ले बदल गए, पर एक ही क्लास में होने के कारण कीर्ति और पिंकी की दोस्ती बनी रही। हायर सेकंडरी के बाद वह भी भाई की तरह मेडिकल में चली गई। आना-जाना कम क्या, एक तरह से बंद ही हो गया। यह तो आज पता चला कि पिंकी उन लोगों के, खासकर कार्तिक के बराबर संपर्क में है। अच्छा लगा। जाते समय मैंने उसे ढेर सारी हिदायतें दीं—"जल्दी लौटना। ऑटो में अकेले मत आना। किसी भरोसेमंद आदमी की कार में ही बैठना।"

उसे अच्छा तो नहीं लग रहा था, पर चुपचाप सुनती रही। आखिर उसके पापा को ही दया आ गई। झल्लाकर बोले, "बस भी करो अब। लड़की अब बच्ची नहीं रही। खासी बड़ी हो गई है। इस बात को तुम कब समझोगी?"

"बच्ची नहीं रही। बड़ी हो गई है। इसीलिए तो इतनी फिक्र हो रही है। पर ये बातें पुरुषों के दिमाग में कभी नहीं आतीं। फिक्र करने का जिम्मा जैसे माँ ने ही उठाया हुआ है।"

□

रात को वह लौटी थी तो काफी थकी-थकी सी लग रही थी। मुझे आश्चर्य नहीं हुआ। जानती हूँ—आजकल की पार्टियों में सिर्फ खाना-पीना थोड़े ही होता है। डांस के नाम पर अच्छी-खासी हुड़दंग लीला होती है। शोर इतना कि कानों के परदे फट जाएँ।

"कैसी रही पार्टी?" मैंने पूछा।

"ठीक ही थी," उसने बेरुखी से कहा और सोने चली गई। अब मुझे ताज्जुब हुआ। और कोई दिन होता तो मुझे पूछने की जरूरत नहीं पड़ती। वह आते ही शुरू हो जाती। यह भी भूल जाती कि आधी रात हो रही है और मम्मी जो उसके लिए अब तक जाग रही थी—सोना चाहेगी। पर आज तो उसे बात करना भी मुहाल लग रहा था। जाते समय जो उत्साह फूटा पड़ रहा था—उसका लेशमात्र भी अब बाकी नहीं था।

सुबह चाय के समय उसके पापा ने पार्टी के बारे में पूछा तो बोली, "पापा, पार्टी तो शानदार होनी ही थी। उसने अपनी एंगेजमेंट जो अनाउंस करनी थी।"

"अरे वाह! किससे शादी कर रहा है?"

"अपनी बैचमेट से। दोनों ने साथ ही पी.जी. किया है।"

"इसका मतलब है, घर में डॉक्टरों की एक पूरी फौज तैनात है। तब तो उनके नर्सिंग होम का भी एक्सटेंशन होगा।"

"बिल्कुल होगा। अब वह केवल मैटर्निटी होम नहीं रहेगा, वहाँ बड़ी-से-बड़ी सर्जरी होगी। इसीलिए तो उस बौडम से शादी कर रहा है। अगर उसे पी.जी. में एडमिशन नहीं मिलता तो उसे लिफ्ट थोड़े ही देता, किसी और को पटा लेता।" उसका स्वर अत्यंत कसैला हो गया था।

"अंकल-आंटी भी तो उसकी डिग्री पर ही रीझे हैं। नहीं तो कार्तिक के सामने तो वह कुछ भी नहीं है। इट इज ए बिजिनेस डील ऑल इन ऑल।" और फिर उसका स्वर एकदम तरल हो आया—"पापा! आजकल लोग नाप-तौलकर ही प्यार करने लगे हैं न!"

उसके स्वर का गीलापन मुझे भीतर तक भिगो गया। मन हुआ, उसे गले से लगाकर सांत्वना दूँ। कहूँ कि "लाडो! इसमें कार्तिक का क्या दोष है। अपना नफा-नुकसान देखना तो जमाने का चलन है। तुम भी तो इस इल्जाम से बरी नहीं हो।"

वैसे भी टूटकर प्रेम करनेवाली पीढ़ी अब रही कहाँ। वे लोग तो कब के इतिहास बन गए।

◻

पिता

पिता नहीं रहे।
बाबा, बाबूजी, डैडी, पापा—कुछ भी नहीं। जब भी जिक्र हुआ है, सिर्फ पिता ही कहा गया है, पिताजी भी नहीं। शायद उतने सम्मान के भी वे अधिकारी नहीं थे। नानी तो हमेशा बाप ही कहती रहीं। 'सुमि का बाप' उस घर का सबसे चर्चित और तिरस्कृत मुहावरा था।

तो पिता नहीं रहे।

उनकी मृत्यु का समाचार ऐसे समय आया, जब हम लोग उनके अस्तित्व को करीब-करीब भूल ही चुके थे। न चाहते हुए भी मेरे शांत जीवन-सागर में कुछ तरंगें, कुछ हिलोरें आ गईं। मैं बेवजह उदास हो गई। यों उदास होने के लिए पिता की मृत्यु एक खासी वजह थी, पर उस तरह का रिश्ता तो हम लोगों के बीच कभी रहा ही नहीं। मुझे तो उनकी शक्ल तक याद नहीं है। फिर भी मन उदास हो गया। शायद इसलिए कि इस दुखद समाचार को मन उस आंतरिकता के साथ ग्रहण नहीं कर रहा, जो कि एक बेटी के लिए जायज है।

मैं अन्यमनस्क सी हो रही थी और डर भी रही थी कि अगर शाम तक मेरा मूड ठीक नहीं हुआ तो साहब बहादुर घर आते ही शुरू हो जाएँगे—'परेशान सी लग रही हो। क्या बात है?'

'कुछ भी तो नहीं।'

'मम्मी वगैरह सब ठीक तो हैं न?'

'अभी इतवार को ही तो दीदी का फोन आया था।'

'फिर क्या बात है? चेहरा इतना उतरा हुआ क्यों है?'

'कुछ नहीं। बस थक गई हूँ। आजकल जल्दी थक जाती हूँ।'

'चलो, चेकअप करवा लेते हैं।'

'नहीं, अभी उतनी नौबत नहीं आई है।' मैं तंग आकर कहती हूँ, तब जाकर यह जिरह बंद होती है। गुस्सा आता है कि जरा सी बात भी इनकी नजरों से नहीं छिपती। कई बार तो चिढ़कर कह देती हूँ, 'क्या मुसीबत है, इस घर में कोई मन भरकर उदास भी नहीं हो सकता।'

'उदास होने पर पाबंदी नहीं है डार्लिंग,' ये मुझे अपने पास खींचकर कहते हैं, 'आय जस्ट वांट टु शेयर इट ऐंड आई वांट टु एंज्वॉय इट ऑल बाई माईसेल्फ।'

वह हँस देते हैं। एकदम स्वच्छ, निर्मल हँसी। और हँसने की तो बात है ही। उदासी भी कोई एंज्वॉय करने की चीज है! उन्हें दु:ख होता है, हैरत होती है कि सुख के इस अथाह सागर में भी मैं दु:ख के कण कहाँ से बीन लेती हूँ। इसीलिए शुरू हो जाते हैं—'मम्मी की याद आ रही है? शुभम का रिजल्ट आया है? शगुन ने दिनभर बहुत परेशान किया?'

मतलब यह कि उदास हो तो कारण बताओ। इस 'कारण बताओ' नोटिस पर मैं खीज जाती हूँ। पति का इतना अधिक संवेदनशील होना भी भार लगने लगता है।

और मम्मी को हमेशा यह शिकायत रही कि उनके पति के पास संवेदना नाम को भी नहीं थी। हद दरजे का आत्मकेंद्रित व्यक्ति था वह। दूसरों के सुख-दु:ख से एकदम अनजान। घर उनका था, वे स्वामी थे। मम्मी पत्नी कम, नौकरानी ज्यादा थीं। नौकरानी, जिसे तनख्वाह न देनी पड़ती हो। मेज सँवारने से लेकर सेज सँवारने तक का हर काम खुशी-खुशी करना उनका फर्ज था। पति के जूते तक उन्हें उतारने होते थे, साफ करने होते थे, जबकि वे खुद पैर की जूती से ज्यादा कुछ नहीं थीं। यह जुमला बराबर उन पर फेंका जाता था—पैर की जूती—जब चाहा पहन लिया, जब चाहा उतार दिया। शेष समय घर के कोने में पड़ी रहने को अभिशप्त।

एम.ए., पी-एच.डी. मेरी माँ कैसे और क्यों यह सब सहन कर गईं, सोचकर आश्चर्य होता है। पर सहने की भी एक सीमा होती है। उस सीमा के पार हो जाने के बाद क्षणभर भी उस घर में साँस न ले सकीं। अपनी दोनों बेटियों को गोद में उठाकर सीधे नानी के घर आ गईं। कुल आठ साल के वैवाहिक जीवन का पटाक्षेप हो गया। उस समय दीदी पाँच साल की और मैं महज दो साल की थी। इसीलिए मेरे मन में न पिता की और न पिता के घर की कोई स्मृति बाकी है।

भाई के घर में हमेशा निभाव होना कठिन था, मम्मी इस बात को जानती थीं, इसलिए सविधा और संयोग जुड़ते ही उन्होंने अपना स्थानांतरण भोपाल करवा लिया। आते समय नानी को भी साथ लेती आईं, ताकि उनके भरोसे लड़कियों को छोड़कर निश्चिंतता से नौकरी कर सकें।

जब से होश सँभाला, नानी को सदा अपने पास ही पाया है। मम्मी की व्यथा-कथा भी उन्हीं से सुनी है, नहीं तो मम्मी ने तो बच्चों के सामने वह अध्याय कभी खोला ही नहीं। न कभी पिता की निंदा की, न उन्हें याद किया। नानी ही जब-तब उन्हें कोसने लगतीं तो वह थके स्वर में कहती, 'अब रहने दो अम्माँ! तुम अपनी जुबान क्यों गंदी करती हो!'

नानी कहतीं, 'लली, मेरी जान जलती है, तभी न गालियों निकलती हैं। मरे ने मेरी सोनचिरैया की जिनगानी मिट्टी कर दी। बाप के रहते बेटियाँ अनाथ हो गईं।' नानी का जब मूड खराब होता तो उन रिश्तेदारों की भी शामत आ जाती, जिन्होंने यह संबंध सुझाया था।

'मरों ने हवा तक नहीं लगने दी कि लड़के का चलन ठीक नहीं है। पता नहीं किस जन्म की दुश्मनी निकाली थी। ईश्वर करे, उनकी बेटियों को भी ऐसा ही नरक नसीब हो।'

नानी किसी तरह चुप न होतीं तो मम्मी मुझे खींचकर दूसरे कमरे में ले जातीं और कहानी सुनाने लगतीं। मैं बड़ी-बड़ी आँखों से मम्मी को देखते हुए दूसरी ही कहानी बुनने लगती। उस कहानी में न राजा-रानी होते, न परियाँ होतीं। उन कहानियों में अनजान आदमी राक्षस या दैत्य की शक्ल में होता और मेरी नाजुक सी, गुड़िया सी माँ चुपचाप उसके अत्याचार बरदाश्त कर रही होती।

बचपन में पिता की कल्पना मैंने हमेशा दैत्य के रूप में ही की। पर जब कुछ बड़ी हुई तो उन्हें मानवाकार देने की कोशिश की, पर कल्पना में कोई चित्र भी नहीं उभरता था। जैसे-जैसे समझ आती गई, कुछ वाक्य मन पर अंकित होते गए।

'निम्मी बिल्कुल अपने पिता पर गई है। नाक-नक्श, रंग-रूप, कद-काठी बिल्कुल वही है।'

फिर नानी उस चित्र में रंग भर देतीं, 'अरे, सुभाव भी बिल्कुल वैसा ही है। एक नंबर की जिद्दी, नकचढ़ी है। सुमि एकदम गऊ है, बिल्कुल अपनी माँ जैसी। यह मरी तो हू-ब-हू बाप का नमूना है।'

मतलब पिता ऊँचे, कद्दावर, साँवले, तीखे नैन-नक्श वाले जिद्दी इनसान थे, जबकि मम्मी नाजुक सी, गोरी सी, सौम्य प्रवृत्ति वाली महिला थीं।

लोग कहते हैं, ईश्वर जान-बूझकर ऐसे जोड़े बनाता है, ताकि संतुलन बना रहे। दोनों एक-दूसरे के पूरक हो जाएँ। फिर इन लोगों की निभी क्यों नहीं? क्या गड़बड़ हो गई?

कभी-कभी दीदी से मनुहार करती, 'दीदी, बताओ न, अपने पिता कैसे थे?

तुम तो उस समय काफी बड़ी थीं न?'

दीदी अपने स्वभाव के विपरीत मुझे एकदम झिड़क देतीं, ''मेरा दिमाग मत चाटो। मुझे कुछ भी याद नहीं है। न ही मैं इसकी कोई जरूरत महसूस करती हूँ।' फिर धीरे से कहतीं, 'दूसरी बेटी पैदा करने के अपराध में उन्होंने मम्मी को जो अमानुषिक यातनाएँ दी हैं, मुझे सिर्फ वही याद हैं।'

'दूसरी बेटी! मतलब मैं?'

'हाँ, तुम। और प्लीज अब इस प्रसंग को यहीं समाप्त करो।' दीदी दोनों हाथों से सिर पकड़कर कहतीं कि वह एक बुरा सपना था, जिसे वे भूलना चाहती हैं। दोनों हाथों में सिर थामे दीदी मुझे बिल्कुल मम्मी की टू कॉपी लगतीं। मुझे कभी-कभी बहुत दुःख होता—मैं उन जैसी क्यों नहीं हुई? नाजुक, छुईमुई सी।

नानी कहतीं, 'ताड़ सी लंबी हो रही है। दूल्हा कहाँ से आएगा इसके लिए?'

लेकिन आश्चर्य, दूल्हा मेरे लिए ही आया। दीदी अनब्याही रह गईं। खैर, रिश्ते तो उनके लिए भी बहुत आए। लोग तो पाँच कपड़ों में ब्याहकर ले जाने को तैयार थे, पर दीदी को विवाह के नाम से ही चिढ़ हो गई थी। बचपन के जो दृश्य दुःस्वप्न की तरह उनके मन पर अंकित हो गए थे, उनसे वे कभी मुक्त नहीं हो पाईं। डॉक्टर होते ही वे आगे की पढ़ाई के लिए अमेरिका चली गईं और वहीं बस गईं। दीदी के जाने के बाद मम्मी एकदम अकेली पड़ गईं। कुछ तो नानी की मृत्यु ने ही उन्हें तोड़ दिया था। दीदी के जाने के बाद तो एकदम ही गुमसुम हो गईं। दीदी के साथ उनके अंतरंग संबंध थे। उस तरह से वे मुझसे कभी जुड़ नहीं पाईं। शायद मुझमें अपने पति की प्रतिच्छाया देखती हों या कि मेरे स्वभाव में ही कुछ खोट रहा हो, पर वे हमेशा मुझसे छिटकती ही रहीं। बल्कि उनकी अपेक्षा मैं नानी के अधिक निकट थी। नानी ने कभी सीधे मुँह बात नहीं की, पर उनका प्यार गालियों में ही उमड़ा पड़ता था।

नानी की मृत्यु के बाद मम्मी ही नहीं, मैं भी बहुत अकेली पड़ गई थी। जीवन के उस सूनेपन को भरने में अजीत ने बहुत मदद की। यह सचमुच मेरा सौभाग्य था कि जिस समय मन सहारे के लिए भटक रहा था, अजीत सामने पड़ गए, नहीं तो मैं किसी के भी कंधे पर सिर रखकर रोने पर आमादा थी। मुझे तो आज भी इस संयोग पर गर्व और आश्चर्य होता है कि उन दिनों अजीत से मुलाकात हो गई।

एक दिन मम्मी से परिचय करवाने के लिए मैं उन्हें घर ले आई थी। मैं चाय बनाने भीतर आई तो मम्मी भी मेरे पीछे-पीछे चली आईं। बोलीं, ''निम्मी, यह लड़का तुम्हारा मित्र ही है या और भी कुछ है?''

'अभी तो सिर्फ मित्र ही है। बाद में शायद और कुछ या बहुत कुछ बन जाए।'

वे पुन: बाहर जाकर बैठ गईं और चाय के दौरान उन्होंने बहुत सहज भाव से कहा, 'अजीत! नमिता ने शायद तुम्हें बताया होगा कि मैं और उसके पिता वर्षों से अलग हैं। उसके जेहन में तो शायद उनकी कोई तसवीर भी नहीं होगी, क्योंकि उस समय वह बहुत छोटी थी।'

'नमिता ने मुझे कुछ नहीं बताया। शायद कभी जिक्र ही नहीं चला। और आप भी मुझे यह सब क्यों बता रही हैं? इससे क्या फर्क पड़ता है?'

'फर्क पड़ता है। इस तथ्य को जब तुम जान लोगे, तब तुम्हें उसे समझने में आसानी होगी। तुम्हें शायद पता नहीं है कि जो बच्चे सिंगल पेरेंट द्वारा पाले जाते हैं—थोड़े अलग होते हैं। वे ज्यादा भावुक, ज्यादा संवेदनशील, ज्यादा गुस्सैल या ज्यादा जिद्दी होते हैं। इसीलिए अगर नमिता के स्वभाव में तुम्हें कुछ अस्वाभाविक लगे तो जरा सब्र से काम लेना। उसकी बैकग्राउंड समझने की कोशिश करना।'

मम्मी के इस आग्रह को हम दोनों ही नहीं समझ पा रहे थे। सबकुछ बड़ा अप्रासंगिक लग रहा था, पर बाद में उसकी सार्थकता समझ में आई। मम्मी जान गई थीं कि यह रिश्ता बहुत दूर तक जाएगा, इसीलिए भूमिका बाँध रही थीं। जैसे ही अजीत की ओर से प्रस्ताव आया, उन्होंने फौरन हाँ कह दी। वे मानसिक रूप से अपने को तैयार कर चुकी थीं। उन्होंने दीदी की शादी का जिक्र भी नहीं छेड़ा।

अजीत के माता-पिता से भी उन्होंने कोई बात नहीं छिपाई, बल्कि उनसे कह दिया कि मेरी बेटी का यह पक्ष कमजोर है। कृपया इसे लेकर कोई तानाकशी न करें, नहीं तो वह सहन नहीं कर पाएगी। अजीत तो सज्जन हैं ही, उनके माता-पिता भी बड़े गंभीर किस्म के हैं। शादी में मेरे पिता की अनुपस्थिति को उन्होंने नजरअंदाज कर दिया। रिश्तेदारों ने कानाफूसी की भी होगी तो पता नहीं। मुझ तक कोई बात नहीं पहुँची।

विदा के समय सभी माँएँ अपनी बेटियों को सीख देती हैं, मेरी माँ ने भी दी। कहा, 'निम्मो, अब थोड़ा अपने स्वभाव को मोल्ड करो। अपनी जबान पर काबू करना सीखो। मैं तो औरत थी, फिर भी सह नहीं पाई थी। अजीत लाख सज्जन है, पर पुरुष है। उसके सब्र की परीक्षा मत लेना।'

शुभम के जन्म पर मुझसे भी ज्यादा मम्मी खुश थीं।'चल, तूने एक बड़ी लड़ाई जीत ली।'

'कैसे?'

'कम-से-कम बेटी जनने का दोष तो तुझ पर नहीं लगेगा। और मैं भी एक तरह से बरी हो गई, नहीं तो कहने को हो जाता, माँ की कोख में भी बेटियाँ ही थीं।

बेटी भी इतिहास दोहरा रही है।'

उस समय मैंने जाना कि इस लांछन का घाव उनके अवचेतन में अब भी ताजा है।

दो साल पहले एक फोन आया था।

दीदी उन दिनों यू.एस.ए. से आई हुई थीं। उनसे मिलने मैं भी मम्मी के पास पहुँच गई थी। फोन मैंने ही उठाया था।

'हैलो! कौन, सुमि बोल रही है?'

'जी नहीं, मैं निम्मी हूँ नमिता।'

'मैं तुम्हारा गोविंद चाचा बोल रहा हूँ। तुम तो शायद पहचानोगी भी नहीं। सुमि होती तो पहचान लेती। जरा अपनी मम्मी को फोन देना।'

मम्मी कॉलेज गई हुई थीं। मैंने दीदी को पकड़ा दिया, 'कोई गोविंद चाचा हैं।'

दीदी का चेहरा एकदम तन गया। बड़ी ही रूखी आवाज में उन्होंने कहा, 'यस, सुमिता हियर!'

उस तरफ से क्या बात हुई, पता नहीं। दीदी ने तल्ख अंदाज में कहा, 'मतलब हमारे पिता अभी मौजूद हैं? दिस इज ए न्यूज फॉर अस। मेरी माँ ने तो अरसे पहले अपने सारे सौभाग्यालंकार उतार दिए हैं। हमारे लिए तो पिता का अस्तित्व कब से शेष हो गया है। एनी वे, थैंक्स फॉर कॉलिंग।'

और दीदी ने रिसीवर पटक दिया। मैंने प्रश्नार्थक नजरों से देखा।

'श्रीमान को कैंसर हो गया है। सिरोसिस ऑफ लिवर। इसीलिए बीवी की याद आ गई है, क्योंकि बीमारी में सेवा भी चाहिए और पैसा भी।'

'वह जो एक और थीं, वह कहाँ गईं?'

'एक होती तो रुकती। यहाँ तो अनेक थीं। डूबते जहाज पर कौन ठहरता है।'

'मम्मी को बताओगी?'

'बताना तो पड़ेगा। पर एक बात तय है। अगर वे उस आदमी के पास दोबारा गईं तो हम दोनों उनसे कभी कोई संबंध नहीं रखेंगे।'

'लेकिन दोबारा फोन आया तो मम्मी क्या मना कर पाएँगी?'

'यू आर राइट। मम्मी में वो गट्स नहीं हैं। और वे लोग उनको इमोशनली ब्लैकमेल जरूर करेंगे। एक काम करते हैं। मैं उन्हें साल-छह महीने के लिए अपने साथ ले जाती हूँ। मामा की भी अभी खबर लेती हूँ। यहाँ का नंबर उन्होंने ही दिया होगा। यहाँ से जाकर पहला काम यही करूँगी कि वहाँ नया नंबर ले लूँगी और वह सिर्फ तुम्हारे पास होगा। नहीं तो वे लोग मम्मी को वहाँ भी चैन से रहने नहीं देंगे।'

इसके बाद दीदी ने साँस नहीं ली। दौड़-धूप करके मम्मी का साल भर का वीजा बनवाया। वह तो मम्मी से कह रही थीं कि नौकरी छोड़ दो, पर मम्मी नहीं मानीं। लंबी छुट्टी ले ली। पिछले साल एक महीने के लिए आई थीं, वीजा की अवधि बढ़ाकर फिर चली गईं।

मम्मी के जाने के बाद मैं अकेली पड़ गई हूँ। आठवें दिन फोन पर बात होती है, फिर भी दूरी का एहसास नहीं जाता। तीन लोगों की हमारी छोटी सी दुनिया थी। वे दोनों तो अब भी साथ हैं, मैं ही अलग पड़ गई हूँ।

मम्मी से शिकायत करती हूँ तो वे हँस देती हैं, 'पगली, तुम्हें अब हमारी जरूरत क्या है? तुम्हारी तो अब अपनी अलग दुनिया है। तुम्हें तो अब हमारी याद भी नहीं आनी चाहिए।'

'ऐसा भी कहीं होता है?'

आज सुबह ग्यारह-साढ़े ग्यारह के करीब उन्हीं गोविंद चाचा का फिर फोन आया था। इस बार सीधे मेरे पास ही आया था। मम्मी दीदी के पास थीं और दीदी का नया पता और नया नंबर सिर्फ मुझे मालूम था। पिछली बार की तरह इस बार भी इन्होंने मामा से बात की होगी। वहीं से मेरा पता और नंबर लिया होगा।

'मैं तुम्हारा गोविंद चाचा बोल रहा हूँ। पहचान रही हो न?'

'जी।'

'एक खबर देनी थी।'

'कहिए?'

'तुम्हारे पिता नहीं रहे।'

चाहती तो दीदी वाला जुमला फिर से उछाल देती, पर इच्छा ही नहीं हुई। इस खबर पर कोई भी प्रतिक्रिया व्यक्त करने का मन नहीं हुआ।

'निम्मी! सुन रही हो न?'

'जी।'

'तुम्हारी मम्मी को खबर करनी थी। तुम्हारे मामाजी के पास सुमि का नंबर नहीं था। भाभी शायद वहीं हैं।'

'मैं खबर कर दूँगी। हफ्ते, छह दिन में दीदी फोन कर ही लेती हैं, तब बता दूँगी।'

'मुझे नंबर दे देतीं तो···।'

'ऐसी भी क्या जल्दी है? दो दिन बाद भी पता लगेगा तो क्या फर्क पड़ेगा? आप तो जानते हैं, बरसों पहले उन दोनों ने एक-दूसरे को अपनी जिंदगी से

खारिज कर दिया था।'

'खैर, मैं तो अपना फर्ज अदा करना चाहता था। आगे तुम्हारी मरजी।'

वे रिसीवर रखने को ही थे कि मैंने तपाक से कहा, 'आपका फर्ज क्या यहीं तक सीमित था?'

'मतलब?'

'जिस तत्परता से आपने अपने भाई की बीमारी और अब मृत्यु की खबर पहुँचाई है, उसी तत्परता से कभी हमारी भी खोज-खबर ली होती। आपके खानदान की बेटियाँ थीं हम। कभी पता तो लगाया होता कि हम कैसी हैं, कहाँ हैं, पढ़-लिख रही हैं या मामा के घर में खट रही हैं। शादी हो गई है या कुँवारी बैठी हैं। आप चाचा होते हैं न हमारे, फिर कभी तो हमारा खयाल किया होता।'

'सिर्फ खयाल करने से क्या होता है? कोई संपर्क-सूत्र तो हो। और फिर जिसके दम से ये सारे रिश्ते थे, जब उसी ने किनारा कर लिया तो हम तो पराए ही थे।'

'एक्लेक्टली। और अब तो वह महीन सा रिश्ता भी खत्म हो गया, इसलिए गुडबाय।'

मैंने रिसीवर इतनी जोर से पटका कि उन्हें पता चल गया होगा कि मेरे मन में कितना आक्रोश है। गुस्से से मेरे आँसू निकल आए थे। जिंदगी भर तो कभी सुध नहीं ली कि ये लोग जीती हैं कि मरती हैं और अब तेरहवीं का निमंत्रण भेज रहे हैं। गुस्सा सिर्फ उनके ऊपर ही नहीं था, अपने आप पर भी था। उनसे इतनी बात करने की जरूरत ही क्या थी! दीदी ने कितनी ग्रेसफुली उन्हें एक ही बार में निबटा दिया था। मुझ बेवकूफ को अपनी भड़ास निकालने का यही मौका मिला? मेरे आक्रोश के पीछे से झाँकता मेरा उदास, एकाकी, निरानंद, अभावग्रस्त बचपन उन्होंने जरूर देख लिया होगा। अपने दुःखों को इस तरह विज्ञापित करने की क्या जरूरत थी? यह तो एक तरह से मैंने मम्मी का अपमान ही कर दिया, उनकी सारी तपस्या पर पानी फेर दिया।

पता नहीं कितनी देर तक मैं अपने को कोसती रही, हिलक-हिलककर रोती रही।

शाम को रोज की तरह मुँह-हाथ धोकर मैंने कपड़े बदल लिये थे, फिर भी इन्होंने आते ही मेरी चोरी पकड़ ली।

"क्या बात है? लगता है, दिन भर रोती ही रही हो।"

मैं एकदम फट पड़ी, "तुम सी.आई.डी. में भरती क्यों नहीं हो जाते? बेकार दफ्तर की फाइलों में अपनी प्रतिभा जाया कर रहे हो।"

पिता

"थैंक्स फॉर द कॉम्प्लीमेंट्स मैडम! पर आपका चेहरा इतना पारदर्शी है कि कोई अंधा भी उसे पढ़ सकता है। मैं तो फिर भी दो आँखें रखता हूँ। किचन में एक गिलास भी टूट जाता है तो मुझे पता चल जाता है। टेलर अगर तुम्हारा ब्लाउज बिगाड़ देता है तो मैं जान जाता हूँ। आज तो सचमुच कोई गंभीर बात हुई है, क्योंकि तुम दिन भर रोती रही हो। ठीक कह रहा हूँ न?"

"रोने पर पाबंदी है कोई?"

"पाबंदी नहीं है, पर पूछना तो मेरा फर्ज है न! पति हूँ तुम्हारा।'"

मन हुआ, चीखकर कह दूँ, भाड़ में गया तुम्हारा फर्ज। प्लीज लीव मी अलोन। पर मम्मी की सीख याद आ गई, जो उन्होंने सगाई पर, शादी पर, अमेरिका जाते हुए दी थी। कहा था, 'निम्मी! अपनी जबान पर, अपने गुस्से पर काबू रखो। ये छोटी-छोटी बातें ही गृहस्थी में दरार पैदा करती हैं। माना कि अजीत बहुत सज्जन है, सहनशील है; पर चंदन भी कभी-कभी आग पकड़ लेता है। इसलिए कहती हूँ, अपने लिये, अपने बच्चों के लिए थोड़ा जब्त करना सीखो।'

मम्मी की याद से ही मेरा गुस्सा ठंडा पड़ गया और मैंने सूखी हँसी हँसकर कहा, "फर्ज पूरा हो गया श्रीमानजी! अब थोड़ा चाय-नाश्ता हो जाए।"

सौभाग्य से उसी समय बच्चे भी आया के साथ घूमकर वापस लौट आए। माहौल एकदम खुशगवार हो गया। रात का खाना भी उसी प्रसन्न वातावरण में हुआ। उस रात टी.वी. खोलने का मन नहीं हुआ। शगुन को थपकते हुए मैं बरामदे में आ बैठी। ये भी सामने वाली कुरसी पर बैठ गए। शुभम उनकी गोद में चढ़ बैठा। दोनों बच्चे निंदियाए हुए थे, सोने में दस मिनट भी नहीं लगे।

हम लोग थोड़ी देर इधर-उधर की बातें करते रहे। फिर मैंने एकाएक कहा, "आप शाम को ठीक कह रहे थे। आज एक गंभीर बात हो गई है।"

"क्या?"

"मेरे पिता नहीं रहे।"

"ओह!" उन्होंने कहा और चुप हो गए। शायद सोच रहे होंगे कि सांत्वना में क्या कहूँ? या फिर सांत्वना दूँ भी कि नहीं?

बड़ी देर बाद बोले, "तुम्हारी मम्मी ने मना किया था, इसलिए आज तक मैंने कभी उनका जिक्र नहीं छेड़ा। लेकिन आज अगर चाहो तो उनके बारे में बात कर सकती हो। मन हल्का हो जाएगा।"

"बात करने को है ही क्या," मैंने कसैले स्वर में कहा, "मुझे तो उनकी शक्ल तक याद नहीं है। कुल जमा दो साल की तो थी मैं, जब मम्मी ने घर छोड़ा था।"

"उसके बाद कभी देखा नहीं?"

"न, बस सुना ही सुना। और जो कुछ सुना, उससे आहत ही हुई।"

"फिर भी पिता तो पिता होते हैं। अनजाने, अनचाहे उनसे एक तार जुड़ा रहता है। नहीं तो तुम रोती क्यों?"

"आप गलत समझ रहे हैं। मैं पिता के लिए नहीं रोई थी। मैं तो अपने लिए रोई थी। मैं उस प्यार-दुलार, सुकून और सुरक्षा के लिए रोई थी, जो हर बच्चे का जायज हक होता है, पर वह मुझे नहीं मिला। एक गरीब का बेटा भी अपनी झोंपड़ी में सुरक्षित महसूस करता है, अपनों के बीच सिर उठाकर चलता है, क्योंकि उसके सिर पर बाप का साया होता है। हम तो पिता के रहते भी अनाथ थे। मामा की विशाल हवेली में भी अकिंचन, असहाय और बदहाल थे। मामा हमें मजबूरी में पाल रहे थे, पर उनके बच्चों को हम फूटी आँख नहीं भाते थे। हमें अपमानित करने का एक भी मौका वे लोग नहीं छोड़ते थे। हम लोग न अपनी पसंद का पहन-ओढ़ सकते थे, न मन भरकर खा-पी सकते थे। आजादी से हँसने-बोलने की भी मनाही थी। मामी की चौकन्नी नजर हमेशा हमें घूरती रहती थी। उनकी जबान तो एकदम जहर-बुझी थी। वे हमें कभी नहीं भूलने देती थीं कि हम तीनों उनके टुकड़ों पर पल रहे हैं। दीदी तो फिर भी समझदार थीं, पर मैं अकसर जिद पर आ जाती। तब वे हाथ नचा-नचाकर कहतीं, 'बाप के घर से क्या बाँधकर लाई थीं, जो माँग रही हो?' मम्मी कुछ कहने जातीं तो तांडव शुरू कर देतीं। सबको सुनाकर कहतीं, 'ऐसा सुभाव था, तभी तो ससुराल में नहीं बनी। अब यहाँ हमारी छाती पर मूँग दलने आ गई हैं महारानी। मेरे बच्चों के मुँह का कौर छिन गया।'

"यों तो मम्मी कॉलेज में नौकरी कर रही थीं, मामा को अपने हिस्से का खर्च भी दे रही थीं, पर मामी को संतोष नहीं था। उन्हें तो हमारी उपस्थिति ही खटकती थी। नानी एक ही शहर में दूसरा घर लेने की इजाजत भी नहीं दे रही थीं। हारकर मम्मी ने बड़ी मुश्किल से अपना ट्रांसफर भोपाल करवा लिया। लड़कियों का साथ था, इसलिए बेटे का महल छोड़कर नानी भी हमारे साथ आ गईं और आखिरी दम तक यहीं रहीं, लेकिन अपना खर्च बराबर बेटे से लेती रहीं। कहतीं, 'अब आखिरी समय में बेटी की कमाई क्यों खाऊँ?' उनकी इस बात के पीछे रस्मो-रिवाज थे या बेटी की मदद की आकांक्षा, कौन जाने!

"नानी न होतीं तो हम लोगों का पता नहीं क्या हाल होता।" मैं उन्हें बड़े मनोयोग से अपने बचपन की कहानी सुना रही थी। एकाएक पता नहीं कितनी सारी बातें याद आ गई थीं—अपना अकेलापन, मम्मी के आँसू, पड़ोसियों की तानाकशी, सहेलियों की कानाफूसी, रिश्तेदारों का उपहास। यह भी याद आया कि भोपाल आने

के बाद मम्मी ने जब अपने सुहाग-चिह्न उतार दिए थे तो हम लोग कितना सहम गए थे। उनका रूप देखकर नानी तो एकदम बिदक गई थीं। मम्मी ने शांत भाव से कहा था, 'अम्माँ, लोग तरह-तरह के सवाल पूछते हैं। किस-किस को अपना इतिहास सुनाती फिरूँ! लड़कियाँ भी परेशान होती हैं। वैसे भी ये चीजें मेरे सौभाग्य की नहीं, दुर्भाग्य की ही प्रतीक हैं।'

"करवाचौथ या तीज पर भी मम्मी व्रत नहीं रखती थीं। नानी को उन्होंने समझा दिया था, 'अम्मा, मैं तो एक जन्म में ही भरपाई हूँ। जन्म-जन्मांतर के लिए ऐसे पति की कामना तो मैं बिल्कुल ही नहीं कर सकती।'

बेतरतीब सी सारी बातें जैसे-जैसे याद आ रही थीं, मैं सुना रही थी। वर्षों से मन में संचित गुबार लावे की तरह बह निकला था। बिल्कुल रीत जाने के बाद मैं निस्पंद सी कब तक बैठी रही, मुझे पता नहीं। कब उन्होंने शुभम को सुलाया, कब शगुन को मेरी गोद से उठा लिया, कब वे उठकर चले गए, मालूम नहीं पड़ा।

हाथ-मुँह धोकर जब मैं बेडरूम में पहुँची तो देखा—एक बाँह पर शुभम और एक बाँह पर शगुन को लिये वे सो रहे हैं। दोनों बच्चों ने अपनी बाँहें पापा के गले में डाली हुई हैं।

नींद में भी दोनों बच्चे एकदम संतुष्ट और आश्वस्त लग रहे थे। मैं निर्निमेष उन्हें देखती रही। क्षण भर के लिए अपने ही बच्चों से मुझे ईर्ष्या हो आई। विधाता ने मुझे इस सुख से वंचित क्यों रखा? फिर से मन में जैसे एक भट्ठी सी सुलगने को हुई, पर मैंने जब्त कर लिया। मुझे अपने आप पर शरम आने लगी। छिह, कोई अपने बच्चों से भी जलता है कभी!

"सो गए क्या?" मैंने हौले से पुकारा।

वे आँख खोलकर मुसकराए, "मैं तो नहीं सोया, पर मेरे ये दोनों हाथ सो गए हैं। जरा मदद करोगी?"

मैंने बच्चों को अलग करना चाहा तो उन्होंने पापा को और कसकर पकड़ लिया। नींद में भी वे अपनी पकड़ ढीली नहीं करना चाहते थे। मैंने अजीत के दोनों हाथ बच्चों के सिर पर रखकर कहा, "आज मुझे एक वचन दोगे प्लीज!"

"क्या?"

"मैं चाहे कितनी ही गलतियाँ करूँ, पर उसकी सजा तुम मेरे बच्चों को मत देना। अगर बरदाश्त से बाहर हो जाए तो मुझे छोड़ देना, पर इन बच्चों पर अपना हाथ हमेशा बनाए रखना। प्रॉमिस?"

"प्रॉमिस।" उन्होंने कहा और मुझे भी अपनी बाँहों में भर लिया।

◻

तुम मेरी राखो लाज हरि

प्रतीक्षा कुछ ज्यादा ही लंबी हो चली थी। बरामदे में बैठे सब लोग ऊँघने से लगे थे, तभी कॉरीडोर से आती भारी पदचाप सुनाई दी और सबके सब एकदम सतर्क हो गए। यह अस्पताल की चिर-परिचित सिस्टर लोगों की सौम्य, किंतु सधी हुई पदचाप नहीं थी, बल्कि पुलिस के जूतों की भारी-भरकम आवाज थी। पुलिस का वह सिपाही हमारे सामने से गुजरता हुआ बाहर निकल गया। कुछ ही पल बाद वह लौटा तो अकेला नहीं था, इंस्पेक्टर शुक्ला भी उसके साथ थे।

''होश में आ गई है शायद।'' एक सम्मिलित स्वर उभरा।

संभवत: मैं उठ खड़ी हुई, पर मुझे इशारे से वहीं रोक दिया गया। मन मारकर मैं बैठ गई। अब सबकी चौकन्नी नजर मुझ पर थी। उसकी माँ, उसका भाई, उसकी बहन—सब मुझे घूर रहे थे। उनकी नजरों में एक अभियोग साफ-साफ झलक रहा था।

उन घूरती हुई आँखों से बचने के लिए मैं बाहर लॉन में आकर बैठ गई। उस छोटे से लॉन में कई लोग बैठे हुए थे। सब अपनी-अपनी मुसीबत के मारे, सब अपनी-अपनी चिंताओं में डूबे हुए। मेरी ओर देखने की किसी को फुरसत नहीं थी। कोई नहीं जानता था कि यहाँ जो औरत बैठी हुई है, वह कल तक एक शहीद की माँ थी, पर आज...

आज मैं क्या हूँ, यह तो संध्या का बयान ही तय करेगा। उसके परिजनों की आँखों में अगर अविश्वास, संशय या तिरस्कार है तो वह अस्वाभाविक नहीं है। संध्या को आत्महत्या के लिए प्रेरित करने के लिए अगर वे मुझे उत्तरदायी मान रहे थे तो इसमें आश्चर्य नहीं था। सास-बहू का रिश्ता विवादास्पद ही होता है, फिर एक युवा, सुंदर, विधवा बहू के साथ तो लोग सामान्य रिश्ते की कल्पना भी नहीं कर सकते। खासकर बहू के नाम पर बैंक में एक मोटी रकम जमा हो तो यह संदेह

और भी गहरा जाता है। ऐसी बहू के प्रत्याहरण का मोह शायद बहुतेरी सासों को होता होगा।

पर मुझे विश्वास था कि संध्या मुझ पर यह तोहमत नहीं लगाएगी, इतना बड़ा झूठ वह बोल नहीं सकती, लेकिन अगर वह सच बोल गई तो! तब उस शरम को मैं कैसे झेल पाऊँगी। उस सच से तो कोई भी झूठ बेहतर है। मैं तो परमात्मा से प्रतिक्षण यही मना रही हूँ कि भले ही वह मुझे कठघरे में खड़ा कर दे, पर सच न बोले।

कल सुबह से मैं यहाँ अस्पताल में बैठी हूँ। खबर पाते ही बंबई से उसकी माँ और भाई तथा दिल्ली से उसकी बहन आ पहुँची हैं। मेरी बेटी सविता भी लखनऊ से चल पड़ी है। अड़ोसी-पड़ोसी, नाते-रिश्तेदार अस्पताल के चक्कर लगा रहे हैं, बारी-बारी से आकर कुशलक्षेम पूछ रहे हैं, चाय-नाश्ते की पेशकश कर रहे हैं, पर सविता के पापा शर्मसार होकर घर में ऐसे दुबक गए हैं कि एक बार झाँकने भी नहीं आए। लोग समझ रहे हैं कि जवान बेटे की मृत्यु से वे इतना टूट गए हैं कि अब किसी नई त्रासदी का सामना करने की उनमें हिम्मत नहीं है। घर में बैठकर वे सबकी सहानुभूति और आदर बटोर रहे हैं और सारी जद्दोजहद से गुजरती मैं सबकी नफरत झेल रही हूँ—संदेह भरी नजरों से छलनी हो रही हूँ।

इस हादसे के बाद मैंने प्राणपण से चाहा था कि संध्या अपने परिवार में वापस लौट जाए। मैंने बार-बार यह संकेत दिया था कि हमें उसके रुपए-पैसे से कोई मोह नहीं है, वह सबकुछ अपने साथ ले जा सकती है। उसके वहाँ रहने पर भी इस घर पर, यहाँ की धन-संपत्ति पर उसका हक बना रहेगा। अपना बुढ़ापा हम अकेले काट लेंगे, बस हमें इस जिम्मेदारी से मुक्त कीजिए। इस जिम्मेदारी के चलते तो मैं बेटे के लिए रोना भी भूल गई थी।

जब उन लोगों की ओर से कोई पहल नहीं हुई तो मुझे ही निर्णय लेना पड़ा। सविता के साथ मैंने उसे पूरे साजोसामान के साथ बंबई भेज दिया। उसके बैंक खाते के स्थानांतरण की व्यवस्था भी कर दी। लेकिन पंद्रह दिन भी नहीं बीते थे कि वह बैरंग चिट्ठी की तरह लौट आई। साथ में उसकी माँ भी थी। समधिन ने हाथ जोड़कर कहा, ''बहन जी! आपका इतना बड़ा घर है, लड़की कहीं भी पड़ी रहेगी। आपकी सेवा करके जिंदगी गुजार देगी।''

''यह घर तो उसी का है। वह जब चाहे यहाँ आ-जा सकती है। मैंने तो…''

''आपने कुछ अच्छा ही सोचा होगा, मैं जानती हूँ। घर की बात बाहर उछालनी नहीं चाहिए, पर आप तो अपनी हैं, आपसे क्या छिपाना! इसके पिता की

मृत्यु के बाद उस घर में बहू का राज हो गया। राज क्या है, पूरा रावणराज है। हम माँ-बेटी ने कैसे दिन गुजारे हैं, मैं जानती हूँ, इसीलिए मैंने इसकी पढ़ाई भी पूरी नहीं होने दी। जल्दी शादी कर दी। सोचा था, अपने घर में सुख से रहेगी, पर भाग्य में हो तब तो। उसकी शादी के खर्च को लेकर बहू जब-तब ताने देती है। अब अगर वह हमेशा के लिए आ गई तो वह हमारा जीना मुश्किल कर देगी।"

"लेकिन वहाँ रहने की जरूरत ही क्या है? हम लोग एक अच्छा सा फ्लैट ले लेंगे। आप उसके साथ बनी रहिए, हमें भी फिक्र नहीं रहेगी।"

"लेकिन मैं तो सब दिन बैठी नहीं रहूँगी। उसके बाद?"

"बहन, हम भी कोई अमरपट्टा लेकर नहीं आए हैं। जाना तो हमें भी है, और जितनी जल्दी चले जाएँ, उतना अच्छा, पर जाने से पहले उसका ठिकाना करके जाना है। अच्छा घर-वर देखकर उसकी शादी कर देनी है। इतनी बड़ी पहाड़ सी जिंदगी वह अकेले कैसे काटेगी।"

"तो बहन जी! यह काम भी आप ही कर सकती हैं। भाई साहब आपके साथ हैं। मेरे पास तो कोई साधन भी नहीं है। इसके भाई-भाभी लालच में आ गए तो दूसरी शादी भी नहीं होने देंगे। जिंदगी भर इसके पैसों पर कुंडली मारकर बैठ जाएँगे।"

"आपको अपने बेटे पर जरा भी एतबार नहीं है?"

"बेटा अपना है तो क्या हुआ, बहू तो पराए घर से आई है। बेटा भी अब उसी की आँख से देखता है, उसी के कान से सुनता है। अपना दिल-दिमाग सब उसने बीवी के पास गिरवी रख छोड़ा है।"

इसके बाद कुछ कहने का सवाल ही नहीं था। एक कोशिश मैंने और की थी। उसकी डॉक्टर बहन के सामने भी प्रस्ताव रखा था। यों तो वह संध्या से दस साल बड़ी थी, पर बहन बहन ही होती है, कुछ तो लगाव होगा ही। हमारी तुलना में तो वह ज्यादा अपनी होगी। हम लोगों का साथ ही कितना था, कुल जमा डेढ़ साल। उससे भी आधे दिन वह पति के साथ या फिर पीहर में रही थी।

लेकिन उसकी बहन ने भी मेरा अनुरोध स्वीकार नहीं किया। बोली, "आंटीजी, डॉक्टर हूँ मैं। दिन में पंद्रह घंटे बाहर रहती हूँ। कभी-कभार रात को भी जाना पड़ जाता है। इनका क्लीनिक घर पर ही है। कभी कोई ऊँच-नीच हो गई तो मुसीबत होगी।"

मतलब वह कोई खतरा लेना नहीं चाहती थी। अब उसे कैसे समझाती कि इसी ऊँच-नीच का तो मुझे भी डर है, इसीलिए तो मैं तुम सबकी चिरौरी कर रही

हूँ। कैसे कहती कि औरत, खासकर अकेली औरत इनकी कमजोरी है, पर अपने पति के बारे में यह सब कहना, अपने आपको गाली देने जैसा है, इसीलिए तो सारी उम्र ओठ सीकर इस दर्द को पीती रही हूँ। जानती हूँ कि जब पुरुष की नीयत खराब होती है तो जाति, उम्र, रिश्ते सारी चीजें गौण हो जाती हैं। इसके चलते मैंने कितनी नौकरानियों को भुगता है, मैं ही जानती हूँ। रिश्ते की बहनों और ननदों की मैंने मजबूरन चौकीदारी की है। पड़ोसिनों से भी कभी दुआ-सलाम के आगे संबंध नहीं बढ़ने दिए। पूरी जिंदगी बहुत चौकस रही हूँ मैं, घर की इज्जत पर आँच नहीं आने दी, पर अब मुझसे यह सब नहीं हो सकेगा। टूटा हुआ मन और थका हुआ शरीर लेकर मैं पराई लड़की की जिम्मेदारी कैसे सँभाल पाऊँगी? मेरा मन उसी दिन काँप गया था, जब शोक से बेहाल संध्या को इन्होंने अंक में भर लिया था। दु:ख की उस कातर घड़ी में सोचने-समझने की शक्ति लुप्त हो गई थी, फिर भी वह दृश्य मेरे अवचेतन में उतर गया था। अपनी सूजी हुई आँखें लेकर सविता ने उसी क्षण मेरी ओर देखा था। पलभर को हमारी नजरें मिली थीं और उसने तुरंत आगे बढ़कर संध्या को गले लगा लिया था।

बेचारी लड़की! अपने पापा के चरित्र के इस पहलू को जानती है, इसलिए अतिरिक्त रूप से सजग रहती है। घरेलू पार्टियों में जब पापा ज्यादा बेतकल्लुफ होने लगते थे तो वह वितृष्णा से मुँह फेर लेती थी। पापा अगर उसकी सहेलियों की चोटी खींचते, पीठ पर धौल जमाते या गाल में चिकोटी लेते तो उसका चेहरा तमतमा जाता। मुझसे अकसर कहती, ''ममा, स्कूल में आप ही आया करो। पापा बिना बात के मेम की साड़ी-वाड़ी की तारीफ कर देते हैं। बड़ा ऑकवर्ड लगता है।'

मैंने कितनी बार कहा है कि हम लोग अंग्रेज नहीं हैं। हमारे यहाँ किसी महिला के कपड़ों की तारीफ करना, हेयर स्टाइल या चूड़ी-बिंदी पर कमेंट करना अच्छा नहीं समझा जाता, पर इन्होंने कभी मेरी बात नहीं मानी। उल्टे मुझ पर बिगड़ते, 'तुम्हारा तो दिमाग ही खराब है। हर बात का गलत मतलब निकाल लेती हो।'

तो संध्या का मेरे पास रहना तय हो गया। मुझे लगा, जैसे मैंने अपने आँचल में अंगार भर लिये हैं। पंद्रह-बीस दिन सविता को मैंने रोक लिया। वह साए की तरह संध्या के साथ बनी रही, पर वह भी कितने दिन रहती। उसका भी घर-बार बच्चे थे, बूढ़े सास-ससुर थे। उसे तो जाना ही था। अपनी मुसीबत हमें भुगतनी ही भुगतनी थी।

अपना दु:ख पीकर मैं बहू के घाव सहलाने में जुट गई, पर इन्होंने मुझे मौका ही नहीं दिया, उसका पूरा भार इन्होंने अपने ऊपर ले लिया। इनकी सारी दिनचर्या

उसी धुरी पर घूमने लगी। सुबह-शाम पेपर पढ़ना, न्यूज सुनना, सीरियल्स देखना—सब साथ-साथ होने लगा। दोपहर में कैरम या लूडो खेला जाता, उसे ब्रिज का गेम सिखाया जाता। उसके लिए लाइब्रेरी लगवाई गई, उसके लिए नई-नई कैसेट्स और सी.डी. घर में आने लगीं।

फिर एक दिन इन्होंने घोषणा की कि वे संध्या को ड्राइविंग सिखाएँगे। मैंने कहा, ''देखिए, जो कुछ दिल बहलाव करना है, घर में बैठकर कीजिए। बाहर चार लोग देखेंगे तो चार तरह की बात करेंगे। लोगों को किसी के सुख-दु:ख से कोई मतलब नहीं होता। वे बस बातें करना जानते हैं। लड़की नाहक बदनाम हो जाएगी।''

वे एकदम भड़क गए, ''क्या दकियानूसी सासों की तरह बात करती हो! जिंदगी भर क्या उसे घर में कैद करके रखोगी?''

''जिंदगी भर न सही, पर कायदे से साल-छह महीने तो घर में रहे।'' फिर अपनी ही बात काटकर मैंने कहा, ''हम लोग उसे कॉलेज में दाखिला क्यों नहीं दिलवा दें। वह अपनी छूटी हुई पढ़ाई पूरी कर लेगी। कल को अगर नौकरी करनी हो तो हाथ में ढंग की डिग्री तो होगी।''

''नौकरी क्यों करेगी? क्या तुम्हारे घर में उसके लिए खाने को नहीं है?''

''ओफ्फो! नौकरी की बात तो मैंने यों ही कह दी थी। मैं तो यह कह रही थी कि कॉलेज जाएगी, थोड़ा खुली हवा में साँस लेगी, हमउम्र लोगों के बीच रहेगी तो उसे भी अच्छा लगेगा। हम लाख कोशिश करें, उसकी उम्र के तो हो नहीं सकते न, बल्कि मनीष की मृत्यु ने तो मुझे दस साल और आगे लाकर पटक दिया है।'' लिहाजा यही तय हुआ। संध्या कॉलेज जाने लगी। उसे एम.ए. इंग्लिश में दाखिला मिल गया। शाम को 5 से 6 तक एक कंप्यूटर क्लास ज्वॉइन कर ली गई। दोनों जगह उसे लाने-ले जाने का जिम्मा इन्होंने ले लिया। मैं कहती, 'उसे एक स्कूटी ले दो न! इस उम्र में यह बेगार आप कब तक ढोएँगे?'

वे कहते, 'मुझे और काम भी क्या है! उतना ही समय कट जाता है। आने-जाने से थोड़ी ड्राइविंग भी सिखा देता हूँ। टू-व्हीलर तो मैं उसे आज ले दूँ, पर कॉलेज इतनी दूर है, उसके घर लौटने तक हमारी जान साँसत में बनी रहेगी। आजकल के लड़के भी कम शरारती नहीं होते। मैं जाता हूँ तो थोड़ा रोब रहता है। ज्यादा बदतमीजी नहीं करते।'

इन्होंने तो अपना वक्त बाँध लिया था, पर मेरा समय काटे नहीं कटता था। तीन प्राणियों के परिवार में मैं एकदम अकेली पड़ गई थी। गृहस्थी से मन उचट

गया था, फिर भी उसे ढोना पड़ रहा था। भूख-प्यास गायब हो गई थी, फिर भी दोनों वक्त रसोई में सिर देना पड़ता था। जिस दिन भी थोड़ी कोर-कसर रह जाती, वे फौरन कहते, 'हम लोग तो बूढ़े प्राणी हैं, खिचड़ी खाकर भी जी लेंगे, पर इस लड़की का तो कुछ खयाल करो। वह तो अपने मुँह से कुछ कहने से रही।'

तीन-चार महीने बाद सविता फिर एक बार चली आई। लाख ससुराल में थी, पर उसका मन तो वहीं अटका हुआ था। जानती थी कि भाई की मृत्यु के बाद मम्मी-पापा कितने अकेले पड़ गए हैं।

आते ही बोली, "मम्मा! तुम्हें क्या हो गया है? बीमार हो क्या? इन चार महीनों में तो तुम आधी भी नहीं रह गई हो।"

मैंने सूखी हँसी हँसकर कहा, "अब इस जन्म में तो मैं मुटाने से रही। तुम्हारा भाई मुझे जिंदगी भर का रोग दे गया है।"

दो दिन में ही उसे सारी दिनचर्या समझ में आ गई। बोली, "यह क्या बात है मम्मा! दिन भर तुम्हीं लगी रहती हो?"

"इसमें नई बात क्या है! तुम्हारी शादी के बाद से तो मैं अकेले ही सब कर रही हूँ।"

"पर अब तो घर में संध्या है, उसे तुम्हारा हाथ बँटाना चाहिए।"

"पर उसके पास समय कहाँ है?"

"क्यों? सुबह उसका कॉलेज होता है, ठीक है, पर शाम का खाना तो बना ही सकती है न!"

"सच कहूँ सवि! अब उससे कुछ कहते भी संकोच होता है। लगता है, वह इस घर में मेहमान है।"

"कहने की जरूरत ही क्या है, उसे खुद सोचना चाहिए।"

"शायद अब उसको भी इन चीजों में रस नहीं रह गया है। पहले जब आती थी, मुझे रसोई में घुसने नहीं देती थी। सुबह-शाम नई-नई चीजें बनाकर खिलाती थी। अब उसका भी मन हट गया है और ठीक भी है। यह उसकी गृहस्थी तो नहीं है। वह तो बस समय काट रही है और सच तो यह है कि हम सब अपना समय काट रहे हैं।"

"और ये पापा क्या कर रहे हैं? एकदम उसके ड्राइवर ही बन गए हैं। शाम का तो चलो ठीक है, पर सुबह तो अपने से जा सकती है। न हो तो उसे एक स्कूटर ले दो।"

"यह बात तुम उन्हीं से कहना।"

और सचमुच इस बार वह डरी नहीं, सवाल कर ही डाला। बोली, ''पापा! हमें तो याद नहीं आता कि आपने हमें कभी कॉलेज छोड़ा हो या लेने आए हों। अब तो जैसे आपने ड्यूटी ही लगा ली है।''

इन्होंने एक बार घूरकर मेरी ओर देखा और फिर कहा, ''बेटा! जब तुम पढ़ती थी, तब न मेरे पास समय था, न गाड़ी थी। अब तो मेरे पास समय-ही-समय है। मैं तुम्हारी माँ की तरह चौबीसों घंटे ठाकुरजी के सामने ध्यान लगाकर नहीं बैठ सकता। मुझे भगवान् से नफरत हो गई है। सारे व्रत, अनुष्ठानों पर से मेरा विश्वास उठ गया है, इसलिए मैं अपनी शांति कहीं और खोजता हूँ।

''एक बात और सवि! तुम्हारी अपनी एक भरी-पूरी दुनिया है। और यह लड़की बिल्कुल अकेली है। मैं उसका अकेलापन बाँटने की कोशिश करता हूँ। और उसका तो एक बहाना है, सच तो यह है कि मैं अपना ही अकेलापन बाँटने की कोशिश कर रहा हूँ।''

आखिरी बात कहते-कहते इनका स्वर कातर हो आया था। हम दोनों शरम से जैसे पानी-पानी हो गईं। अपने दुःख को सहलाते हुए हम यह भूल ही गई थीं कि मरने वाला इनका भी कोई था। वह इनकी भी आँखों का सपना था, बुढ़ापे की लाठी था, कलेजे का टुकड़ा था। हम लोग तो रो-गाकर अपना दुःख हल्का कर लेती हैं, पर ये तो पुरुष होने की विवशता को ढो रहे हैं। सारा हाहाकार मन में ही दबाए बैठे हैं।

उस अश्रुसिक्त वेला में मैंने इनके सारे अपराध क्षमा कर दिए।

नवंबर में नेहा की शादी निकल आई। इकलौती ननद की इकलौती बेटी की शादी थी। अपना सारा शोक समेटकर हमें भात की तैयारी में जुट जाना पड़ा। जब पहली बार खरीदारी के लिए निकली, तो लगा जैसे युगों बाद घर की चारदीवारी से बाहर आई हूँ। संध्या और उसके पापा तो इस-तिस बहाने से रोज ही बाहर जा रहे थे, पर मैं साल भर से घर में कैद होकर रह गई थी। मंदिर तक जाने का मन नहीं होता था।

शादी से आठ दिन पहले कृष्णा भात माँगने आई थी तो साथ में पीले चावल भी लाई थी। निमंत्रण देते हुए **बोली**, ''भाभी! आप लोगों को **पूरे चार दिन तक** वहीं आकर रहना है। सत्रह को लेडीज संगीत में आओगी तो **बीस को बेटी की** विदा के बाद ही लौटना।''

''शादी में तो खैर आना ही है कृष्णा! पर संगीत-वंगीत में मैं **नहीं** आ सकूँगी।''

“क्यों?”

“क्या करूँ! कहीं जाने का मन ही नहीं होता। तुम विश्वास नहीं करोगी। पिछले साल-सवा साल में हम लोगों ने एक भी शादी अटेंड नहीं की है। अब यह घर की शादी है इसलिए।”

“इसलिए तो कह रही हूँ। तुम नहीं जाती हो तो भैया भी नहीं जा पाते हैं। ऐसा कब तक चलेगा? जीना है तो जिंदगी की कुछ शर्तें भी तो माननी होंगी, इसीलिए आग्रह कर रही हूँ कि तुम आओगी और सारे कार्यक्रम अटेंड करोगी।”

“सच कहूँ कृष्णा! इस लड़की को घर छोड़कर कहीं जाने का मन नहीं होता।”

“तो उसे भी लेती आओ न! ऐसे भी तो सब जगह आती-जाती रहती है। सुरेश, नरेश बताते रहते हैं कि अकसर मामा के साथ गाड़ी में दिख जाती है।”

“जरूर दिख जाती होगी। सुबह कॉलेज जाती है, शाम को कंप्यूटर क्लास जाती है। लाने-ले जाने की ड्यूटी इनकी है। अब क्या करें? इतनी बड़ी जिंदगी उसके सामने है, कुछ-न-कुछ तो करना ही पड़ेगा। हम लोग तो सब दिन बैठे नहीं रहेंगे।”

“हाँ, खैर वो तो ठीक है।” कृष्णा ने जैसे उकताकर कहा।

“पर तुम्हें संगीत में जरूर आना है, नहीं तो मैं भात नहीं लूँगी, कहे देती हूँ। और बहू को भी ले आना, उसका भी मन बहल जाएगा।”

“तुम जरा अपने से कह देती,” मैंने दबी जबान से कहा, पर कृष्णा ने ध्यान नहीं दिया। बहुओं को इतनी लिफ्ट देने के पक्ष में वह नहीं थी। बोली, “तुम लोगों से कह तो दिया, वह क्या तुमसे अलग है?”

कभी-कभी दो शब्द भी लोगों को कितने भारी पड़ जाते हैं। बड़ी मुश्किल से संध्या को राजी किया जा सका। उसके बाद दूसरी समस्या सामने आई, मम्मीजी! मैं क्या पहनूँ? यह बात नहीं कि उसके पास कपड़ों की कमी थी। वह तो रोज ही बाहर जा रही थी, अपनी मनपसंद पोशाक और मनपसंद रंग पहन रही थी। मैंने कभी टोका-टाकी नहीं की। मेरा तो उस ओर कभी ध्यान भी नहीं गया, पर यह प्रसंग अलग था और इस बात को संध्या भी समझती थी। वहाँ उसे एकदम वैरागिन बनाकर तो नहीं ले जाती, फिर भी कुछ सतर्कता बरतना जरूरी था। वहाँ तमाम जाति-बिरादरी की महिलाएँ होंगी, कृष्णा के ससुराल वाले भी होंगे। जरा सी चूक हुई नहीं कि सबको चर्चा के लिए विषय मिल जाएगा।

अपनी सारी आलमारी खँगालकर मैंने उसके लिए मोतिया रंग की एक साड़ी

निकाली। मोती-मूँगे वाला एक हल्का सा सेट निकालकर दिया। उसका सहज-सौंदर्य उतने से ही खिल उठा।

अपने लिए मैंने उससे भी हल्के रंग की एक चँदेरी निकाल ली। इन्होंने देखा तो बेहद नाराज हुए, ''तुम दोनों मेरी बहन के यहाँ मंगल-गीत गाने चल रही हो या मातम करने?''

मैंने कहा, ''प्लीज! आप हमारे बीच में न पड़िए। चार लोगों के बीच में जरा सोच-समझकर ही जाना होता है।''

फिर ये कुछ नहीं बोले, पर पूरे समय मुँह फुलाए रहे।

हम लोग जब पहुँचे तो कार्यक्रम शुरू हो चुका था। नेहा की सहेलियाँ किसी फिल्मी गीत पर नाच रही थीं। हम लोगों के पहुँचते ही कुछ क्षण को नृत्य रुक गया। सबकी आँखें संध्या की ओर उठ गईं। उन आँखों में कौतूहल था, करुणा थी, ईर्ष्या थी और उपहास भी।

कृष्णा ने आगे बढ़कर मुझे अंक में भर लिया और वरिष्ठों की पंक्ति में लाकर बिठा दिया। संध्या असमंजस में थोड़ी देर तक खड़ी रही, फिर चुपचाप मेरे पास आकर बैठ गई। वहाँ इतनी सारी लड़कियाँ थीं, पर किसी ने यह नहीं कहा कि भाभी, मेरे पास आकर बैठो। कृष्णा की दोनों बहुओं ने उससे बात भी नहीं की और नेहा तो मानो दूसरी दुनिया में विचर रही थी। उसकी सगाई के दिन संध्या ने ही उसे तैयार किया था, पर आज उसे 'हैलो' कहने तक की फुरसत नहीं थी। मुझे एक और प्रसंग याद आया। मनीष की शादी के दो महीने बाद ही नरेश की शादी हुई थी, उस समय संध्या नई-नवेली दुलहन थी, पर सबके अनुरोध पर वह इतना अच्छा नाची थी कि मेरा कलेजा गजभर का हो गया था। और आज जैसे वह उस बिरादरी से बहिष्कृत हो गई थी।

करीब नौ बजे के आसपास इन्होंने मुझे बुलाया। बोले, ''ये गाना-बजाना तो शायद बारह बजे तक चलेगा। मैं निकलता हूँ। सुरेश या नरेश कोई तुम लोगों को छोड़ देगा।''

''आपका खाना?''

''पुरुषों की पंगत हो चुकी है। अब तुम लोग आराम से खाती-पीती रहना।''

तभी देखा, संध्या मेरे पीछे आकर खड़ी हो गई है। धीरे से बोली, ''मम्मीजी! मैं भी पापा के साथ चली जाऊँ?''

एक क्षण मन में दुविधा सी हुई, पर मैंने देखा, उसकी आँखें एकदम डबडबाई सी हैं। लगता था, अब बरसी कि तब बरसी।

तुम मेरी राखो लाज हरि 61

"जाओ।" मैंने कहा और वे दोनों चले गए।

वापस आकर बैठी तो कृष्णा की ननद ने पूछा, "बहूरानी चली गईं?"

"हाँ।" मैंने कहा और अनायास मेरा आक्रोश फूट पड़ा, "बैठकर करती भी क्या! न उसे मेहँदी रचानी थी, न महावर लगवाना था। न गाना-गवाना था, न ठुमके लगाने थे। जिसके लिए आई थी, वह अपने में ही मगन है, उसने भाभी की ओर झाँका भी नहीं। सुरेश-नरेश की बहुएँ उससे ऐसे छिटक रही थीं जैसे छू जाएँगी तो कोई अनर्थ हो जाएगा। इतनी लड़कियाँ हैं यहाँ पर, किसी ने पास बैठने तक के लिए नहीं कहा। बेचारी बड़ी-बूढ़ियों के बीच बैठी रही। वह तो आने के लिए कतई तैयार नहीं थी, मैं ही जबरदस्ती लिवा लाई और अब पछता रही हूँ। नाहक उसके घाव हरे कर दिए।"

और यह सब कहते हुए मैं पता नहीं कब सुबकने लगी। घाव संध्या के ही नहीं, मेरे भी हरे हो गए थे। मनीष की मृत्यु का यह नया पहलू अपने भयावह रूप में मेरे सामने आया था और मैं दहल गई थी।

उधर कृष्णा की जिठानी भुनभुना रही थी, "शादी वाले घर में रोकर असगुन कर रही हैं। इन्हें किसने बुला लिया।"

"मैंने बुलाया है," कृष्णा ने कड़ककर कहा, "भाभी हैं मेरी। नहीं आ रही थीं, फिर भी मैं जिद करके लाई हूँ। क्या पता था··· ।"

"प्लीज कृष्णा!" मैंने उसका हाथ पकड़ लिया, "मैं पहले ही बहुत शर्मिंदा हूँ। मुझे और शर्मिंदा मत करो।"

इसके बाद महफिल तो एक तरह से उखड़ ही गई थी। फिर भी खाते-खिलाते बारह बज गए। उन लोगों ने शादी के लिए एक वैन ले रखी थी, उसी से सबको घर-घर छोड़ा।

बेल बजाते हुए सोच रही थी कि ये छूटते ही पूछेंगे, इतनी जल्दी कैसे आ गई? पर मैं कुछ बताऊँगी नहीं। मुझे ही डाँट पड़ेगी कि वहाँ तमाशा करने की क्या जरूरत थी।

पर इन्होंने कुछ नहीं पूछा। दरवाजा खोलकर चुपचाप बिस्तर पर चले गए। रोज बारह तक चलने वाला टी.वी. भी आज बंद था।

कपड़े बदलते हुए देखा, इनके बाएँ हाथ पर पट्टी बँधी हुई थी। मेरी पुरानी साड़ी को फाड़कर बेतरतीब सी बाँधी हुई थी।

"यह हाथ में क्या हुआ?"

"कट गया।"

"कैसे?"

थोड़ी देर चुप रहे, फिर बोले, "दरवाजे में आ गया था।"

"दरवाजे में कैसे?"

इन्होंने कोई उत्तर नहीं दिया। करवट बदलकर लेट गए। ठीक तो है। जब हमें कोई तकलीफ होती है, किसी की पूछताछ भी अच्छी नहीं लगती।

"कुछ लगाया था?"

"डेटॉल लगाया था।" इनके स्वर में बेजारी थी। बाथरूम जाते हुए देखा, खून के छींटों की एक कतार सी थी। वॉश बेसिन में भी छींटे थे। शायद पानी की धार के नीचे हाथ रखा होगा। फिर कुछ पूछने का मन हुआ, पर इनकी नाराजगी के डर से चुप रही। बालटी में साबुन घोलकर मैंने पूरे फर्श पर पोंछा सा लगा दिया।

पोंछा लगाते हुए अचानक याद आया, "संध्या सो गई?"

"पता नहीं।"

"उसने कुछ खाया कि नहीं? वहाँ से तो वैसी ही चली आई थी।"

"पता नहीं। तुम्हीं पूछ लो।"

मुझे आश्चर्य हुआ! और दिन तो मुझसे ज्यादा इन्हें उसकी फिक्र रहती थी। उसकी सुख-सुविधा का ध्यान मुझसे ज्यादा ये ही रखते थे। कई बार तो इस बात पर हम लोगों की झड़प भी हो जाती थी।

मैंने दुबारा इनसे कुछ पूछना ठीक नहीं समझा। खुद ही उसके कमरे में चली गई। दरवाजा बंद था। "संध्या, सो गई क्या?" मैंने आवाज लगाई, पर शब्द जैसे मेरे मुँह में ही जम गए।

संध्या के दरवाजे के पास भी खून की बूँदें थीं, जो हमारे कमरे तक चली आई थीं। मेरा माथा ठनका, पर मैं कुछ नहीं बोली। चुपचाप एक बालटी उठा लाई और पोंछना शुरू कर दिया।

उसी समय फोन की घंटी बजी। ये कुछ क्षण मेरी प्रतीक्षा करते रहे, फिर उठा लिया। आवाज दी, "कृष्णा का फोन है तुम्हारे लिए।"

"कह दो, सुबह बात कर लूँगी।" जानती थी, इतनी रात गए उसी का फोन होगा। शाम को जो कुछ हुआ, उसकी सफाई देनी होगी। उस समय वह बात कितनी बड़ी लग रही थी, पर अब यहाँ जो कुछ हुआ, उसके मुकाबले में वह कितनी छोटी और अर्थहीन लग उठी थी।

"इतनी रात को फोन किया है तो कोई जरूरी बात ही होगी, बात कर लो न!" कहते हुए ये कॉर्डलेस लेकर बाहर आ गए, पर वहीं ठिठक गए। बालटी पर

दोनों हाथ रखकर मैं उन्हें अपलक देखती रही। एक क्षण को हमारी आँखें मिलीं और वे कमरे में चुपचाप लौट गए।

अपना काम खत्म करके मैंने गेट पर, बाहर के दरवाजे पर ताला डाल सारी बत्तियाँ बुझाईं और पलंग पर आकर बैठ गई। सोने का मन नहीं हो रहा था, बस पलंग की पाटी पर सिर टिकाए बैठी रही।

बड़ी देर बाद वह अँधेरा मुखरित हुआ, शब्द मेरे कानों से टकराए, पर अर्थ कहीं खो गए।

"आप कुछ कह रहे थे?"

"मैं यह कह रहा था कि मैं तो केवल उसे सांत्वना देने का प्रयास कर रहा था। वह बहुत अपसेट लग रही थी, इसलिए दिलासा देने की कोशिश कर रहा था। उसने पता नहीं क्या सोचा, एकदम गलत अर्थ ही निकाल लिया।"

"आप यह सब मुझे क्यों बता रहे हैं? मैंने तो कुछ कहा नहीं, कुछ पूछा नहीं।"

"अभी बाहर तुमने जिस तरह मेरी ओर देखा था, उसके बाद क्या कुछ कहना शेष रह जाता है? क्या तुम्हारी आँखों की भाषा मैं पढ़ नहीं सकता?"

शायद इन्हें भी किसी किस्म की दिलासा चाहिए थी, पर मेरा मन ही नहीं हुआ। चुपचाप पीठ फेरकर लेट गई। भीतर एक अंधड़ सा उठ रहा था। प्रश्नों के बवंडर उठ रहे थे। सांत्वना देने उसके दरवाजे तक जाने की क्या जरूरत थी? ऐसा आपने क्या कर दिया कि उसे आपके मुँह पर दरवाजा बंद करना पड़ा? ऐसी आक्रामक तो वह कभी नहीं थी।

और आप कह रहे हैं कि उसने गलत सोच लिया। इस बचकाने विधान को मैं कैसे मान लूँ! कोई भी औरत इस मामले में गलती कर ही नहीं सकती। छोटी बच्ची भी इस स्पर्श की भाषा को बखूबी समझती है, फिर चाहे वह स्पर्श नौकर का हो, दोस्त का हो, सहकर्मी का हो, औरत इसे परखने में कभी गलती नहीं करती। ईश्वर ने स्त्री को यह अद्भुत सहज ज्ञान प्रदान किया है। भीड़ की धकापेल में भी वह हर स्पर्श को अलग से परिभाषित कर सकती है।

और ये कह रहे हैं कि उसने गलत सोच लिया होगा। (ईश्वर करे, ऐसा ही हो।)

उस रात मैं मना रही थी कि वह यहीं ठहर जाए। इस रात की सुबह कभी न हो और मुझे संध्या का सामना न करना पड़े, पर अपना चाहा सब कहाँ होता है। घड़ी के काँटों के साथ रात धीरे-धीरे सरकती रही। रोज की तरह सुबह की

किरणों ने दरवाजे पर दस्तक दी। उन किरणों के साथ दूध वाला, कचरे वाला, काम वाली, नल—सभी ने अपनी आमद दर्ज की। मजबूरन उठना ही पड़ा।

संध्या का कमरा बंद था। मैंने राहत की साँस ली और किचन की ओर बढ़ गई। चाय बनाकर इन्हें जगाया। चेहरा काफी उतरा हुआ लग रहा था। यह अपराध-बोध था या दर्द। वैसे हाथ भी काफी सूजा सा लग रहा था। रात भर जरूर परेशान रहे होंगे। और कोई वक्त होता तो इतनी हाय-तौबा मचाते, न खुद सोते न मुझे सोने देते, पर इस बार तो मुझे पता ही नहीं चला।

आठ बजे कृष्णा का फोन आया। वह मुझसे बात करने को व्यग्र थी, पर मैंने मौका ही नहीं दिया, "कृष्णा, अच्छा हुआ तुमने फोन कर लिया, मैं बस अभी करने ही वाली थी। तुम्हारे यहाँ कार्यक्रम कितने बजे है?"

"तुम्हारा कार्यक्रम है भाभी! जब तुम आ जाओ।"

"तो साढ़े नौ-दस ठीक रहेगा न! ऐसा करो, सुरेश-नरेश किसी को भेज दो। तुम्हारे भैया के हाथ में चोट आ गई है। ये ड्राइव नहीं कर पाएँगे। और तुम तो जानती हो, रिक्शा के लिए भी यहाँ कितनी दूर जाना पड़ता है।"

फिर इनसे कहा, "आप तैयार हो जाइए। साढ़े नौ बजे हम लोग चले चलेंगे।"

"मेरा जाना क्या बहुत जरूरी है?" इनका स्वर थका हुआ था।

"कैसी बातें करते हैं। हाजिरी तो लगानी ही पड़ेगी, बाकी सब मैं सँभाल लूँगी। लौटते समय डॉक्टर के यहाँ भी होते हुए आएँगे।"

संध्या का कमरा अब भी बंद था। फिर मैंने ही सारा सामान जमाना शुरू किया। पिछली दो शादियों के मुकाबले में मैंने इस बार दिल खोलकर खर्च किया था। मन में एक ही बात थी कि अब किसके लिए जोड़ना है। संध्या के पास तो सरकार का और समाज का दिया बहुत है। जिंदगी आराम से कट जाएगी। वैसे भी उसका एम.ए. पूरा होते न होते हम लोग उसकी शादी की सोच रहे थे। हमीं लोग कन्यादान करेंगे। भाई नहीं रहा तो क्या हुआ, सविता के लिए एक बहन तो हो जाएगी।

सविता की याद आते ही मन उदास हो गया। आज मैं कृष्णा के लिए इतना कर रही हूँ, कल को सविता के बच्चों की शादी होगी तो कौन खड़ा होगा। उसकी सास की बाईपास न हुई होती तो सविता आज यहाँ होती। तब वह भी मेरी तरह उदास हो जाती।

ठीक नौ बजे नरेश गाड़ी लेकर आया। संध्या का कमरा तब भी बंद था। जब तक ये तैयार हुए, मैंने और नरेश ने मिलकर पूरा सामान गाड़ी में जमा दिया।

"जाने से पहले इसे जगा तो दूँ।" कहकर मैंने संध्या के दरवाजे पर दस्तक दी। दो-चार आवाजें भी दीं, पर कोई जवाब नहीं आया। 'क्या बात है, इतनी देर तक तो कभी सोती नहीं है।' पहली बार मुझे थोड़ी चिंता हुई।

"नरेश! कल रात वहीं से लौटकर कमरे में जो गई है तो बाहर ही नहीं निकली। कहीं तबीयत तो खराब नहीं है?"

नरेश का चेहरा फक पड़ गया। आजिजी के स्वर में बोला, "मामीजी! कुछ ऐसी-वैसी बात हो गई तो प्लीज हमारा नाम मत लीजिएगा। मम्मी बता रही थीं कि कल कुछ लफड़ा हो गया था। आप तो जानती हैं, शादी-ब्याह में यह सब चलता ही रहता है।"

वह बोलता जा रहा था और मेरा दिमाग ऐसी-वैसी बात पर ही अटका हुआ था—"ऐसी-वैसी बात का मतलब?" पर उसके कुछ कहने से पहले ही मतलब मेरे मन-मस्तिष्क में कौंध गया। आशंका से मैं काँप उठी।

"नरेश! किसी तरह दरवाजा खुलवाओ।"

वह कैसे खुलवाता! उसने कंधों से धक्का दिया, घुटनों से जोर लगाया, पर दरवाजा टस से मस नहीं हुआ। फिर उसने कहा, "स्क्रू ड्राइवर हो तो दीजिए। मैं बोल्ट खोलने की कोशिश करता हूँ।"

"तुम दरवाजा तोड़ दो।" मेरा धैर्य अब टूट चुका था। अनिष्ट की आशंका से मैं सहम गई थी।

पर दरवाजा तोड़ना क्या इतना आसान था! मैं, नरेश, महरी—सब जोर आजमा रहे थे। मोगरी, हथौड़ी सबका उपयोग हो रहा था। शोर सुनकर पड़ोस के शुक्लाजी भी आ गए। उनकी भी मदद ली गई। बड़ी देर बाद थोड़ी सी फाँक मिली तो धड़कते दिल से मैंने सबसे पहले पंखे का मुआयना किया। वह बंद था, फिर भी मैं राहत की साँस नहीं ले सकी, क्योंकि कमरे का सन्नाटा बड़ा अशुभ लग रहा था।

बड़ी देर बाद दरवाजा भरभराकर गिरा तो हम लोग तेजी से भीतर दाखिल हुए। पलंग पर वह निस्पंद लेटी थी। कृष्णा के यहाँ से लौटकर उसने कपड़े भी नहीं बदले थे। नींद की गोलियों की शीशी सिरहाने खाली पड़ी थी।

इसके बाद का घटनाक्रम एक दुःस्वप्न की तरह था। हम अस्पताल-दर-अस्पताल भटके, पर हर जगह भरती करने से इनकार कर दिया गया। आखिरकार मजबूरन सरकारी अस्पताल की शरण लेनी पड़ी। फिर पुलिस आई, संध्या के पास पहरा बिठा दिया गया, सबके बयान हुए—अड़ोसी-पड़ोसियों से, रिश्तेदारों से, उसके सहपाठियों से पूछताछ हुई। उसके भाई-बहनों को फोन किए गए।

बेचारा नरेश! इस हंगामे के बीच मामाजी की पट्टी करवा लाया था। पता चला, तीन उँगलियों में हेयर लाइन क्रैक है और छोटी उँगली का एकदम कचूमर ही निकल गया है। अच्छा हुआ कि इस समय सबका ध्यान संध्या की ओर था। इनके एक्सीडेंट के बारे में किसी ने उत्सुकता नहीं दरशाई, नहीं तो किस-किसको क्या-क्या कैफियत देती।

नरेश के जाने के बाद एक बात याद आई—घर में जब दरवाजे के साथ जोर आजमाइश हो रही थी, ये आँखें बंद किए आरामकुरसी में चुपचाप लेटे हुए थे। जब हम लोग संध्या को उठाकर बाहर ला रहे थे, तब भी इन्होंने सिर उठाकर या आँख खोलकर नहीं देखा।

इस बात को अब चौबीस घंटे से ज्यादा बीत चुके हैं, शायद अट्ठाईस घंटे। तब से मैं अस्पताल में ही बैठी हूँ। इतनी देर तक मैं ईश्वर से लगातार संध्या के जीवन की भीख माँग रही थी और अब जबकि वह होश में आ गई है, मैं मना रही हूँ कि वह भले ही मुझे कठघरे में खड़ा कर दे, पर सच न बोले। मुझे जेल की सलाखों के पीछे रहना मंजूर है, पर इस उम्र में मैं यह शरम बरदाश्त नहीं कर पाऊँगी।

☐

"आंटीजी! आंटीजी!"

मैं अपने विचारों में इस कदर खोई थी कि इस आवाज को पहचानने में थोड़ा समय लगा। सिर उठाकर देखा, संध्या की बहन खड़ी थी।

"आप यहाँ बैठी हैं और आपके लिए हमने पूरा अस्पताल छान मारा।" उसका स्वर एकदम शांत था और मैंने गौर किया, चेहरा भी तनावरहित था। फिर भी मैंने डरते-डरते पूछा, "संध्या कैसी है?"

"अब खतरे से बाहर है, पर कमजोरी तो अभी रहेगी। चलिए न! आपको बहुत याद कर रही है।"

मैंने उठना चाहा, पर पाँव जैसे जम से गए। उसी ने सहारा देकर उठाया। चलते समय भी उसने मेरा हाथ नहीं छोड़ा।

"आप लोग उस दिन किसी शादी में गए थे?" चलते हुए उसने पूछा।

"हाँ, क्यों?" मेरा गला सूखने लगा था।

"वह बता रही थी कि मनीष की मृत्यु के बाद पहली बार ऐसे फंक्शन में गई थी, इसीलिए उस माहौल को बरदाश्त नहीं कर सकी।"

"संध्या ही क्यों, साल भर से हम लोग भी किसी शादी में नहीं गए, पर यह

घर का मामला था, जाना पड़ा।''

''वही तो, आप दोनों की बड़ी तारीफ कर रही थी। कह रही थी कि आप लोगों ने कभी एहसास नहीं होने दिया कि वह विधवा है। इसीलिए वह भी इस सच को भूल सा गई थी, पर शादी में जब इसी सच का सामना करना पड़ा तो उसे धक्का लगा। वह सह नहीं पाई। यह तो कहिए कि समय से इलाज हो गया, वरना···।''

''ईश्वर! तेरा लाख-लाख शुक्र है!'' मैंने दोनों हाथ जोड़कर कहा। मेरे हाथ काँप रहे थे, आवाज लरज रही थी, पैर जवाब दे रहे थे। दो दिनों की भूख, प्यास, अनिद्रा और दुश्चिंता सब एकदम मुझ पर हावी हो गए। दो कदम चलना मेरे लिए दूभर हो गया। लड़खड़ाकर मैं वहीं एक बेंच पर धम्म से बैठ गई। मुँह से बस इतना ही निकला—''थैंक्यू संध्या!''

◻

आखिरी शर्त

दोपहर की चिलचिलाती धूप में दीदी हाँफते हुए घर में दाखिल हुईं और छूटते ही बोलीं, ''जरा जल्दी से तैयार तो हो जा। सराफे तक चलना है।''

''इतनी भी क्या जल्दी है? जरा बैठकर अपनी साँस तो सीधी कर लो। झपताल में चल रही है।''

''चलने दो! अब दो महीने तक मेरे पास इस मरी साँस के नखरे उठाने का समय नहीं है। अरे, इतनी कम मोहलत दी है, उन लोगों ने कि मेरा तो सोचकर ही दम निकला जा रहा है। पता नहीं कैसे क्या होगा! अब देखो न—परसों फलदान है और अब तक दूल्हे की अँगूठी का पता नहीं है।''

''पहेलियाँ तो मत बुझाओ दीदी।'' मैंने उनकी मेल ट्रेन को बीच में ही रोककर पूछा, ''ये तुम किसकी शादी की बात कर रही हो?''

''लो और सुनो!'' दीदी ने तुनककर कहा, ''मेरे कोई दस-पाँच लड़कियाँ हैं?''

मैं तो अवाक् रह गई। बड़ी देर बाद मेरी आवाज फूटी, ''दीदी! क्या सचमुच तुम मधु की शादी कर रही हो?''

''क्यों, तुम्हें इतना ताज्जुब क्यों हो रहा है?'' दीदी ने त्योरी चढ़ाकर पूछा, ''मधु अब दूध पीती बच्ची तो रही नहीं। इस उम्र में तो मैं मधु की माँ बन गई थी।''

''तभी तो चालीस की होते-होते सास बनने जा रही हो! खैर, तुम अपनी बात रहने दो। तुम मधु की तरह स्कॉलर नहीं थीं। तुम्हारे सामने कोई कॅरियर नहीं था। लेकिन जरा अपनी बेटी के बारे में तो सोचो! उसकी प्रीलिम की परीक्षा सिर पर है। इस हंगामे के बीच लड़की क्या खाक पढ़ पाएगी! दीदी, तुम्हारी लड़की आई.ए.एस. की तैयारी कर रही है। तुमने क्या इसे मामूली बी.ए., एम.ए. का इम्तहान समझ लिया है!''

आखिरी शर्त 69

"अरे, भाड़ में गया तुम्हारा आई.ए.एस.! तुम्हीं लोगों ने उसका दिमाग खराब किया हुआ है।"

"अरे, वाह! तुम्हारी गोल्ड मेडलिस्ट बिटिया की हौसला अफजाई भी गुनाह हो गया? हर साल बेचारी मेरिट लाती रही है। ऐसी जहीन लड़की आई.ए.एस. न बनेगी तो और कौन बनेगा! हम तो बड़ी आशा लगाए थे कि अपने परिवार में भी कोई कलेक्टर बनेगी!"

"और उस कलेक्टरनी के लिए हम कमिश्नर दूल्हा कहाँ से लाएँगे—यह भी सोचा है?"

"तो क्या सिर्फ इसीलिए तुम इतनी ब्रिलियंट लड़की का कॅरियर चौपट कर दोगी? यह तो अन्याय है दीदी!"

"अन्याय नहीं, समझदारी है। एक बार कॅरियर बन जाने पर क्या ये लड़कियाँ हाथ आती हैं? तब इनके पर निकल आते हैं।"

"लेकिन दीदी…"

"अब लैक्चर ही झाड़ती रहोगी या उठोगी भी। सारा मूड चौपट कर दिया। यह तो हुआ नहीं कि बधाई ही दे देती। घर-वर के बारे में पूछताछ ही कर लेती। बस अपना ज्ञान बघारने बैठ गई। छोटी बहनों का यही तो कर्तव्य होता है। एक मैं ही पागल थी, जो धूप में भागी-भागी यहाँ आई भाषण सुनने!"

दीदी के तेवर देखकर मैंने चुपचाप अपना आक्रोश गटक लिया और कपड़े बदलने लग गई। मुश्किल से दस मिनट लगे होंगे। लेकिन सड़क पर आने के बाद ध्यान आया कि दीदी का पारा अभी उतरा नहीं। वैसे उन्हें मनाना ऐसा मुश्किल भी नहीं था। मैंने बस थोड़ी सी उत्सुकता जताकर दूल्हे का पता-ठिकाना पूछ लिया और दीदी का सारा गुस्सा उड़न-छू हो गया। घंटे भर से वे जैसे इसी अवसर की प्रतीक्षा में थीं। एक बार जो शुरू हुईं तो बस, बोलती ही चली गईं। होने वाले दामाद की पूरी वंशावली मुझे सुना गईं। फिर बड़े मनोयोग से उन्होंने यह बताया कि कितनी खोजबीन के बाद यह हीरा उनके हाथ लगा है। मधु ने पूर्वजन्म में बड़े पुण्य किए होंगे। नहीं तो इतनी बड़ी जगह की तो वे कल्पना ही नहीं कर सकते थे। कैसे-कैसे धनीमानी लोग रिश्ते की आस लगाए बैठे थे। ढेर सा दान-दहेज हर कहीं से मिल रहा था, पर लड़के ने मधु को देखा और बस सारे फोटो वापस कर दिए।

यह दामाद-प्रसंग पूरे रास्ते चलता रहा। प्रशंसा के लिए दीदी को जैसे शब्द ही नहीं मिल रहे थे। पर मेरा मन पूरे समय मधु में ही अटका रहा। बेचारी लड़की! भविष्य को लेकर उसने कैसे-कैसे सपने बुने थे, सब धरे रह गए। हम लोगों ने भी

उसके लिए बड़ी ऊँची कल्पनाएँ की थीं। पर सब व्यर्थ हो गईं।

अपनी पुश्तैनी दुकान से दीदी ने हीरे-जैसे दामाद के लिए हीरे की अँगूठी खरीदी। एक बड़ी सी चाँदी की ट्रे भी खरीदी गई। मधु का सेट तो बनकर तैयार था। उसकी सास के लिए तीन तोले के मंगलसूत्र का ऑर्डर दिया गया। दुकान से उतरते हुए दीदी भेदभरे अंदाज में बोली, "सास-पिटारा ऐसा भेजूँगी कि देखना, आँखें फटी-की-फटी रह जाएँगी।"

दीदी उस समय उत्सह की मूर्ति बनी हुई थीं। शादी का जैसे उन पर नशा सा चढ़ गया था। उनका बस चलता तो शायद उस दिन पूरा बाजार ही खरीद लेतीं। जब पर्स में सिर्फ किराए के लायक पैसे बच रहे, तभी उन्होंने अपनी खरीदारी बंद की।

इतनी जोखिम के साथ उन्हें घर अकेले भेजने का साहस नहीं हुआ। मैं भी साथ हो ली। मधु से मिलने का भी मन हो रहा था।

□

घर एकदम सुनसान था।

मधु के रहते घर में इतना सन्नाटा! आश्चर्य था, चौबीस घंटे चीखता ट्रांजिस्टर और उसके सुर में सुर मिलाकर गाती मधु—ये तो दीदी के घर के स्थायी प्रतीक थे!

"मधु घर में नहीं?"

"अपने कमरे में होगी!" दीदी ने बताया और फिर एकदम याचना भरे स्वर में कहने लगीं, "तेरे हाथ जोड़ती हूँ कुसुम! उसके पास जाकर कुछ ऐसी-वैसी बात मत करना। वह पहले ही मुँह फुलाए बैठी है। अब तुम उसके गुस्से को हवा मत देना…अपन साधारण लोग हैं बहन। बहुत ऊँचे सपने देखना हमें शोभा नहीं देता।"

"दीदी, सपने देखने पर तो तुम प्रतिबंध नहीं लगा सकतीं। बाकी तुम अपने मन की कर ही रही हो।"

"सपनों से जिंदगी नहीं चलती रे! क्या सभी सपने पूरे हो जाते हैं? अब इसी को ले लो। हर साल इतने लोग परीक्षा देते हैं। क्या सभी पास हो जाते हैं? फिर उसी आशा में उम्र बढ़ाने से फायदा? इतना अच्छा रिश्ता रोज-रोज थोड़े ही मिलता है।"

दीदी की बात में कोई खास वजन नहीं था। पर उनके स्वर का गीलापन मुझे छू गया? उन्हें आश्वस्त करके ही मैंने मधु के कमरे में पाँव दिया।

आखिरी शर्त

अपनी मेज के पास गुमसुम बैठी मधु सूनी आँखों से खिड़की के पार देख रही थी। सामने फ्रांस की राज्यक्रांति का इतिहास खुला पड़ा था। उसके पन्ने हवा में फड़फड़ा रहे थे।

"हैलो हनी!" मैं उसे बाँहों में भरकर कहा, "तुम तो बड़ी छुपी रुस्तम निकलीं। चुपके-चुपके सब तय कर डाला। हमें हवा भी न लगने दी!"

उत्तर में मधु ने दो बूँद आँसू टपका दिए"बस!

"धत पगली! ऐसे रोते हैं कहीं!" मैंने उसे पुचकारते हुए कहा। पर मन जाने कैसा हो आया।

◻

"दीदी! मधु तो रो रही है?" मैंने दीदी के पास बैठते हुए कहा।

"शादी की बात सुनकर सभी लड़कियाँ रोती हैं।" दीदी ने निर्लिप्त भाव मुझे चाय का कप पकड़ा दिया, "तुम भी रोई थीं, हम भी रोए थे।"

"तुम क्यों रोई थीं, याद है दीदी? कॉलेज जाने का तुम्हारा अरमान मन में रह गया था! अम्माँ-बाबूजी ने कहा था कि तुम्हें बी.ए. करा देंगे तो हम लड़का कहाँ से लाएँगे? आज वही अन्याय तुम अपनी बिटिया के साथ कर रही हो। पीढ़ियाँ बदल गईं, पर हमारी मान्यताएँ वहीं-की-वहीं हैं। हम उन्हें अम्माँ-बाबूजी कहते थे, बच्चे हमें मम्मी-पापा कहते हैं। बस इतना ही फर्क आया है। बाकी सब तो वैसा-का-वैसा ही है।"

"वैसा-का-वैसा कहाँ है? मेरी लड़की डबल एम.ए. है। मैंने जो सहा है, उसका दसवाँ हिस्सा भी मैंने उसके हिस्से में नहीं आने दिया।" और फिर जैसे अतीत में खोते हुए बोलीं, "उस समय मैं क्यों रोई थी, जानती हो, सगाई के बाद मेरा गाना-बजाना छुड़वा दिया गया था। मेरी सास इसके लिए खास हिदायत कर गई थीं। जब तक वह जीती रहीं, मुझे कभी गुनगुनाने भी न दिया। अब तो खैर मेरी आवाज ही मर गई है।"

"इसीलिए मैंने मधु को कभी नहीं टोका। उसकी दादी गालियाँ निकालती रहीं, पापा तो हमेशा ही बरसते रहे, पर मैं हमेशा उसका बचाव करती रही। मेरा गला घोंट दिया, कोई बात नहीं, पर लड़की पर यह अन्याय नहीं होने दूँगी। मैंने तो मधु की सास से साफ-साफ कह दिया है। मैं पिछली पीढ़ी की थी, इसलिए मन मारकर भी जी गई। मेरी लड़की से यह न हो सकेगा।"

मैं दीदी का तमतमाया चेहरा देखती रह गई। वक्त ने उनके घाव भर दिए हैं, पर टीस अब भी बाकी थी। प्रसंग छिड़ते ही उनकी वह पीड़ा सतह पर आ गई थी।

मुझे चुप देखकर ममता भरे स्वर में बोलीं, "तुझे मधु की पढ़ाई की चिंता है न! देख, भाग्य में विद्या होगी तो पढ़ ही लेगी। वैसे वे लोग बड़े समझदार हैं।"

"अब रहने भी दो दीदी! शादी के बाद पढ़ना क्या होता है, मुझसे पूछो। सारा घर जैसे आप पर पहरा देता है। अहसान जताता है। और अगर बदकिस्मती से कहीं फेल हो गए तो बस, सारी जिंदगी ताने सुनते ही बीतती है।"

☐

दीदी के घर से लौटते हुए मन बेहद उदास था। उनकी मौन व्यथा का एकाएक साक्षात्कार हो जाने से मैं चौंक गई थी। अनजाने ही मेरे अपने भी कुछ घाव हरे हो गए थे।

और इन सबसे ऊपर था, मधु का आँसू-भीगा चेहरा, जो किसी तरह आँखों से हटता ही न था।

सच, अगर हमें अपने बच्चों के पंख कुतरने ही होते हैं तो पहले हम उन्हें आकांक्षाओं का आकाश देते ही क्यों हैं?

घर में प्रवेश करते हुए डर रही थी कि सबके मुँह फूले मिलेंगे। पड़ोस से चाबी लेकर घर खोलना न बच्चों को अच्छा लगता है, न उनके पापा को। सबके स्वागत में मेरा दरवाजे पर मिलना जैसे जरूरी है।

लेकिन घर में मौसम खुशगवार था। वातावरण से प्रसन्नता की महक आ रही थी। चलते समय दीदी ने जबरदस्ती एक मिठाई का पैकेट थमा दिया था। मिठाई और मधु की शादी की खुशखबरी एक साथ पाकर जनता और भी खुश हो गई।

आश्चर्य तो तब हुआ, जब श्रीमानजी भी मेरे सामने काजू की बरफी का डिब्बा खोलकर खड़े हो गए, "लो, श्रीमतीजी, तुम भी हमारी ओर से मुँह मीठा करो। तुम्हारी बिटिया भी झंडे गाड़कर आई है।"

"अच्छा।" मैंने खुशी से डगमगाते हुए पूछा, "क्या हुआ?"

"ओ मम्मी! आई एम सो हैप्पी टुडे।" मेरी षोडशी कन्या मेरे गले से झूल गई।

"अरे, पहले मुझे बताओ तो कुछ।"

"तुम्हारी बिटिया को 'मद्रास कला केंद्र' की स्कॉलरशिप मिली है।"

"किसलिए?"

"भरत नाट्यम के... क्या कहते हैं उसे... हाँ, गहन प्रशिक्षण के लिए। एक्सटेंसिव स्टडी इन भरत नाट्यम! अब हमारी लाडो तीन साल तक मद्रास में रहकर बड़े-बड़े महारथियों से प्रशिक्षण प्राप्त करेगी।"

"ओ ममा! आई एम सो हैप्पी!" शीतल फिर एक बार मुझसे झूलने को थी कि मैंने उसे सख्ती से अलग किया। और उसी सख्त लहजे में उसके पिता से पूछा, "तीन साल तक मद्रास में रहेगी और इसकी पढ़ाई का क्या होगा?"

"अरे भई, पढ़ने के लिए ही तो जा रही है। बताया न कि गहन प्रशिक्षण के लिए जा रही है।"

"अरे वाह, यह कोई पढ़ाई है। अच्छा-भला तो नाच लेती है। अब और प्रशिक्षण लेकर क्या करेगी?"

"बी.ए., एम.ए. करके ही कोई क्या कर लेता है! जरा इस बात पर तो गौर करो कि आठ सौ दस लोगों ने फॉर्म भरे थे। उनमें से केवल दस को चुना गया है। और उन दस भाग्यशाली लोगों में तुम्हारी बिटिया भी एक है।"

"कब भरे गए थे फॉर्म? किससे पूछकर भरे गए थे?" आवेश से मेरा गला ही रुँध गया।

"इतना एक्साइट क्यों हो रही हो? इतना बड़ा कदम क्या वह अपने मन से, उठाएगी? मैंने भरवाया था और शायद तुम्हें बताया भी था।"

"गलत! मुझे बताया होता तो मैं कभी हाँ न करती। मैंने तो इसे डॉक्टर बनाने का सपना देखा था।"

"छी···मैं नहीं बनूँगी डॉक्टर! मुझे वह चीर-फाड़ जरा भी अच्छी नहीं लगती।" शीतल ने ऐसे मुँह बनाया जैसे उसे उबकाई आ रही हो।

"तुम्हें तो बस पैरों में घुँघरू बाँधकर मटकना अच्छा लगता है।" मैंने उससे भी बुरा मुँह बनाकर कहा।

"यह अच्छी जबरदस्ती है!" शीतल के पिता सहायता के लिए दौड़ पड़े, "अगर उसकी दिलचस्पी मेडिकल प्रोफेशन में नहीं है···"

"तो न सही। दुनिया में और भी तो विद्याएँ हैं कि बस नाचना ही रह गया है!"

"पर ममा, इसमें बुराई क्या है?"

"देखो!" वे गंभीर होकर बोले, "बच्चों पर अपनी पसंद-नापसंद लादने के दिन अब लद गए। अब हमें उनकी रुचि का भी ध्यान रखना चाहिए।"

"और कैसे ध्यान रखा जाता है?" मैंने चिढ़कर कहा, "इसके लिए हमने ट्यूटर रखे, महँगी पोशाकें सिलवाईं, रियाज के लिए टेपरिकॉर्डर खरीदा। बच्चों के शौक के लिए हम कब पीछे हटे हैं! बल्कि अपनी हैसियत से कुछ ज्यादा ही करते रहे हैं। पर इसका मतलब यह थोड़े ही है कि सबकुछ छोड़कर उसी में जुट जाओ।

रुपया भी फूँको और साल भी बिगाड़ो। देखो, शौक अपनी जगह है, कॅरियर अपनी जगह।''

''डांस सिर्फ शीतल का शौक या हॉबी नहीं है, कुसुम! वह इसे अपना कॅरियर बनाना चाहती है?''

''वाह, क्या बात है! कल को उसकी शादी भी करनी है कि नहीं।''

''यह शादी की बात बीच में कहाँ से ले आईं?''

''क्यों? कुछ गलत कहा मैंने? कल को लड़के वाले पूछेंगे तो अपने पास कुछ जवाब तो होना चाहिए कि नहीं? कि यही कह देंगे कि साहब लड़की पढ़ी-लिखी है। बस, नाचना जानती है। वह क्या कहते हैं···गहन प्रशिक्षण प्राप्त है! बहुत अच्छा लगेगा न यह कहते हुए।''

''कम-से-कम मुझे तो बुरा नहीं लगेगा?''

''और इस बात को सुनने के बाद कितने लड़के शादी के लिए तैयार होंगे?''

''तुम्हें संदेह क्यों हो रहा है?''

''इसलिए कि मैं हिंदुस्तानी लड़कों की मनोवृत्ति को आपसे ज्यादा समझती हूँ। मैं जानती हूँ कि अपने को अत्याधुनिक कहने वाले युवक भी पत्नी को स्टेज पर नाचते नहीं देख सकते। कला की प्रशंसा करना एक बात है, कलाकार से शादी करना एकदम दूसरी।''

''शादी, शादी, शादी!'' शीतल एकदम चीख पड़ी, ''बंद करो ममा! बोर हो गई हूँ मैं तो। क्या लड़की के कॅरियर की यही एक आखिरी शर्त है? शादी! ओ गॉड!''

''हाँ, यही आखिरी और अनिवार्य शर्त है,'' मैंने कहा और दोनों हाथों से अपना चेहरा ढाँप लिया। मेरी प्रगतिशीलता का नकाब किसी ने फाड़कर फेंक दिया। और मुझे अब अपने चेहरे पर शर्म आ रही थी।

☐

बहुरि अकेला

स्टाफरूम में गरमागरम बहस चल रही थी। मुझे देखकर क्षण भर को ऐसा सन्नाटा खिंच गया कि मुझे लगा कि कहीं बहस का मुद्दा मैं ही तो नहीं हूँ। तभी मिसेज झा ने कहा, ''लो ये आ गईं मिस स्मार्टी। इन्हें भेज दो। बहुत काबिल आइटम हैं। कैसी भी सिच्युएशन हो ब्रेवली हैंडल करती हैं।''

मिसेज सक्सेना मुँह बनाकर बोलीं, ''वे दिन गए मिसेज झा। अब तो ये मिस प्रिविलेज्ड हैं। इन्हें कोई हाथ भी नहीं लगा सकता।''

''क्या हुआ भई! सुबह-सुबह मुझ पर इतनी कृपादृष्टि क्यों हो रही है?'' मैंने आखिर पूछ ही लिया।

''अरे हम गरीब क्या कृपादृष्टि करेंगे। कृपादृष्टि तो आप पर मैडम की है। इसीलिए तो तुम्हें कोई असाइनमेंट नहीं दिया जा सकता।''

''खासकर संडेज को।'' मिसेज सक्सेना कुटिलता से आँखें नचाकर बोलीं।

''कुछ पता भी तो चले कि माजरा क्या है?'' मैंने कुरसी खींचते हुए कहा। उत्तर में सबने एक साथ बोलना शुरू किया। बड़ी देर बाद मेरी समझ में जो आया उसका सार यह था कि शुक्रवार को एम.ए. फाइनल की लड़कियाँ अजंता एलोरा जा रही हैं। पर इनजार्च मिसेज गुप्ता के श्वसुरजी आज अचानक कूच कर गए। अब सवाल यह है कि उनके स्थान पर किसे भेजा जाए। सबकी अपनी परेशानियाँ थीं। मिसेज सक्सेना की बिटिया वायरल में पड़ी थी। रविवार को किरण के देवर की सगाई थी। मिसेज कृपाल की सास पैर में प्लास्टर बँधवाकर पड़ी थीं। खंडेलवाल के पूरे दिन चल रहे थे, दासगुप्ता के दोनों बच्चों के सोमवार से टर्मिनल्स शुरू हो रहे थे और बिसारिया पहले से छुट्टी पर थीं।

स्टाफ में दो-तीन अति बुजुर्ग सदस्य थीं, जिन्हें इस मिशन पर भेजना बेकार था। एकाएक मुझे याद आया—''विभा तो जा रही है न! या उसके यहाँ भी कोई प्रॉब्लम है?''

"विभा तो जा रही है, पर वह तो खुद बच्ची है। लड़कियों को क्या सँभालेगी। कोई जिम्मेदार व्यक्ति भी साथ होना चाहिए।"

"और तुम्हें कोई हाथ नहीं लगा सकता। मैडम की चहेती जो हो। उनकी सख्त हिदायत है कि अंजु शर्मा को छुट्टी के दिन कोई काम न सौंपा जाए।"

"देर से शादी करने का यही तो फायदा है। सबकी सिंपैथी मिल जाती है।"

मैं चकित सी देखती रह गई। ये सब की सब मेरी कुलीग्स थीं, सालों से हम साथ काम कर रहे थे। हमेशा कैसी शहद घुली बातें करती हैं। आज पता चला कि सबके मन में कितना जहर भरा हुआ है।

उन सबके पास व्यस्तताओं की एक लंबी लिस्ट थी। एक मैं ही फालतू नजर आ रही थी, पर उनके शब्दों में 'प्रिविलेज्ड' थी। इसलिए सबकी जबान पर जैसे काँटे उग आए थे।

भला हो मिसेज देशपांडे का। मेरा पक्ष लेते हुए बोलीं, "अभी तक तो यही बेचारी सारी बेगार ढो रही थी। अब इसके साथ मैडम थोड़ी सिंपैथेटिक हो गई हैं तो तुम लोगों को जलन हो रही है। अरे, यह तो सोचो कि इतनी देर से उसने शादी की है। पति भी साथ नहीं रहते। एक छुट्टी के दिन ही मेल-मुलाकात हो पाती है। वह भी तुम लोगों से देखी नहीं जाता।"

उनकी बुजुर्गीयत का खयाल करके सब चुप हो गईं। पर सबके चेहरे पर यह भाव था कि इसने देर से शादी की है तो उसका खामियाजा हम क्यों भुगतें। मिसेज सक्सेना से तो आखिर रहा नहीं गया, बोलीं, "आंटी! अब साल भर तो हो गया। इतना तो कोई नई-नवेली बहू को भी नहीं सहेजता।"

मेरा तो जैसे खून खौल गया—"आप लोग यही चाहती हैं कि इस बार मैं लड़कियों के साथ जाऊँ, तो चली जाऊँगी। उसके लिए इतने तानों-उलाहनों की क्या जरूरत है?"

"और मिस्टर हबी? उनका क्या होगा?"

"उसकी चिंता आपको क्यों हो रही है? दैट इज माइ प्रॉब्लम!"

उसी तैश में मैं मैडम के कमरे में चली गई और कह दिया कि मिसेज गुप्ता के न आने से कोई परेशानी हो रही हो तो मैं तैयार हूँ। वे कुछ देर तक मुझे देखती रहीं। फिर बोलीं, "इट इज वेरी स्पोर्टिंग ऑफ यू। दरअसल मैं तुम्हें बुलाने का सोच ही रही थी। अकेली विभा पर तो भरोसा नहीं किया जा सकता न।"

"तो आप इतना संकोच क्यों करती हैं मैम। यू आर द बॉस। आप जिसे कहेंगी, उसे जाना ही पड़ेगा। आप नहीं जानतीं, आपके इस सौजन्य का लोग

कितना गलत अर्थ निकालते हैं।''

''आय डोंट केयर! मैं तो सिर्फ शर्माजी के बारे में सोच रही थी।''

मैं चार-पाँच बार उन्हें बतला चुकी हूँ कि वे मि. कश्यप हैं, शर्मा नहीं, पर उन्हें याद ही नहीं रहता। अब तो मैंने टोकना भी छोड़ दिया है। इसीलिए उनके सुर में सुर मिलाकर कहा, ''आप शर्माजी की चिंता न करें। मैं उन्हें फोन कर दूँगी। वे भी सरकारी नौकर हैं, ड्यूटी का मतलब समझते हैं।''

''ओ.के. ऐंड गुडलक टू यू।''

□

घर लौटते समय बहुत हल्का महसूस कर रही थी। मेरे प्रस्ताव के बाद मैडम के चेहरे पर जो राहत के भाव उभरे थे, उनसे बड़ी संतुष्टि मिली थी। पर ईमानदारी की बात यह थी कि उनसे भी ज्यादा राहत का एहसास मुझे हो रहा था। पिछले दो हफ्ते श्रीमानजी नहीं आए थे। आखिरी बार जिस मूड में यहाँ से गए थे, लगता था, इस बार भी नहीं आएँगे। दो रविवार लगातार मैं पड़ोसियों की प्यार भरी पूछताछ से तंग आ गई थी। इस हफ्ते फिर वही सब दोहराना संकट लग रहा था। शायद इसीलिए आगे बढ़कर मैंने यह जिम्मेदारी ले ली थी। मुझे एक बहाना चाहिए था, सो मिल गया। कभी-कभी लगता है, मैंने नाहक शादी की। जिंदगी अच्छी-भली गुजर रही थी। न कोई टेंशन था, न पछतावा। बस एक शादी की चिंता थी, जो मुझसे ज्यादा मेरे भाइयों को खाए जा रही थी। अपनी भरी-पूरी गृहस्थियों के बीच बेचारे एक अपराध बोध के साथ जी रहे थे। बड़े भैया की पिंकी के बी.ए. कर लेने के बाद तो सबके सब जैसे एकदम व्यग्र हो उठे। कम-से-कम उसकी शादी से पहले मेरी हो जाना लाजिमी था। सो श्रीमान कश्यम को घेरा गया। दस और बारह साल के दो बच्चों के बाप से शादी करना मेरे लिए कतई रोमांचक नहीं था। पर भाई आश्वस्त थे कि मुझे अपना एक घर मिल गया है।

पर उस घर से जुड़ कहाँ पाई, किसी ने मौका ही नहीं दिया। शादी के बाद चार-पाँच दिन रही थी। बाद में दीपावली पर लक्ष्मीपूजन के लिए गई थी बस। छुट्टियों में वे मुझे एकाध महीना घुमाने ले गए थे। एक महीना मुझे भाइयों के पास रहने के लिए कह दिया था। भाइयों के पास तो हर छुट्टी में जाती थी। पर इस बार का अनुभव नया था। पीहर आई बहन-बेटी का स्वागत-सत्कार, लाड-दुलार पहली बार ही पाया था।

शादी के बाद भी मैं तो उसी घर में बनी रही। पर हाँ, मिस्टर कश्यप को जरूर एक अतिरिक्त घर मिल गया था। उनकी सारी छुट्टियाँ यहीं गुजरतीं। केंद्र

सरकार की नौकरी थी। शनिवार, रविवार छुट्टी होती। वे भोपाल से शुक्रवार को इंटरसिटी से आते और सोमवार की सुबह उसी ट्रेन से लौट जाते। साल भर से मेरा दांपत्य जीवन इसी साप्ताहिक तर्ज पर चल रहा था।

उस रविवार की रात को भी वे घड़ी में अलार्म भर रहे थे कि मैंने कहा, ''सुबह चले जाएँगे?''

''जाना तो पड़ेगा ही। कल सोमवार है, भूल गईं क्या?''

''सोमवार को कैसे भूल सकती हूँ, मुझे भी तो कॉलेज जाना है। पर मुझे भी कुछ याद आ रहा है।''

''क्या?''

''कल शाम मैंने कुछ लोगों को खाने पर बुला लिया था?''

''कल क्यों? आज ही बुला लेतीं न।''

''यों ही बुलाना अच्छा नहीं लगता। कोई मौका भी तो हो।''

''तो कल क्या है?''

''आपकी याददाश्त तो इतनी अच्छी है। आपको यहाँ बैठकर भी अपने बच्चों के ही नहीं, भानजे-भतीजों के, मामा, मौसियों के जन्मदिन याद आ जाते हैं।''

''कल तुम्हारा जन्मदिन है?''

''नहीं, मेरा जन्मदिन तो कब से आकर चला गया। जिन्हें याद था, उन्होंने मना भी लिया। आपके लिए मुझे सौ-सौ बहाने गढ़ने पड़े। एक साड़ी अपनी ओर से खरीदकर आपके उपहार के तौर पर पेश करनी पड़ी। मेरा जन्मदिन आपको याद नहीं रहा, कोई बात नहीं। पर कल की तारीख तो आपको याद रखनी चाहिए या कि उसका भी आपके निकट कोई महत्त्व नहीं है।'' न चाहते हुए भी मेरी आवाज थोड़ी तल्ख हो गई थी।

उन्होंने कलेंडर की ओर नजर डाली—''ओह! कल 11 नवंबर है। मतलब अपनी शादी को एक साल पूरा हो गया।''

''धन्य भाग्य! आपको याद तो आया। पर आपने इस तरह मुँह क्यों लटका लिया? मैंने रुकने के लिए कहा जरूर है, पर कोई प्रॉब्लम हो तो रहने दीजिए। सेलीब्रेशन का मूड अगर है तो मैं साथ चली चलती हूँ। नहीं तो उसकी भी कोई जरूरत नहीं है।''

''तुम चलना चाहो तो जरूर चलो,'' उन्होंने कहा, पर स्वर में कोई आग्रह नहीं था—''सेलीब्रेशन का तो ऐसा है कि बच्चों की परीक्षाएँ चल रही हैं। मंगलवार

को रौनक का गणित का पेपर है, इसीलिए मेरा कल जाना जरूरी है।''

''सेलीब्रेशन से मेरा मतलब किसी पार्टी से नहीं था। हम सब मिलकर बाहर खाना खा सकते थे या एकाध पिक्चर देख सकते थे। बच्चों की परीक्षाएँ चल रही हैं तो कोई बात नहीं। हम लोग दिन भर साथ ही रह लेते। यह प्रस्ताव आपकी ओर से आता तो मैं उतने ही में खुश हो जाती। पर आपको तो याद ही नहीं था। आपको अम्माँजी के ठाकुरजी तक की याद रहती है। पिछली रामनवमी और जन्माष्टमी पर श्रृंगार का सारा सामान आप यहीं से ले गए थे। बस आपको मेरा जन्मदिन या अपनी शादी की सालगिरह याद नहीं रही।''

''बार-बार बच्चों का, अम्माँ का ताना क्यों दे रही हो? वे लोग मेरी जिम्मेदारी हैं।''

''और मैं क्या हूँ? सिर्फ जरूरत?''

''कैसी जरूरत?''

''यह भी बताना पड़ेगा?''

कुछ देर तक कमरे में भीषण स्तब्धता छाई रही। फिर मैंने ही कहा, ''आप बच्चों के सामने एक आदर्श पिता बने रहना चाहते हैं। इसीलिए मुझे तरजीह नहीं देते, जानती हूँ। इसीलिए आज तक आपने मेरे स्थानांतरण के लिए प्रयत्न नहीं किया। आश्चर्य तो यह कि अम्माँजी ने भी कभी इसके लिए जोर नहीं दिया।''

''प्लीज लीव माय मदर अलोन।''

''मैं कोई उन्हें गाली थोड़े ही दे रही हूँ, एक बात कह रही हूँ। कोई भावुक महिला होती तो कहती—'बहू! अब तुम आकर जल्दी से अपना घर-बार सँभालो और मुझे छुट्टी दो।' पर वे बड़ी प्रैक्टीकल हैं। उन्हें यही व्यवस्था रास आ गई है। घर उनका एकच्छत्र शासन में भी बना रहता है और बेटे को कोई परेशानी भी नहीं होती। वह आदर्श बेटा बना रहता है, आदर्श पिता बना रहता है और उसकी साप्ताहिक आनंद-यात्रा भी निर्विघ्न चलती रहती है।''

''आनंद-यात्रा? वाह! तुम क्या सोचती हो, तुम कोई हुस्नपरी हो, जिसके लिए मैं दीवानावार चला आता हूँ।''

ठक्क! लगा जैसे किसी ने कलेजे पर एक घूँसा जड़ दिया हो। बड़ी मुश्किल से मैं उस पीड़ा को जब्त कर पाई। फिर अत्यंत कसैले स्वर में कहा, ''मैं हुस्नपरी होती तो चौंतीस साल तक अनब्याही न बैठी रहती। और न ही दो बच्चों के बाप से शादी करती।''

यह बात कहने के साथ ही मैं दीवार की ओर मुँह करके लेट गई थी, इस

कारण उनका चेहरा नहीं देख पाई। पर वह जरूर स्याह पड़ गया होगा। वे उस रात कब कहाँ सोए, मैं नहीं जानती। सुबह अलार्म बजा था, पर मैं नहीं उठी। उन्होंने शायद अपने से ही चाय बनाई थी। पर मैं दम साधे पड़ी रही। जाते समय उन्होंने मुझे आवाज दी भी हो तो पता नहीं।

सुबह उठी तो लगा, जैसे एक भयानक स्वप्न देखकर जागी हूँ।

□

उसके बाद आज तीसरा शुक्रवार है, जनाब की कोई खबर नहीं। रूठकर गए हैं, सोचा होगा, मना लेगी। पर हम उस मिट्टी के नहीं बने हैं, बल्कि गुस्सा तो मुझे होना चाहिए था। अपमान तो मेरा हुआ है।

सच तो यह है कि उनके न आने से मुझे राहत ही मिली थी। क्योंकि मुझे लग रहा था कि अब मैं उस व्यक्ति का स्पर्श या सामीप्य सहन नहीं कर पाऊँगी।

सुबह बैग भर रही थी कि फोन खड़का—"मैं बोल रहा हूँ।"

मैं? कितना जबरदस्त अहम है। जैसे आवाज सुनते ही पहचान लिये जाएँगे।

"अच्छा आप हैं? कहिए।"

"हम लोग रात को नौ बजे तक पहुँच रहे हैं। फोन इसलिए किया कि खाना बनाकर रख सको।"

पिछले दो शुक्रवार से मेरा खाना बरबाद हो रहा था। पर मैंने उसका जिक्र न करते हुए कहा, "हम लोग मतलब?"

"बच्चे भी साथ आ रहे हैं। इसीलिए बस से आ रहा हूँ। ट्रेन बहुत लेट पहुँचती है।"

मैं पसोपेश में पड़ गई। मेरी चुप्पी से वे भी थोड़े विचलित हो गए। "क्या हुआ? एनी प्रॉब्लम? कहो तो बच्चो को न लाऊँ! बड़ी मुश्किल से उन्हें राजी किया था।"

"बच्चे आ रहे हैं तो दे आर मोस्ट वेलकम। लेकिन सचमुच एक प्रॉब्लम आ गई है। मैं आज शाम को अजंता एलोरा जा रही हूँ।"

"प्रोग्राम बदल नहीं सकती?"

"नहीं, क्योंकि यह प्लेजर ट्रिप नहीं है। कॉलेज की लड़कियों के साथ इनचार्ज बनकर जा रही हूँ।"

"पर तुम्हीं क्यों?"

"मैं क्यों नहीं? पिछले साल भर से तो उन्होंने मुझसे कोई काम नहीं लिया। मेरे सारे संडेज फ्री रखे। कॉलेज में इतनी परीक्षाएँ होती हैं, पर कभी इनविजीलेशन

की ड्यूटी भी नहीं दी। पर किसी की सदाशयता का ज्यादा फायदा उठाना अच्छा थोड़े ही लगता है। आखिर यह मेरी नौकरी है।''

इस बार उधर चुप्पी छाई रही।

''फिर दो हफ्ते से आप आए नहीं थे तो मैंने सोचा इस बार भी नहीं आएँगे।''

''मैं दो हफ्तों से नहीं आया तो तुमने कोई खोज-खबर भी तो नहीं ली। एक बार फोन ही कर लेतीं।''

''कारण मुझे मालूम था, इसीलिए फोन नहीं किया।''

''मैं बीमार भी तो हो सकता था।''

''बीमार होते तो आप ही मुझे फोन करते। आप तो नाराज थे। मैं तो आज भी आपको एक्सपेक्ट नहीं कर रही थी। शायद अम्माँजी ने— ''

''हर बार अम्माँ को बीच में क्यों ले आती हो?''

''बहुत श्रद्धालु अंत:करण से कह रही हूँ कि शायद अम्माँजी ने ही समझाया होगा कि कमाऊ बीवी से बनाकर चलना चाहिए।''

उधर से फोन पटकने की आवाज आई। मैंने भी परवाह नहीं की। अगर आप कड़वी बात कहते हो तो सुनने का भी हौसला रखो। जब सुन नहीं सकते तो कहते क्यों हो?

□

कॉलेज से लौटते हुए अचानक खयाल आया कि सफर के लिए कुछ जरूरी चीजें ले लूँ। घर की ओर मुड़ने की बजाय मैं बाजार की ओर मुड़ गई। वह शायद मेरी होनी ही थी, जिसने मुझे इस बात के लिए प्रेरित किया था। क्योंकि उस ओर मुड़ते ही एक स्कूल बस मेरे सामने आ गई। उसे बचाने के लिए मैं सड़क के इतने किनारे चली गई कि गिर ही पड़ी। क्षण भर को आँखों के सामने अँधेरा छा गया। पलभर में वहाँ भीड़ जुड़ गई थी।

चार सहृदय लोगों ने मुझे स्कूटर के नीचे से निकाला और पास के अस्पताल में पहुँचाया। मैंने तुरंत एक फोन पड़ोस में किया और एक कॉलेज में। नीतू और उसकी मम्मी फौरन दौड़ी चली आईं और पूरे समय मेरे साथ बनी रहीं। कॉलेज में फोन करने का मेरा उद्देश्य सिर्फ यह था कि वे लोग मेरे भरोसे न रहें। पर खबर मिलते ही प्रिंसीपल मैडम भी दो-तीन लोगों के साथ आ गईं और जाते समय अपनी कार वहीं छोड़ गईं। रात दस बजे जब घर लौटी तो मेरे दाएँ हाथ में प्लास्टर था बाएँ पैर की पिंडली में 6-7 टाँके थे और घुटने और कंधे पर खरोचें थीं। सौभाग्य से सिर पर कोई चोट नहीं थी, पर वह बेतरह घूम रहा था।

घर आते ही पस्त होने से पहले मैंने बड़े भैया को फोन लगाया। मेरे कुछ कहने से पहले वे ही बोल उठे—"अरे, इतनी देर तुम कहाँ थी? मैं कब से फोन लगा रहा हूँ।"

उनके स्वर में उल्लास फूटा पड़ रहा था। मैंने अपनी बात कुछ देर को मुल्तवी करके कहा, "थोड़ा बाजार तक गई थी। पर आप मुझे क्यों ढूँढ़ रहे थे?"

"अरे वो बीकानेर वाले पिंकी को देखकर गए थे न! उनके यहाँ से हाँ आ गई है।"

"अरे वाह! बधाई!"

"लड़का तीन महीने के लिए जापान जा रहा है। इसलिए माँ के साथ एक बार मिलने आ रहा है। मेरी इच्छा थी, कल तुम दोनों भी आ जाते तो लड़के को देख लेते।"

"दरअसल क्या है भैया कि मैं कॉलेज के साथ टूर पर जा रही थी तो इन्हें आने के लिए मना कर दिया था।"

"कब जा रही हो?"

"आज ही जाना था, पर पता नहीं कैसे स्कूटर से गिर पड़ी। पट्टी वगैरह करवाकर अभी लौटी हूँ।"

"ज्यादा चोट तो नहीं आई।"

"चोट तो ज्यादा नहीं है, पर आना जरा मुश्किल लग रहा है।"

"खैर, कोई बात नहीं। टेक केयर। इन लोगों से निपट लूँ, फिर आता हूँ।"

नीतू मुझे देखती रह गई—"यह क्या? आपने ठीक से बताया क्यों नहीं?"

"वे बिटिया का रिश्ता तय कर रहे हैं। इस समय मैं उन्हें डिस्टर्ब नहीं करना चाहती।"

"जीजाजी को तो फोन कर दिया होता।"

"नहीं रे! यहाँ नहीं आना था, इसलिए उन्होंने टूर प्रोग्राम बना लिया था। घर पर अम्माँजी और बच्चे अकेले होंगे। इतनी रात को फोन करूँगी तो परेशान हो जाएँगे।"

"जीजाजी के पास मोबाइल नहीं है।"

"यही तो सोच रही हूँ, इस जन्मदिन पर उन्हें प्रेजेंट ही कर दूँगी। बहुत परेशानी होती है। अच्छा नीतू! आज की रात तुम मेरे पास रह जाओगी। कल से मैं बसंती को बोल दूँगी।"

"कैसी बात कर रही हैं? आज तो मुझे रहना ही है। आपने घर पर खबर की

भी होती तो सुबह से पहले कोई आता थोड़े ही।''

वह रात बहुत मुश्किल से कटी।

उपचार के समय उन्होंने जरूर कोई निश्चेतक दवा दी होगी। उसका असर धीरे-धीरे कम हो रहा था और दर्द अपना अस्तित्व जताने लगा था। यों तो दर्द निवारक गोलियाँ भी दी गई थीं। पर उन्हें कारगर होने में थोड़ा समय लगना ही था। घर का कोई साथ में होता तो मैं उसे सारी रात सोने नहीं देती। पर पराई लड़की को परेशान कैसे करती, सो सहनशीलता का नाटक करना ही पड़ा। दर्द के घूँट पीते हुए मैं बार-बार उस एक व्यक्ति को कोस रही थी—मि. कश्यप! आपने साल भर में कोई और तोहफा तो नहीं दिया। पर शायद बददुआएँ दिल खोलकर दी हैं। उसी को भुगत रही हूँ। नहीं तो दस साल से गाड़ी चला रही हूँ। कभी एक खरोंच भी नहीं आई।

बमुश्किल तमाम रात के तीसरे पहर थोड़ी सी आँख लगी। पर नीतू ने सात बजे ही चाय के लिए जगा दिया। उसका कहना भी ठीक था। बोली, ''आप हाथ-मुँह धोकर तैयार हो जाइए। अड़ोस-पड़ोस में खबर लगते ही आने वालों का ताँता शुरू हो जाएगा। आप परेशान हो जाएँगी।''

फिर उसी ने मेरे मुँह-हाथ धुलवाए। बाल ठीक किए। उसी की मदद से मैंने कपड़े बदले। फिर उसने मेरे हाथ में कार्डलेस थमाकर मुझे सोफे पर लाकर बिठा दिया। आसपास तकिए लगाकर ऐसी व्यवस्था कर दी कि मैं अधलेटी रह सकूँ। बोली कि हर किसी को बेडरूम तक लाना ठीक नहीं लगता।

उसका तर्क ठीक था। और जैसा कि उसने कहा था। आठ बजे से आनेवालों का सिलसिला जो शुरू हुआ, दस-साढ़े दस तक चलता ही रहा। बेचारी नीतू नहाने-धोने घर भी न जा सकी। ग्यारह बजे मैंने उसे जबरदस्ती घर भेजा। कहा कि दरवाजे में चेन लगा दो। आने वाला अपने आप खोल लेगा।

नीतू को गए मुश्किल से दस दिनट हुए होंगे कि दरवाजा अपने आप खुल गया। मैं तो चकित थी कि न दस्तक न घंटी, ऐसे अचानक कौन आ गया। पर जब आगंतुक को देखा तो देखती रह गई। कमर पर दोनों हाथ रखे दरवाजे पर खड़े होकर श्रीमान मुझे घूर रहे थे। उस दृष्टि में रोष था, उपालंभ था, उपहास था और शायद तिरस्कार भी।

''आय नो इट। मुझे मालूम था। तुम्हें कहीं आना-जाना नहीं था। सिर्फ मुझे टालने के लिए बहाना बनाया गया था। आय वाज डेड श्योर।''

वे जिस तरह मुझे घूर रहे थे, मैं भी एकटक उन्हें देख रही थी। मेरी आँखों में

उपालंभ की मात्रा शायद ज्यादा गहरी थी, क्योंकि थोड़ी देर बाद उन्होंने अपनी नजरें फेर लीं। उनकी नजरें हटते ही मैंने कार्डलेस पर पड़ोस का नंबर मिलाया—"सॉरी नीतू डार्लिंग, तुम्हें फिर से कष्ट दे रही हूँ। पर क्या है कि तुम्हारे जीजाजी आ गए हैं। एक कप चाय बनाकर दे जाओगी तो अच्छा रहेगा।"

"मेरे लिए पड़ोसियों को कष्ट देने की कोई जरूरत नहीं है," उन्होंने कसैले स्वर में कहा। अब वे दरवाजा छोड़कर सामने कुरसी पर बैठ गए थे। "अगर घर में चाय बनने में कोई प्रॉब्लम है तो मैं बाहर पी सकता हूँ। वैसे भी मैं यहाँ रुकने वाला नहीं हूँ। सिर्फ देखने चला आया था।"

मैं भी उन्हें चाय पिलाने के लिए बहुत व्यग्र नहीं थी। बस चाहती थी कि इस समय हम दोनों के बीच में कोई तीसरा आकर बैठ जाए। मुझे पता था कि जीजाजी का नाम सुनते ही नीतू दौड़ी चली आएगी।

और वही हुआ। पाँच मिनट में नीतू दो कप चाय लेकर हाजिर हो गई।

"हाय जीजाजी!" नीतू ने चहककर स्वागत किया और हुलसकर पूछा, "आपको कैसे पता चला? दीदी तो फोन ही नहीं कर रही थीं।"

"पता करनेवाले पता कर ही लेते हैं।" इन्होंने कुटिल मुसकान के साथ कहा। बेचारी नीतू! इनका मंतव्य समझ नहीं पाई। अपनी ही रौ में बोली, "मम्मी यही तो कह रही थीं कि दिल से दिल को राह होती है। फोन करने की क्या जरूरत है!"

फिर इन्हें चाय पकड़ाते हुए मुझसे बोली, "दीदी! अब आप भी उठकर जरा सी चाय पी लो। सुबह से बोल-बोलकर दिमाग चकरा गया होगा।"

वह मुझे सहारा देकर उठाने लगी और इनके चेहरे का रंग बदलने लगा। मेरी अधलेटी मुद्रा को वे अनादर का प्रदर्शन समझ रहे थे। अब उन्हें कुछ-कुछ समझ में आ रहा था। उठने की प्रक्रिया में जब मेरा शॉल कंधे से खिसक गया तो प्लास्टर पर उनकी नजर पड़ी—"अरे! ये हाथ को क्या हो गया?"

"गनीमत है कि सिर्फ हाथ ही टूटा है। आप खुशकिस्मत हैं जीजाजी कि ये सही-सलामत बच गईं। वरना क्या से क्या हो जाता।"

"तुम्हें मैं सही-सलामत नजर आ रही हूँ?"

"अरे हाथ ही तो टूटा है। सब लोग कह रहे थे कि किस्मत वाली थीं, जो सड़क के किनारे गिरीं। अगर बीच में गिरतीं तो सोचो क्या होता?"

उस कल्पना मात्र से ही मुझे झुरझुरी हो आई। मैंने नीतू से कहा, "थोड़ी हेल्प कर दोगी तो भीतर जाकर थोड़ा लेट लूँगी।"

बहुरि अकेला 85

"हाँ, अब आप बिल्कुल आराम करो। कोई आएगा तो जीजाजी निपट लेंगे।"

बिस्तर पर लेटते हुए मैंने कहा, "बसंती को दो दिन की छुट्टी दे दी थी। अगर किसी के हाथ खबर भिजवा दोगी तो वह आ जाएगी। दो रोटी ही डाल जाएगी।"

"बसंती को मैं खबर कर दूँगी। पर आप रोटी की इतनी चिंता क्यों कर रही हैं? हम लोग क्या इतना भी नहीं कर सकते?"

"तुम्हीं लोग तो कर रहे हो?"

"पड़ोसी और होते किसलिए हैं?"

नीतू जब चली गई तो ये कमरे में आकर बोले, "इतना सब हो गया तो क्या मुझे फोन नहीं कर सकती थीं?"

मैंने एक क्षण उनकी ओर देखा और कहा, "फोन कर भी देती तो क्या आप विश्वास कर लेते? या इसे भी एक बहाना समझते?"

वे चुप हो गए। फिर बड़ी देर तक मौन हम दोनों के बीच पसरा रहा। फिर कुछ देर बाद फोन बजा। मेरा कार्डलेस बाहर ही छूट गया था, इसलिए फोन इन्हें ही उठाना पड़ा। शायद बड़े भैया का था—मेरे हालचाल पूछ रहे थे। मैं जब तक उन्हें सावधान करती, वे सब ब्योरा दे चुके थे। फिर तो मेरी पेशी होनी ही थी।

"ये क्या कर बैठीं तुम? और रात को मुझे बताया क्यों नहीं? मैं उसी समय चला आता।"

"मुझे मालूम था, इसीलिए नहीं बताया। आप आ भी जाते तो सुबह फिर मेहमानों के लिए भागना पड़ता। अब आपकी उम्र इतनी भागदौड़ करने की नहीं है। वैसे चिंता की कोई बात नहीं है। पड़ोसी बहुत अच्छे हैं—और अब तो ये भी आ गए हैं?"

"हाँ, अभी फोन पर उनकी आवाज सुनकर थोड़ा संतोष तो हुआ। अच्छा तो हम लोग सुबह आते हैं। टेक केयर।"

भैया के फोन के बाद फिर से सन्नाटा छा गया। ये पेपर पढ़ते रहे। मैं सोने की कोशिश करती रही। नीतू दोनों की थालियाँ लेकर आई, तभी यह नीरवता भंग हुई।

नीतू बोली, "मम्मी तो कह रही थीं, जमाईजी को यहीं बुला लो। ठीक से खा लेंगे। पर मैंने कह दिया कि दीदी अकेले बोर हो जाएँगी। वो अच्छी हो जाएँ, फिर दोनों को एक साथ बुलाकर खूब खातिरदारी कर लेना।...एक बात और। जाते हुए मैं बाहर से ताला डालकर जा रही हूँ। नहीं तो मोहल्ले भर की आंटी लोग तंग

करने आ जाएँगी। रात भर की जागी हो, थोड़ा आराम कर लो।''

''खोलोगी कब?''

''चार बजे चाय लेकर आऊँगी न!''

और सचमुच वह हमें ताले में बंद करके चली गई। वह जब तक रहती है, पटर-पटर करती रहती है। घर भरा-भरा लगता है। उसके जाते ही एक निचाट सूनेपन ने घेर लिया। उस असहज एकांत से निजात पाने के लिए मैंने कहा, ''आप तो आज ही जाने वाले थे न। तो दिन में निकल जाते। रात में ठंड से परेशान हो जाएँगे।''

वे एक क्षण मुझे घूरते रहे। फिर बोले, ''मुझे क्या इतना गया-गुजरा समझ लिया है कि तुम्हें इस हाल में छोड़कर चला जाऊँगा।''

एक तरह से बात यहीं पर एक अच्छे बिंदु पर समाप्त हो जानी थी। पर मेरे मन में तो प्रतिशोध की आग धधक रही थी। वह 'हुस्नपरी' वाला डायलॉग मेरे कलेजे में कील की तरह गड़ा हुआ था। उसी ने मुझे चुप नहीं बैठने दिया। मैंने बड़े नाटकीय अंदाज में कहा, ''मेरी यह हालत है, तभी तो कह रही हूँ। रुककर क्या करेंगे।''

वे अवाक् होकर मुझे देखते रह गए—''व्हाट डू यू मीन?''

''कुछ नहीं। एक पुरानी बात याद आ गई। एक बार आए थे और मैं···(संकोच के मारे मैं क्षण भर को चुप रह गई)—उस दिन आप कितना नाराज हुए थे। कहा था कि फोन तो कर देतीं। बेकार में दो-ढाई सौ रुपयों का चूना लग गया।''

उनका चेहरा फक पड़ गया। डूबती सी आवाज में बोले, ''उस बात को अब तक गाँठ बाँधे बैठी हो?''

''यही क्यों? और भी बहुत सी हैं। सारी गाँठें खोलने बैठूँगी तो सुबह से शाम हो जाएगी।''

''तुम तो ऐसे कह रही हो जैसे मैं तुम पर बहुत अत्याचार करता रहा हूँ।''

''प्रचलित मायनों में जिसे अत्याचार कहते हैं, वह तो आप कर नहीं सकते थे, क्योंकि मैं उतनी बेचारी नहीं हूँ। आपका तरीका बहुत सोफिस्टिकेटेड है और एप्रोच बहुत ही प्रैक्टीकल। बहुत आसानी से आप सामने वाले की भावनाओं को अनदेखा कर सकते हैं।''

''मसलन?''

''मसलन—अब कहाँ से शुरू करूँ। चलिए शुरू से करते हैं। याद है, जब शादी के बाद पहली बार हम लोग इस घर में आए थे। मेरी सहेलियों ने घर को

बहुत कलात्मक ढंग से सजाया था। हमारा स्वागत भी बहुत शानदार हुआ था। हार, फूल, संगीत, उपहार, मिठाई—और लोग इतने कि पैर रखने को जगह नहीं थी। उसके बाद जब हम अकेले हुए तो आपका प्रश्न था—''फ्लैट तो बहुत सुंदर है, कितने का पड़ा?''

''क्या मुझे यह पूछने का हक नहीं था?''

''जरूर, था पर आपकी टाइमिंग गलत हो गई। उस निभृत एकांत की अवहेलना कर आप इंदौर और भोपाल की कीमतों की तुलना करते रहे। बातों-बातों में आपने यह भी पूछ लिया कि मैंने लोन बैंक से उठाया था या जी.पी.एफ. से लिया था। और यह भी कि किश्तें पट गईं या कि अभी बाकी हैं।''

''मेरे खयाल से मुझे यह भी पूछने का हक नहीं था।''

''हक सौ फीसदी है। पर यह विषय उस दिन के लिए नहीं था। मुझे मालूम है, मेरी शादी में मेरी नौकरी, मेरा वेतन, मेरा फ्लैट प्लस पॉइंट्स थे। पर वे ही अहम मुद्दा होकर रह जाएँगे और मैं गौण हो जाऊँगी, यह नहीं सोचा था। अगली बार आप जब आए तो आपने नॉमिनेशन के बारे में पूछा था। मैंने दोनों भाइयों के बेटों को फ्लैट और जी.पी.एफ. के लिए नॉमिनेट किया हुआ था। आपने कहा कि अगर नामांकन बदलना है तो फुरती करनी होगी। नहीं तो बाद में बहुत परेशानी होती है।''

''इसमें गलत क्या था। सरकारी दफ्तर में काम करता हूँ। रोज देखता हूँ कि लोग बाद में किस तरह परेशान होते हैं।''

''मैं भी जानती हूँ। पर महीने भर पहले ब्याही औरत भविष्य के सपने रखती है। उसे वसीयत के बारे में सोचना जरा अच्छा नहीं लगता। बदली हुई परिस्थिति में शायद मैं खुद इस विषय में पहल करती। पर आपकी उतावली देखकर वितृष्णा हो आई।

''इसके बाद तो एक्सप्लायटेशन का एक अनवरत सिलसिला शुरू हो गया। मेरे टेलीफोन का बिल दुगना-तिगुना आने लगा। सब लोग छेड़ते कि रात-रात भर मियाँ से बात करती होगी। उन्हें क्या पता था कि मियाँ ने घर पर बात करने के लिए एकदम मना किया हुआ है। और दफ्तर में बात करना मुझे अच्छा नहीं लगता। उन्हें कैसे बताती कि यहाँ आकर श्रीमान को सारे दोस्तों के, भाई-भतीजों के जन्मदिन याद आ जाते हैं। सारे रिश्तेदारों की मिजाजपुरसी और मातमपुरसी यहीं से होती है।''

''यह तो शायद तुम्हें भी पता होगा कि लांग डिस्टेंस कॉल्स संडेज को सस्ती

पड़ती हैं, और अकसर संडेज को मैं यहीं होता हूँ।''

''हाँ, मुझे पता है। और मुझे यह भी पता है कि इंदौर का कपड़ा मार्केट बहुत अच्छा है। इसलिए चादरें और परदे यहीं से खरीदने चाहिए। यहाँ की रेडीमेड गारमेंट्स की मंडी भी मशहूर है, इसलिए बच्चों के जन्मदिन के कपड़े यहीं से लेने चाहिए। यहाँ जब-तब गरम कपड़ों की सेल लगती है, इसलिए अम्माँजी के लिए शॉल और स्वेटर यहीं से जाएगा। इसके अलावा और भी फरमाइशी आउटम्स हैं, जैसे फरियाली सामान, नमकीन, राहुल के लिए कैमरा, एटलस, रीना के लिए बार्बी का सेट, कलर बॉक्स वगैरह—और मुझे यह भी मालूम है कि आपने घर पर यह कभी नहीं जताया होगा कि फरमाइशें कौन पूरी कर रहा है।''

''देखो, ज्यादा एहसान जताने की जरूरत नहीं है। हिसाब लगाकर रखना। अगली बार आऊँगा तो सब चुकता कर जाऊँगा।''

''हिसाब करने की जरूरत नहीं है, क्योंकि यह सब मैंने अपने घर के लिए, अपने बच्चों के लिए किया था। जिस तरह शादी के बाद यह घर आपका हो गया—मैंने सोचा कि वह घर भी अब मेरा ही है। इसलिए एहसान की कोई बात नहीं है, बात अधिकार की है। राहुल को जन्मदिन पर डांस करना था, आप यहाँ का म्यूजिक सिस्टम ले गए। बच्चों को गरमियों में पिक्चर्स देखनी थीं। आप यहाँ से वी.सी.डी. प्लेयर ले गए। बार-बार बिजली गुल होने से बच्चों की पढ़ाई हर्ज होती है, इसलिए मेरा इमर्जेंसी लैंप भी भोपाल पहुँच गया—मैं शिकायत नहीं कर रही हूँ। आपको अधिकार था और आपने उसका उपयोग किया। पर यह तो वन-वे ट्रैफिक हो गया। मुझे तो कोई अधिकार मिला ही नहीं। मेरा तो सिर्फ एक्सप्लायटेशन किया गया।''

''एक्सप्तायटेशन? वाह!''

''सुनने में तो बुरा लगता है न? शोषण कहूँगी तो और भी बुरा लगेगा। पर मेरे साथ यही हो रहा था और वह मेरी समझ में भी आ रहा था। पर मैंने मन को बहला लिया था कि मैं घर की किश्तें चुका रही हूँ। घर—जिसकी मुझे अरसे से तलाश थी। घर जो रिश्तों की मजबूत जमीन पर खड़ा हो, घर जो आपसी सामंजस्य और सद्‌भाव के सहारे टिका हो। पर वह घर तो मुझे मिला नहीं—आपने दिया ही नहीं।''

''देखो, तुम्हारी तरह मैं साहित्यिक भाषा तो नहीं बोल सकता। लेकिन—''

''आप खूब बोल सकते हैं। आपका 'हुस्नपरी' वाला जुमला तो अब तक मेरे कलेजे में गड़ा हुआ है। कल रात मैं दर्द के मारे सो नहीं पाई थी। पर यह दर्द

उस दर्द के मुकाबले कुछ नहीं था, जो उस रात आपने मुझे दिया। ये घाव तो कल को भर भी जाएँगे। पर यह घाव तो ताउम्र हरा रहेगा। और आज तो आपने कमाल ही कर दिया।''

''आज? आज मैंने क्या किया?'' वे हैरान थे।

''आज आप सिर्फ मेरे सच को परखने यहाँ चले आए। मान लो, मैं चली ही गई होती—तो आपकी क्या इज्जत रह जाती या मेरी ही क्या इमेज बनती। आपकी तो ये दूसरी शादी है। इतना तो आप भी समझते होंगे कि दांपत्य का आधार होता है विश्वास—और मिस्टर कश्यप! आपने उसे ही नकार दिया। फिर शेष क्या रहा?''

तभी दरवाजा खड़का, नीतू शायद चाय लेकर आई थी। हम दोनों अच्छे बच्चों की तरह चुपचाप बैठ गए। वैसे भी बोल-बोलकर मैं इतना थक गई थी कि कुछ देर आँख बंद करके लेटने को जी चाह रहा था। और चाय पीकर मैं सचमुच लेट गई। नीतू बोली, ''जीजाजी! शाम को क्या खाना पसंद करेंगे, बताइए।''

व्यंग्यपूर्ण मुसकराहट के साथ ये बोले, ''मैं गरीब क्या बताऊँगा। अपनी दीदी से पूछो। गेस्ट ऑफ ऑनर तो वे हैं।'' और इतना कहकर वे बाथरूम में घुस गए। नीतू थोड़ी देर बैठी बतियाती रही, पर मेरी ओर से कोई प्रोत्साहन न पाकर चुपचाप उठकर चली गई।

वे फ्रेश होकर आए और बालों में कंघा फेरते हुए बोले, ''अच्छा, तो मैं निकल रहा हूँ।''

मैंने प्रश्नार्थक नजरों से उनकी ओर देखा।

''रतलामवालों के आने तक रुकने का इरादा था। पर देखता हूँ, उसकी कोई खास जरूरत नहीं है। तुम्हारे अड़ोसी-पड़ोसी बहुत अच्छे हैं। खूब अच्छी सेवा-टहल कर रहे हैं। मेरी वजह से बल्कि असुविधा ही हो रही है।···और हाँ, तुम्हारी सारी चीजें अगली बार ले आऊँगा। अगर आया तो—वरना किसी के हाथ भिजवा दूँगा।''

मैंने उठने का उपक्रम किया तो बोले, ''लेटी रहो। मेरे लिए फॉर्मेलिटीज करने की जरूरत नहीं है। वैसे भी आदर-मान बहुत हो चुका है।''

''सी ऑफ करने के लिए न सही, दरवाजा बंद करने के लिए तो उठना होगा।''

मैं लड़खड़ाते हुए उठ खड़ी हुई। लँगड़ाते हुए जब तक दरवाजे पर पहुँची, ये दो मंजिल उतरकर बिल्डिंग के गेट तक पहुँच चुके थे। खिड़की से मैं उन्हें जाते हुए देखती रही।

फिर मैंने बहुत मुश्किल से दरवाजा बंद किया। इतने से श्रम से भी मैं हाँफ गई थी। देर तक बंद दरवाजे से पीठ लगाए मैं निस्पंद सी खड़ी रही। सामने वही खिड़की थी, जहाँ से मैंने उन्हें जाते हुए देखा था। मुझे लगा, वे मेरे घर से ही नहीं, जीवन से भी चले गए हैं।

"अलविदा मि. कश्यप!" मैंने कहा, "आज से मेरे घर का और मेरे मन का, दोनों दरवाजे आपके लिए बंद हो चुके हैं। घर का दरवाजा तो शायद कभी मजबूरी में खोलना भी पड़ेगा, क्योंकि इस शादी को इतनी आसानी से मैं नकार नहीं सकती। इसके लिए मेरे भाइयों ने बहुत सारा श्रम और पैसा खर्च किया है। इसलिए इस शादी को तो मुझे ढोना ही पड़ेगा—पर मेरे मन का दरवाजा अब आपके लिए कभी नहीं खुलेगा—कभी नहीं।"

□

इच्छाओं का अनंत आकाश

"किसका फोन था?" मैंने पूछा।
"अवस्थीजी का। मिसिज नारंग नहीं रहीं।"
"क्या?" मेरी तो चीख ही निकल गई।
"चीखो मत," ये झल्लाए "बिना बात एकदम 'हायपर' हो जाती हो।"
"चीखूँगी नहीं? अभी शाम को तो हम दोनों मंडी से हफ्ते भर की सब्जी लेकर आई हैं। और अब—
"वो वाली मिसेस नारंग नहीं, पहले वाली।" इन्होंने खुलासा किया तो मेरी उखड़ी साँसें सम पर आ गईं। मैंने कसैले स्वर में कहा, "पहले वाली के मरने-जीने से हमें क्या मतलब है! ये अवस्थीजी न कभी-कभी ज्यादा ही सोशल बनने लगते हैं।"

उनका कोई कसूर नहीं है। नारंग साहब ने उन्हें फोन करके सूचना दी है और घर पर बुलाया है। साथ ही मेरे लिए भी कहा है कि शर्माजी को भी लेते आएँ।
"मैं चलूँ!" मैंने डरते-डरते पूछा।
"देख लो। उनकी मिसेज आ रही हों तो तुम भी चली चलना।"

हम लोग अभी-अभी खाना खाकर उठे थे। अपने पसंदीदा सीरियल्स इत्मीनान से देखने के लिए मैं आजकल इन्हें जल्दी खिला देती हूँ। यों तो टी.वी. डायनिंग टेबल के सामने ही है, पर इन्हें खाना खाते समय टी.वी. देखना एकदम नापसंद है। कहते हैं—तुम्हारा दिमाग और आँखें उसी में घुसी रहती हैं। न ढंग से खाती हो, न खिलाती हो। वैसे भी खाना खाते समय रोना-धोना, चीख-पुकार मुझे जरा भी अच्छी नहीं लगती।

जल्दी-जल्दी टेबल समेटते हुए मैं इनके बाहर जाने की प्रतीक्षा कर रही थी। एक-एक क्षण मुझ पर भारी पड़ रहा था। कभी-कभी सोचती हूँ—जब टी.वी.

नहीं था, लोग अपना बुढ़ापा कैसे काटते होंगे। पर तब बुढ़ापा इतना एकाकी, निस्संग थोड़े ही रहता होगा। घर बेटे-बहुओं से, नाती-पोतों से भरा रहता होगा। रामनाम जपने तक की फुरसत नहीं मिलती होगी।

मैं टी.वी. का बटन ऑन करने जा ही रही थी कि फोन बज उठा था, फिर तो सारा मूड ही हवा हो गया।

''साड़ी बदल लूँ!'' मैं पूछने को हुई, पर फिर चुप लगा गई। शादी को इतने साल हो गए हैं, पर अब तक मैं यह अंदाजा नहीं लगा पाती हूँ कि ये कब किस बात पर उखड़ जाएँगे।

गेट पर ताला डालते हुए देखा—अवस्थी लोग बगलवाले गेट पर खड़े हैं। शायद हमारी ही प्रतीक्षा कर रहे थे। ठीक तो है। ऐसे मौकों पर अकेले जाने की हिम्मत नहीं पड़ती। कोई साथ हो तो अच्छा रहता है। यहीं तो असमंजस और भी ज्यादा था। जिस औरत को कभी देखा नहीं, जाना नहीं—उसी के पुरसे में जाना पड़ रहा था।

गेट पार कर हम बरामदे में पहुँचे, डरते-डरते बेल का बटन दबाया। नारंग साहब शायद इंतजार ही कर रहे थे। दरवाजा फौरन खुल गया और वे हमें भीतर लिवा ले गए। भीतर अजब नजारा था। तीन-चार लोग बैठे थे। पर सन्नाटा पसरा हुआ था। नारंग साहब ने समय जाया नहीं किया। उस स्तब्धता को भंग करते हुए परिचय की औपचारिकताएँ पूरी कीं। दो उनके साले थे, एक साड़ूभाई और बुजुर्ग से सज्जन मामा ससुर थे।

फिर हम लोगों की ओर मुखातिब होते हुए बोले, 'ये लोग मेरे पड़ोसी ही नहीं, परम मित्र भी हैं। मैं चाहता हूँ, आप अपनी बात इनके सामने ही कहें। मैं अपना जवाब भी इन लोगों के सामने ही देना चाहूँगा।'

पहले तो वे एक-दूसरे का मुँह ताकते रहे, फिर एक ने (शायद साले ने) गला साफ किया और कहना शुरू किया—पिछली रात शिकागो में मेरी दीदी का स्वर्गवास हो गया। कैंसर से पीड़ित थी। सौभाग्य से मेरे दोनों भानजे विनीत, सुमित अंतिम समय में उनके पास ही थे। मृत्यु की सूचना देते हुए विनीत ने मुझे बताया कि दीदी की इच्छा थी कि उनकी अरथी इसी घर से उठे, सुहागन के पूरे साज ''सिंगार के साथ उठे।''

कुछ क्षण कमरे में घोर निस्तब्धता छाई रही। फिर साड़ूभाई ने कमान सँभाली—''हम लोग इसीलिए भाई साहब से रिक्वेस्ट करने आए हैं। आप लोगों के बीच जो कुछ हुआ, वह अच्छा नहीं हुआ था, हम मानते हैं। पर इस समय वह सबकुछ

इच्छाओं का अनंत आकाश

भुला देना ही श्रेयस्कर है। मरने वाले की इच्छा का मान रखना पड़ता है। फाँसी की सजा पाने वाले से भी उसकी अंतिम इच्छा पूछी जाती है और वह पूरी की जाती है। इसलिए अगर दीदी की इच्छा थी कि उनकी विदाई इस घर से हो तो…''

''आप एक बात भूल रहे हैं जनाब,'' नारंग साहब ने सूखे लहजे में कहा, ''इस घर से उनकी विदाई सोलह साल पहले ही हो चुकी है, और वह भी उनकी इच्छा का मान रखते हुए ही की गई थी।''

''वह घर से विदाई थी। अब वे दुनिया से विदा हो रही हैं। दोनों बातों में फर्क तो है।''

''फिर बच्चे चाहते हैं कि माँ की अंतिम इच्छा जरूर पूरी हो।'' साले साहब बोले।

''यह बात बच्चे मुझसे भी तो कह सकते थे।''

''इतने सालों के अंतराल के बाद उनकी हिम्मत नहीं पड़ी होगी।''

''हिम्मत कैसे पड़ेगी! सोलह सालों में एक बार भी फोन नहीं किया। मेरे ही पैसों पर पलते रहे, पढ़ते रहे। पर कभी अपना रिजल्ट बताने तक की जहमत नहीं उठाई। विदेश जाने से पहले मिलना जरूरी नहीं समझा। यहाँ तक कि उनकी शादी की खबर भी मुझे औरों से मिली। इसके बाद वे मुझसे बात करने की हिम्मत कैसे जुटा सकते हैं। मुझे तो खुशी है कि वे इतने बेगैरत नहीं हैं।''

''जीजाजी, प्लीज अब ये सब…।''

''भूल जाइए, यही न। ये मेरे दोनों परम मित्र यहाँ बैठे हैं। मैं इन्हीं से पूछना चाहूँगा। ईमानदारी से अपनी राय दीजिएगा। जो औरत बरसों पहले लड़-झगड़कर, अपने बच्चे लेकर यहाँ से चली गई थी, उसे मरने के बाद ही सही, दुबारा इस घर में आने का क्या अधिकार है?''

नारंग साहब की आँखें हम लोगों पर टिकी हुई थीं। उन आँखों में प्रश्न तो था ही, पर एक आक्रोश भी था, आग भी थी, बेहद एकाकीपन भी था। पहली बार मुझे कमरे में मिसेज नारंग की अनुपस्थिति का भान हुआ। वैसे उनका इस समय यहाँ होना बेहद अप्रासंगिक भी था। मैं सोच रही थी, इस समय उन्होंने अपने आपको किस कमरे में बंद किया होगा। कानों पर हाथ दिए, वे कहाँ छुपी बैठी होंगी।

''आप लोग कुछ तो बोलिए।'' लंबी प्रतीक्षा के बाद मि. नारंग ने कहा। हम लोगों ने सिर उठाया। अवस्थीजी ने गला साफ किया और बोले—नारंग साहब, अगर आप इजाजत दें तो मैं इन लोगों से एक प्रश्न पूछना चाहूँगा।

मि. नारंग ने स्वीकारोक्ति में सिर हिला दिया। बोले कुछ नहीं। अवस्थीजी फिर आगंतुकों से मुखातिब होकर बोले, ''मैं एक बहुत ही कड़वी बात कहने जा रहा हूँ और उसके लिए पहले से ही माफी माँग लेता हूँ। भगवान् हमारे नारंग साहब को लंबी उम्र दे। पर मान लीजिए, बात ठीक इससे उलट होती, हमारे मित्र को कुछ हो जाता तो क्या आपकी दीदी अपने सुहाग चिह्न उतार देतीं? वैराग्य ले लेतीं?''

उनकी बात पूरी भी नहीं हो पाई थी कि मि. नारंग उठकर भीतर चले गए। हम लोगों को तो जैसे साँप सूँघ गया। अवस्थी साहब! ये आप···इन्होंने कहना चाहा पर चुप हो गए।

''सॉरी यार,'' उनका मंतव्य समझकर अवस्थीजी बोले, ''दरअसल जो मैं कहना चाहता था, शायद ठीक से कह नहीं सका।''

थोड़ी देर बाद नारंग साहब भीतर से नमूदार हुए। उनके हाथ में जरी वर्क वाला एक पर्स था। उसे साले को सौंपते हुए बोले, ''अभी अवस्थीजी ने सुहाग चिह्नों की बात की तो मुझे याद आ गया। मैडम जाते समय ये सारी चीजें मेरे मुँह पर फेंककर चली गई थीं। शादी की कोई याद, कोई चिह्न वे अपने साथ नहीं रखना चाहती थीं, अब मरने के बाद उन्हें सुहागन बनने का शौक चर्राया है तो ये रख लो। अपनी बहन का मन भरकर श्रृंगार करना।''

''पर जीजाजी, दीदी की इच्छा इस घर से विदा होने की थी।''

''तो क्या तुम्हारी दीदी की ही इच्छा सर्वोपरि है? मेरी इच्छाओं का कोई मोल नहीं है। क्या मृत्यु उसे सारे आरोपों से बरी कर देगी। वे अनगिनत पल, जो मैंने अकेले गुजारे हैं, उनका हिसाब कौन देगा? दो-दो बेटों के होते हुए भी मैं निस्संतान बुढ़ापा काट रहा हूँ। यह जवाबदेही किसकी है।''

भाई लोग तो इस आक्रामक रवैए से खौफ खाकर चुप हो गए थे। पर मामाजी बोल पड़े—''बेटा, तुम्हारी तरह वह भी अकेली ही थी और अंत तक अकेली ही रही।''

''नहीं, वह कतई अकेली नहीं थी।'' नारंग साहब ने एक-एक शब्द पर जोर देते हुए कहा, ''वह कतई अकेली नहीं थी। उसके बेटे उसके साथ थे और अंत तक थे और अगर आपका इशारा मेरे दूसरे विवाह पर है, तो जान लीजिए—अकेलापन भी कभी-कभी बरदाश्त से बाहर हो जाता है, आदमी उसे बाँटने पर मजबूर हो जाता है।''

''ऊपर बच्चे आपसे बात करें'' साले ने एक अंतिम कोशिश की।

इच्छाओं का अनंत आकाश

"No (ना)"

उनका यह 'नो' इतना स्पष्ट, इतना निर्णायक था कि उन लोगों ने फिर कोई बात नहीं की। चुपचाप सब उठ गए। शिष्टाचारवश हम लोग भी खड़े हो गए, पर उन्हें दरवाजे तक छोड़ने कोई नहीं गया, नारंग साहब भी नहीं। उनकी गाड़ी जब तक गेट पार करके चली नहीं गई, तब तक हम लोग वैसे ही खड़े रहे—मौन, अविचल। जैसे किसी शोक-सभा में श्रद्धांजलि दे रहे हों।

"सॉरी" नारंग साहब ने दोनों मित्रों के कंधों पर हाथ रखते हुए कहा, "सॉरी! आपको इतनी रात कष्ट दिया। पर उन लोगों को अकेले झेलने की हिम्मत मुझमें नहीं थी।"

"सॉरी क्यों कह रहे हैं। यह तो आपका अधिकार है। आप जब चाहे निस्संकोच हमें बुला भेजें। हम लोग हमेशा आपके साथ हैं। अच्छा चलें—टेक केयर।"

और हम लोगों ने भारी मन से अपने घर की राह ली।

रात भर नींद नहीं आई।

वह अनदेखी, अनजानी औरत बार-बार रूप बदलकर सपनों में आती रही। समझ में नहीं आ रहा था कि जिस घर को वह बरसों पहले छोड़ गई थी, उसके प्रति इतना मोह क्यों? जिस पति के लिए मन में इतना तिरस्कार था, उसके नाम से फिर माँग भरने की जिद क्यों?

क्या यह प्रतिशोध का कोई नया तरीका था? या कि पछतावे की प्रतिक्रिया थी! या कि मन के किसी कोने में अब भी पति के लिए प्रेम दुबका बैठा था।

सच, मानव-मन एक गुफा की तरह होता है। उसका ओर-छोर पता ही नहीं चलता।

आठ साल पहले इस बँगले में आना हुआ था। यों भी बँगलों में अड़ोस-पड़ोस नाममात्र को होता है। यहाँ तो एकदम ही शून्य था, बाईं तरफ वाले बँगले में एक कंपनी का गेस्ट हाउस था। दाईं तरफ नारंग साहब रहते थे, जो तलाकशुदा थे। मुझे इतनी कोफ्त हुई थी कि बता नहीं सकती।

लेकिन नारंग साहब के साथ इनकी अच्छी पटरी बैठ गई थी। दोनों रोज सुबह घूमने जाते। शाम को ब्रिज का खेल जमता। वहीं अवस्थीजी से परिचय हुआ, जो चार-पाँच बँगले छोड़कर रहते थे। जब पुरुष वर्ग अपने खेल में मग्न होता, मिसेज अवस्थी अपनी बोरियत दूर करने मेरे पास आ जातीं। हम लोगों में अच्छा बहनापा हो गया।

फिर एक दिन सुना कि नारंग साहब शादी कर रहे हैं। तर्क-वितर्कों की जैसे

बाढ़ सी आ गई। किसी ने कहा, इसी औरत के कारण पहली वाली छोड़कर चली गई। लेकिन फिर दस साल बरबाद करने की क्या जरूरत थी! तलाक के बाद तुरंत शादी कर सकते थे।

किसी ने कहा, दिवंगत मित्र की पत्नी है। उसे सहारा देने के लिए यह कदम उठाया है। किसी ने कहा, ऑफिस की सहकर्मी है। शादी के बाद एक छोटी सी पार्टी देकर नारंग साहब ने पत्नी को मित्रों, रिश्तेदारों से विधिवत् मिलवाया। तभी इन विवादों का, अफवाहों का दौर शांत हुआ।

नई वाली मिसेज नारंग मुझे देखते ही भा गईं। हम लोगों की खूब अच्छी ट्यूनिंग जम गई। उनकी कहानी वही थी, जो आधुनिक भारत की चालीस प्रतिशत कन्याओं की होती है। पिता की अकाल मृत्यु, कोमल कंधों पर घर-परिवार का भार, भाई-बहनों को एक-एक कर निपटाते हुए अपने बारे में सोचने का समय ही नहीं मिला। जब सारी जिम्मेदारियों से फारिग हुईं तो पता चला, उम्र पैंतालीस को छू रही है। तब भाई-बहनों ने पहल की। ब्यूरो में नाम लिखवाया, अखबारों में विज्ञापन दिया। जाँच-पड़ताल के बाद नारंग साहब का नाम फाइनल हुआ और वे मेरा पड़ोस गुलजार करने आ गईं।

यह सुख उन्हें जीवन में इतनी देर बाद मिला था कि अपनी इतने बरसों वाली पुरानी नौकरी उन्होंने एक झटके के साथ छोड़ दी। अपनी नई नवेली घर-गृहस्थी में अब वे ऐसे रच-बस गई हैं, जैसे बरसों से बस यही करती आ रही हों।

आधी रात के बाद कहीं मुश्किल से आँख लग पाई थी कि घंटी बजी। पहले तो समझ में ही नहीं आया कि दरवाजे की घंटी है या फोन की। फिर पता चला कि इनके मोबाइल की रिंग है। अधमुँदी पलकों से मैंने घड़ी देखी—सुबह के पाँच बज रहे थे। तब तक वे फोन रख चुके थे।

"किसका फोन था?"

"नारंग का। गेट पर खड़े हैं।" इन्होंने उठते हुए कहा। ये चप्पल डालकर बाहर को चल पड़े तो गाऊन पर शॉल डालकर मैं भी पीछे-पीछे हो ली। रात करीब ग्यारह बजे तो हम लोग उनके घर से लौटे थे। अब इतनी सी देर में और क्या हो गया।

सदर दरवाजा खोलकर हम लोग बाहर आए। धुँधलके में गेट के बाहर एक आकृति नजर आ रही थी। उनका फोन आ गया था, इसलिए निश्चिंत थे, नहीं तो एकदम गेट खोलने की हिम्मत नहीं पड़ती।

"सॉरी! आपको सुबह-सुबह डिस्टर्ब कर रहा हूँ। नहीं-नहीं, गेट मत खोलिए।

मैं भीतर नहीं आऊँगा। बस यह चाभी देने आया हूँ।''

''चाभी! किसलिए?''

''बच्चे माँ को लेकर आ रहे हैं। शायद नौ-दस बजे तक यहाँ पहुँचेंगे।''

''पर आपने तो कल मना कर दिया था न!''

''हाँ पर आधी रात के बाद मुंबई से बच्चों का फोन आया। बरसों बाद उनकी आवाज सुनी थी। बरसों बाद उन्होंने कुछ माँगा था—मना नहीं कर सका।''

क्षण भर को वे चुप हो गए। शायद उनका गला भर आया था। पर तुरंत ही उन्होंने अपने को सँभाल लिया और कहा, ''हम लोग पंद्रह-बीस दिनों के लिए बाहर जा रहे हैं। वे लोग अगर तेरहवीं भी यहाँ से करना चाहें तो कर सकते हैं।''

''मतलब, आप नहीं रहेंगे।''

''नहीं—और मेरा रहना जरूरी भी नहीं है। अंत्येष्टि में तथा और संस्कारों में बेटों की उपस्थिति जरूरी होती है तो वे दोनों तो रहेंगे ही।'' कुछ क्षण चुप्पी छाई रही। फिर वे बोले, ''शर्माजी! सबका कहना था कि मरने वाले की इच्छा का सम्मान करना चाहिए, सो कर रहा हूँ। पर उसके लिए किसी जीवित व्यक्ति का मैं अपमान तो नहीं कर सकता न। अच्छा, अब मैं चलूँगा। मिसेज गाड़ी में वेट कर रही हैं।''

और चाबियाँ इन्हें सौंपकर वे चल पड़े। मैंने झाँककर देखा, उनके बँगले के सामने उनकी नीली सैंट्रो उनकी प्रतीक्षा कर रही थी। मिसेज नारंग उसमें बैठी होंगी। अच्छा ही हुआ जो वे नीचे नहीं उतरी।

इस समय उनका सामना करने की हिम्मत मुझमें नहीं थी।

□

मोरी रँग दी चुनरिया

सफर की थकान इतनी थी कि बिस्तर से उठने का मन नहीं था, पर खुशी के मारे नींद नहीं आ रही थी। यह खुशखबरी किसी को सुनाने के लिए मन व्याकुल हो रहा था। कम-से-कम जया को तो बताना ही पड़ेगा। नहीं तो वह मेरे प्राण ले लेगी।

वैसे भी आज की खुशी पर सबसे ज्यादा हक उसका ही है। उसी ने इस रिश्ते के लिए इसरार किया था, वरना हम नौकरीपेशा लोग इतनी ऊँची उड़ान भरने के काबिल कहाँ थे। पर उसी ने बार-बार कहा—'दीदी, मेरा मन कहता है, मृणाल की शादी यहीं होगी।'

'तेरे मुँह में घी-शक्कर।'

'सिर्फ घी-शक्कर से काम नहीं चलेगा। चंदेरी साड़ी लूँगी।'

'अरे, बनारसी ले लेना। शादी तो होने दो।'

'बनारसी साड़ी गौतम की शादी पर लूँगी। लड़की की शादी में तुम्हें ज्यादा नहीं मूँडूँगी।'

मृणाल के लिए मैंने जब से लड़के देखना शुरू किया है, जया उसे अपना कर्तव्य मान बैठी है। मृणाल पर उसकी अपार ममता है। ऐसे-वैसे घर की बात तो वह मुझे सोचने भी नहीं देती—'एक ही तो लड़की है दीदी। उसे इस तरह निबटाने का भाव मत रखो। एक-दो साल में वह बूढ़ी नहीं हो जाएगी। देर लगे, कोई बात नहीं; पर घर-वर दोनों को खूब ठोक-बजाकर देख लो।''

ये तो कई बार मजाक में कहते हैं—'अच्छा हुआ, प्रिंस चार्ल्स की शादी हो गई, नहीं तो तुम्हारी सहेली वहीं बात चलाने को कहती।'

मैं जया की व्यथा-कथा जानती हूँ, इसीलिए उसकी व्यग्रता समझती हूँ। पर इन लोगों को यह कौन समझाए, कितनी बार समझाए!

मोरी रँग दी चुनरिया

जया चार बजे कॉलेज से लौटती है तब तक तो मुझे सब्र करना ही था। पर उसके बाद मैंने एक मिनट की भी देरी नहीं की। टैक्सी में बैठे-बैठे यही सोच रही थी कि जया कितनी खुश होगी...खुश तो बाद में होगी, पहले तो मेरी अच्छी खबर लेगी। बिना बताए ही चली गई थी मैं। पर क्या करती, मजबूरी थी। मृणाल ने साफ मना कर दिया था। इसी शर्त पर वह जाने को तैयार हुई थी।

लड़कियों का इस तरह प्रदर्शन करना हमें भी अच्छा नहीं लगता। पर वे लोग यहाँ आने को तैयार न थे। बोले, ''आप लोग बिटिया के साथ यहीं आ जाइए। इन दिनों हमारी बेटियाँ भी अमेरिका से आई हुई हैं। उनसे मिलने के लिए सारा परिवार यहाँ इकट्ठा है। आप यहीं आ जाएँगे, तो सबको सुविधा हो जाएगी।''

मन में ढेर सारी आशंकाएँ लेकर हम लोग गए थे। लौटते वक्त मन खुशी से सराबोर था। मृणाल सबको भा गई थी। उन लोगों ने तो वहीं शगुन कर दिया। कहने लगे—''सगाई-वगाई का चक्कर रहने दीजिए। आप तो जितनी जल्दी हो सके, शादी का इंतजाम कीजिए। ये लड़कियाँ महीना-दो महीना भारत में रहेगी। तब तक हो जाए, तो अच्छा रहेगा।''

हम लोग किसी तैयारी से तो गए नहीं थे। जो कुछ पास था, उसी से टीका कर दिया और शादी की तिथि निकलवाकर चले आए। मुश्किल से महीने भर का समय था और करने को कितना कुछ था। उन लोगों ने तो कह दिया था कि ज्यादा टीम-टाम की जरूरत नहीं है। हम बीस-पच्चीस लोग आएँगे। सपरिवार आएँगे। किसी होटल में इंतजाम कर दीजिए। शाम को फेरे हो जाएँगे। सुबह हमें विदा कर दीजिए। वे लोग तो इतना कहकर मुक्त हो गए, पर हमारे सामने तो प्रश्नचिह्न खड़ा हो गया। इतने कम समय में कैसे कुछ हो पाएगा? लड़की की शादी कोई हँसी-खेल है?

''मैडम! कहाँ रोकना है?'' ड्राइवर ने पूछा तो होश आया कि मैं अपने गंतव्य पर पहुँच गई हूँ। जया के घर के सामने गाड़ी रुकवाकर मैंने जल्दी से पैसे चुकाए और उतर पड़ी।

जया से मिलने की कुछ इतनी बेसब्री थी कि घंटी बजाते हुए ध्यान ही नहीं रहा कि दरवाजा खुला है। मैंने कुछ झेंपते हुए घर में प्रवेश किया, तब तक बड़ी भाभी बाहर निकल आईं। मैंने सोचा, अब डाँट पड़ेगी—'क्या तुम्हें भी इस घर में घंटी बजाकर आना पड़ता है?' पर भाभी कुछ नहीं बोलीं। मैंने ही क्षमा-याचना करते हुए कहा, ''सॉरी भाभी, आपको डिस्टर्ब किया। जया कहाँ है?''

''ऊपर अपने कमरे में।''

ऊपर जाने का रास्ता भीतर वाले बरामदे में से होकर था। हॉल से गुजरते हुए

मैंने देखा—चार-पाँच औरतें बैठी हुई हैं। जया की माँ उनसे बातें कर रही हैं, पर सारा माहौल बड़ा गुमसुम सा है। मेरी बंगाली चौड़े पाड़ की साड़ी को उन्होंने इस तरह घूरकर देखा कि मुझे संकोच हो आया। अपनी कलफदार पटलियों को और लहराते पल्लू को सबकी नजरों से बचाने में मैं इतनी व्यस्त हो गई कि जया की माँ ठीक से नमस्ते भी न कर सकी। सीढ़ियाँ चढ़ते हुए भान हुआ कि उन्होंने भी तो मेरा कुशलक्षेम नहीं पूछा। इतने दिनों तक न आने का उलाहना नहीं दिया। और तब याद आया कि बड़ी भाभी ने भी तो आज बात नहीं की। नहीं तो ऐसा कभी नहीं हुआ कि दोनों भाभियों से मीठी रार-तकरार किए बिना मैं ऊपर गई हूँ।

जया के कमरे में एकदम सन्नाटा था। चौबीसों घंटे चीखनेवाला टेपरिकॉर्डर चुप था और महारानी पलंग पर लेटी हुई आशापूर्णा देवी का कोई उपन्यास पढ़ रही थी।

"आहा! दीदी आई हैं!" मुझे देखते ही वह पुलकित होकर बोली और मेरा मन एकदम हल्का हो गया।

"नीचे इतना सन्नाटा था कि बस," मैंने कहा, "और माँजी के पास दो-चार औरत ऐसी शक्ल बनाकर बैठी हैं, जैसे…"

"मातमपुरसी पर आई हों।" उसने मेरा वाक्य पूरा किया—"वे वाकई मातमपुरसी पर आई हैं।"

"अरे!" मुझे अब अपने कपड़ों पर सचमुच शरम आ रही थी—"कौन? मेरा मतलब है, किसका देहांत हो गया?"

"हमारे श्रीमानजी गुजर गए।" उसने सपाट स्वर में कहा।

"कौन श्रीमानजी?"

"एक ही तो थे दीदी। मेरी कौन दस-बीस शादियाँ हुई हैं।" उसने कहा।

उसके बात करने का लहजा कुछ ऐसा था कि सांत्वना की गुंजाइश ही नहीं थी। और फिर सांत्वना भी किसलिए? जिस व्यक्ति का अस्तित्व ही उसके लिए अर्थहीन था, उसके मरने पर शोक और संवेदना का नाटक मुझसे नहीं हो सका। पर उसके घर में तो बाकायदा मातम मनाया जा रहा है।

"जिस व्यक्ति से तुम्हारा कभी कोई संबंध नहीं रहा, उसका शोक तुम लोग क्यों मना रहे हो?"

"यही तो मेरी समझ में नहीं आता। हमें तो उन लोगों ने खबर तक नहीं दी। कोई सवाल ही नहीं था। किसी तीसरे व्यक्ति ने पत्र लिखा है, जो यहाँ चौथे-पाँचवें रोज पहुँचा है और बस यहाँ बाकायदा मातम शुरू हो गया। इन लोगों ने मेरी चूड़ियाँ

नहीं फोड़ी, यही गनीमत है।"

"छिह! कैसी बातें करती हो?" मैंने सिहरकर कहा।

"सच कह रही हूँ दीदी। मुझे कमरे में कैद करके रख दिया है। कॉलेज नहीं जाने देते, टी.वी. नहीं देखने देते, रेडियो नहीं सुनने देते। पानी भी मुझे माँगकर पीना पड़ता है। मुझे कोई घड़ा नहीं छूने देता।"

"क्या कहती हो?"

"सब अम्माँ का पागलपन है। मेरी सास मरी थी, तब भी यही नाटक हुआ था।"

मुझे तो सुनकर ही वितृष्णा होने लगी थी। पता नहीं जया कैसे सहन कर रही थी।

"अच्छा जया, चलूँगी अब। फिर कभी आ जाऊँगी।" मैंने एकदम उठने का उपक्रम किया तो उसने हाथ पकड़कर बिठा लिया—"ऐसे कैसे चली जाएँगी! जो कहने आई थीं, वह तो कहिए।"

वह सब कहने का अब उत्साह ही कहीं बचा था। मैंने कहा, "तुम कॉलेज नहीं आईं, तो बस देखने चली आई थी कि क्या बात है।"

"झूठ मत बोलिए। आप कॉलेज गई होतीं, तो यह खुशखबरी आपको कब की पता लग जाती। कल ही तो पूरा स्टाफ मिलने आ गया था।"

हे भगवान्! जया ने कैसे सामना किया होगा उन सबका! खासकर मिसेज माथुर और मिसेज मालवीय जैसे लोगों का।

उसने जैसे मेरे मन की बात पढ़ ली। बोली, "भाभी उनसे नीचे ही निपट लीं। मैंने साफ कह दिया था कि किसी को ऊपर भेजने की जरूरत नहीं है।"

"आश्चर्य है, मुझे किसी ने नहीं रोका।"

"आपकी बात अलग है दीदी। सब जानते हैं, आपसे मिलकर मुझे खुशी होती है, बल्कि आप अगर नीचे से ही लौट जातीं, तो मुझे बेहद दुःख होता; क्योंकि मैं जानती हूँ, आप क्या कहने आई थीं।"

"बताओ!"

"मृणाल की बात पक्की हो गई है। ठीक है न?"

"तुमने कैसे जाना?"

"आपके चेहरे से ही पढ़ लिया था। आपके कमरे में आते ही जान गई थी। पर सोचा, पहले अपनी खबर सुना दूँ। फिर आपकी सुनूँगी।"

उसके कहने का ढंग कुछ ऐसा था कि मुझे बरबस हँसी आ गई। शोक और

संजीदगी का जो आवरण ओढ़ रखा था, गिर पड़ा। कमरे में आने के बाद पहली बार मैंने खुलकर साँस ली।

"और सुनाइए, उन लोगों को आपने कैसे पटाया?"

मैं जैसे इस क्षण की बाट ही जोह रही थी। फौरन शुरू हो गई। जया से यह सब कहे बिना मुझे चैन भी नहीं आता। वहाँ का सारा हाल बयान करने के बाद मैं घर-परिवार का वर्णन करने बैठ गई। संयोग से उनका सारा कुनबा उन दिनों वहाँ इकट्ठा था। मुझे सबको देखने-सुनने का मौका मिल गया था।

"जया, मृणाल की मौसेरी सास तो एक नमूना हैं। अच्छा हुआ, तुम साथ नहीं थीं, नहीं तो मृणाल की हँसी पर काबू पाना मुश्किल था। शायद इसी वजह से शादी टूट जाती।"

"अच्छा! उनमें ऐसी क्या खासियत है?"

"अरे पढ़ी-लिखी तो कुछ खास हैं नहीं, पर दिन भर अंग्रेजी की टाँग तोड़ती रहती हैं—हमारे यहाँ तो सरवेंटों को बहुत प्रॉब्लम है, ये पिच्चर तो लेडीजों के लायक है, हमारे चिल्ड्रन्स तो बहुत शैतान हैं……"

मैंने ठीक ही कहा था। मेरे मुँह से सुनकर जया को भी हँसी का दौरा पड़ गया था। वहाँ तो पता नहीं क्या करती। पर जया की हँसी एकाएक थम गई। मैंने पलटकर देखा, दरवाजे में छोटी भाभी खड़ी थीं।

"यह किस बात पर इतनी हँसी आ रही थी?" उनके स्वर में उपालंभ था। मैं तो शर्म से गड़ ही गई।

जया ने जैसे मुझे उबारते हुए कहा, "भाभी, मृणाल की शादी तय हो गई है। दीदी ने लगे हाथ सगाई की रस्म भी निपटा दी है।"

"चलो यह तो बहुत अच्छा हुआ।" भाभी ने निर्लिप्त भाव से शिष्टाचार निभाया। उसमें कहीं कोई खुशी का भाव न था। न उन्होंने घर या वर के बारे में कुछ पूछा।

मैं एकदम उठ खड़ी हुई—"जया, अब चलूँगी। बहुत देर हो गई।"

इस बार जया ने मुझे रोकने का प्रयास नहीं किया। भाभी पता नहीं किस काम से ऊपर आई थीं। उसे भूलकर मेरे साथ ही नीचे उतरने लगीं। बीच सीढ़ियों पर बोलीं, "दीदी, एक बात कहूँ, बुरा तो नहीं मानोगी?"

"कहिए।"

"ऐसे शुभ कार्य की चर्चा आज इस घर में नहीं करनी थी। इससे अपशकुन होता है।"

"चर्चा मैंने नहीं, जया ने ही चलाई थी, भाभी। उसने पूछा, तो मुझे बताना

पड़ा। नहीं तो शायद मैं वैसे ही लौट जाती। पर भाभी, मैं यह नहीं मानती कि इससे अपशकुन होता है।''

''अब आप नए जमाने की हो।''

''तो आप क्या कोई पुरखा-पुरनिया हो? आप इन ढकोसलों पर विश्वास कर लेती हैं?''

''यह ढकोसला नहीं, रिवाज है, दीदी।''

''यह कैसा रिवाज है! जिस आदमी का इस घर से कोई संबंध नहीं रहा, जया कभी जिसकी देहरी नहीं चढ़ी, जिसके नाम से उसने माँग नहीं भरी, मंगलसूत्र नहीं पहना, बीस साल से जिसकी शक्ल भी नहीं देखी—उसका मातम आप लोग क्यों मना रहे हैं? क्यों उस पर लाद रहे हैं?''

''मरने वाला हाड़-मांस का आदमी था, दीदी।''

''दुनिया में रोज सैकड़ों हाड़-मांस के आदमी मरते हैं, भाभी।''

''लेकिन सबके साथ हमने फेरे तो नहीं लिये होते।''

मैं हतबुद्धि होकर उन्हें देखती रह गई। उसके बाद उस घर में एक पल भी ठहरना मेरे लिए दूभर हो गया।

◻

मेरी सारी खुशी हवा हो गई थी। मन इतना उद्भ्रांत हो गया था कि घर लौटकर मैंने नौकर को बिना बात के डाँट दिया। कमरे की बेतरतीबी पर मृणाल को इस बुरी तरह झिड़की कि वह सिसकने लगी। खाने की मेज पर इनसे बिना वजह ही लड़ बैठी। पर सबने मुझे माफ कर दिया। सब समझ गए कि अब मुझ पर शादी का टेंशन आ गया है और महीना भर किसी की खैर नहीं है।

शादी! हाँ, पिछले कुछ दिनों से मैं केवल मृणाल की शादी के बारे में ही सोचती रही हूँ। रात में सपने भी उसी के देखती रही हूँ। पर आज की रात जया के नाम थी। मेरे मानस-पटल पर उसकी शादी के कई चित्र बनते-बिगड़ते रहे। मैं उस शादी में उपस्थित नहीं थी। हम लोगों का परिचय तो बहुत बाद में हुआ। पर जो कुछ सुना था, वह मेरी कल्पना-शक्ति के लिए काफी था।

बहुत ऊँचे घर में जया का संबंध हुआ था। चार भाइयों का परिवार था। बड़े भाई पिता के साथ घर का कारोबार देखते थे। बीचवाले दोनों इंजीनियर थे। जया का दूल्हा सबसे छोटा और फिलॉसफर किस्म का था। जया के पिता वहाँ दो-चार बार गए, पर उससे बात नहीं हो पाई। उन्होंने लड़कों से कहा, 'हो सकता है, मेरा लिहाज करता हो। संकोच के मारे न बोलता हो। तुम लोग जाकर मिल तो आई। ऐसा न हो

कि वह हकलाता हो या गूँगा-बहरा हो।' जया के भाई गए और तसल्ली करके घर लौट आए—'गूँगा-बहरा तो नहीं है। पर हाँ घुन्ना है। बहुत कम बोलता है।'

'अरे, उसे तो हमारी जया पंद्रह दिन में तोता बना देगी।' बड़ी भाभी ने कहा। सबने चैन की साँस ली और तैयारी शुरू कर दी।

बारात बड़ी धूमधाम से आई थी। चारों सुदर्शन भाइयों को देखकर लोगों को 'रामजी की बारात' याद आ गई थी। चढ़ावा तो ऐसा था कि सबकी आँखें फटी की फटी रह गई थीं। शिकायत थी तो सिर्फ लड़कियों को। वर के तीनों भाई उसे इस तरह घेरे हुए थे कि छेड़खानी करने का मौका ही नहीं मिलता था। जयमाला तक तो ठीक था, पर जब बाकी रस्मों पर भी वे बॉडीगार्ड की तरह साथ लगे रहे, तो ममेरी बहन ने चुटकी ली—'आप लोग पांडवों की तरह फेरे भी साथ ही लोगे क्या?'

इस फिकरे पर वे लोग थोड़ा झेंपे, थोड़ा पीछे हटे, तो सबको राहत मिली। पर कितनी सी देर को! उसके तुरंत बाद ही तो वह अघट घट गया।

गठजोड़ी करके सप्तपदी के साथ इन लोगों ने अग्नि की परिक्रमा शुरू ही की थी कि दूल्हा गों-गों करता हुआ गिर पड़ा। आँखें कपाल पर चढ़ गईं और मुँह से झाग सा निकलने लगा। किशोरी नववधू तो यह दृश्य देखते ही मूर्च्छित हो गई। मेहमानों में एक-दो डॉक्टर भी थे। वे दौड़कर आए, मुआयना किया और बताया—"घबराने की कोई बात नहीं है। मिरगी का दौरा है। एक-दो घंटे आराम कर लेने दीजिए। ठीक हो जाएगा।"

दो घंटे तक क्या कोई चुप रहता है! जितने मुँह उतनी बातें होने लगीं। किसी ने कहा कि बचपन से ही ऐसे फिट्स आते रहे हैं। तभी तो कभी स्कूल नहीं भेजा। घर पर ही सारी पढ़ाई करवाई है। किसी ने कहा, हाईस्कूल तक तो सब ठीक था। उस साल फर्स्ट डिवीजन पास हुआ था, तो किसी ने टोटका करा दिया। बस उसके बाद सब गड़बड़ हो गया। एक ने बताया कि परीक्षा में दौरा पड़ जाने से उसका बी.ए. का रिजल्ट खराब हो गया। उसका दिमाग पर असर पड़ा है। किसी ने यहाँ तक बताया कि परीक्षा हॉल में ही दौरा पड़ जाने से उसकी प्रेमिका पर राज खुल गया। उसने शादी से मना कर दिया। हताशा में लड़के ने नींद की गोलियाँ खा लीं। मौत तो नहीं आई, पर एक अभिशप्त जीवन दे गई।

इस बहसबाजी का सार यही था कि लड़का नीम पागल है, उसे मिरगी का दौरा पड़ता है। उसके पास बी.ए. की डिग्री थी। यह उसने कैसे हासिल की, यह कोई नहीं जानता था। हैरत की बात तो यह थी कि वर के परिवार वाले इस विषय में मौन साधे हुए थे। वे तो ऐसा अभिनय कर रहे थे, जैसे उन्होंने मिरगी का यह दौरा

मोरी रँग दी चुनरिया

पहली बार देखा हो। जया के पिताजी ने फिर ज्यादा सोच-विचार नहीं किया। साफ कह दिया कि ऐसे झूठे और दगाबाज लोगों के घर में अपनी लाडली को नहीं भेज सकता। मैं उसे जिंदगी भर खिलाने का हौसला रखता हूँ। उसके दोनों भाई भी खम ठोंककर खड़े हो गए। बारात बिना दुल्हन के ही विदा हो गई।

☐

'मैं उन लोगों को दोष नहीं देती दीदी।' जया अकसर मुझसे कहती—'उन लोगों ने जो कुछ किया, स्वार्थ के वशीभूत होकर किया। उन्होंने सोचा हो कि शायद बहू के पुण्य-प्रताप से या सेवा-चाकरी से लड़का लाइन पर आ जाएगा। अगर पिताजी इतनी हठधर्मी न करते या मैं भी भावुकतावश जाने का निर्णय कर लेती, तो हो सकता है, स्थिति में कुछ सुधार हो भी जाता। सिनेमा में, उपन्यासों में ऐसा होता भी तो है। पर दीदी, मुझे तो उन लोगों पर तरस आता है, गुस्सा आता है, जिन्होंने इतनी बड़ी बात हमसे छिपाई। वे लोग हमारे रिश्तेदार थे, इन लोगों के पड़ोसी थे। वे सबकुछ जानते थे, पर उन्होंने हमें कुछ नहीं बताया, बल्कि यह रिश्ता भी उन्हीं लोगों ने सुझाया था। नहीं तो इतनी दूर हम क्यों जाते! दूरी के कारण ही पिताजी ठीक से अता-पता नहीं कर सके। वे तो अपने बंधु-बांधवों के भरोसे निश्चिंत बैठे रहे। उन्हें क्या पता था कि वे लोग इस तरह पीठ में छुरा भोंक देंगे।'

'बंधु-बांधव और करते ही क्या हैं,' मैं कहती—'इसीलिए तो कौरव-पांडवों की कहानी बराबर दोहराई जाती है। दुनिया में रोज महाभारत होते हैं।'

इस हादसे के बाद साल भर तक जया घर में मुँह छिपाए बैठी रही। पर इस तरह कब तक चलता? कभी तो उस खोल से बाहर आना ही था। उसकी पूरी जिंदगी उसके सामने फैली पड़ी थी। मन को मजबूती से थागकर उसने बी.ए. की पढ़ाई पूरी की। फिर एम.ए. में गोल्ड मेडल लिया और हमारे कॉलेज में लेक्चरर हो गई। मैंने और उसने एक ही दिन ज्वॉइन किया था। हमारी नौकरी और दोस्ती की शुरुआत साथ ही हुई थी। हम दोनों की आयु में अंतर था, परिस्थितियाँ भी भिन्न थीं। नौकरी मेरे लिए मजबूरी नहीं थी। एक भरी-पूरी गृहस्थी थी मेरी। दो बच्चे थे। पति अच्छे ओहदे पर थे। लेकिन मैं अपनी डिग्रियों पर जंग नहीं लगने देना चाहती थी। दो बच्चों के बाद ही मैंने विराम ले लिया था और कॅरियर की शुरुआत की थी।

लेकिन परिस्थितियों का यह अंतर हमारे बीच में बाधक नहीं बना। एक बार मन मिल जाएँ, तो बाहरी चीजें गौण हो जाती हैं। हो सकता है, हमारा कोई पूर्वजन्म का ही संयोग रहा हो। कितनी जल्दी हम एक-दूसरे से घुल-मिल गईं। मेरे बच्चे तो उसकी आँख के तारे थे। मजाल है, जो कोई फरमाइश अधूरी रह जाती। मम्मी ने

जरा कंजूसी की नहीं कि फौरन जया मौसी के पास शिकायत पहुँच जाती। अपने बच्चों को डाँटना भी मेरे लिए कठिन था। फौरन मुझे जया की डाँट खानी पड़ती। वह अपने मन का सारा संचित स्नेह गौतम और मृणाल पर लुटा रही थी। उनके लिए टॉफियाँ और खिलौने तो आते ही थे, हर साल सालगिरह पर एक नया स्वेटर भी वे पाते थे।

मुझे जब-जब पीहर की याद आती, मैं उसके घर चली जाती। अम्माँजी मुझे खूब प्यार करती थीं। उन्होंने एक तरह से मुझे अपनी बड़ी बेटी ही मान लिया था। उसकी दोनों भाभियाँ भी मेरा खूब स्वागत करतीं। मीठे उलाहने देतीं, तो नए-नए व्यंजन भी खिलातीं। जया सचमुच भाग्यवान थी। नहीं तो ऐसे सहृदय भाई और स्नेही भाभियाँ अब कहाँ मिलती हैं!

दिन बहुत अच्छे से गुजर रहे थे, पर कभी-कभी मन बड़ा उदास हो जाता। लगता, जया बेचारी यहाँ-वहाँ खुशी खोजती फिरती है। उसे उसका हक मिलना चाहिए। उसकी गाड़ी फिर से पटरी पर लाने की मैं खूब कोशिश करती। मेट्रोमोनियल्स पढ़-पढ़कर मैंने अपनी आँखें दुःखा ली थीं, पर जया कुछ जवाब नहीं देती। सिर्फ हँसकर रह जाती।

उन्हीं दिनों मेरे मौसेरे भाई की पत्नी प्रसूति में चल बसी थी। पहला एक चार साल का लड़का था। भाई तो जैसे पागल हो गया था। मौसी ने बड़े ही करुण ढंग से मुझे लिखा था कि योगेश के लिए कोई अच्छी सी लड़की देखूँ। बच्चे को तो कोई भी पाल लेगा, पर इस समय जरूरत योगेश को सँभालने की है। निस्संतान हो तो विधवा भी चलेगी, पर लड़की सुशील हो और ब्राह्मण हो।

मुझे एकदम जया की याद हो आई। योगेश से अच्छा वर उसके लिए मिल नहीं सकता था। रूप-रंग, कद-काठी, विद्या-बुद्धि सभी दृष्टि से वे परस्पर अनुरूप थे। योगेश दुहाजू जरूर था, पर जया के साथ भी तो एक कहानी जुड़ी हुई थी।

मैं मौसी को पत्र लिखने ही वाली थी, पर सोचा, पहले इन लोगों को तो टटोल लूँ। और यह मैंने अच्छा ही किया, नहीं तो बाद में मौसी के सामने लज्जित होना पड़ता। उस घर में इस विषय पर कोई बात करना ही नहीं चाहता था। भाभियों ने मुझे अम्माँजी के पास ठेल दिया और अम्माँजी ने पिताजी के पास भेज दिया। वैसे तो जया के पिताजी भी मुझसे बहुत स्नेह करते थे, पर उन्होंने मेरा जरा भी लिहाज नहीं किया और एक वाक्य में ही सारी बात खत्म कर दी। बोले, 'बेटी, उसके भाग्य में जैसी शादी लिखी थी, हो गई। हमारे खानदान में लड़की पर बार-बार हल्दी नहीं चढ़ती।'

बात आई-गई हो गई। हिंदुस्तान में लड़की की शादियाँ तो रुकती नहीं हैं।

चार महीने बाद ही योगेश का विवाह एक सुंदर, सुशील कुँआरी कन्या से हो गया, पर जया का प्रश्न तो यथावत् था। मैंने उससे कहा, ''जया, अपने जीवन की गुत्थी तुम्हें ही सुलझानी होगी। कानूनी काररवाई में जो मदद चाहोगी, हम करेंगे, पर पहल तो तुम्हें ही करनी होगी।''

वह बोली, ''दीदी, बुढ़ापे में पिताजी को दुःख देने की इच्छा नहीं होती। इतनी बदनामी शायद वे झेल नहीं पाएँगे।''

जब तक जया के पिताजी जीवित रहे, यह विषय फिर से उठाने का प्रश्न ही नहीं था। तीन साल पहले जब उनका देहांत हुआ, जया पैंतीस पार कर चुकी थी। एक दिन यों ही विषय छिड़ गया था, तो बोली, ''इस उम्र में शादी करती क्या अच्छी लगूँगी? इतनी निकल गई, तो आगे भी कट ही जाएगी। अम्माँ भी क्या सोचेंगी! जैसे मुझे ताप के मरने का ही इंतजार हो।''

इस निरानंद जीवन की अभ्यस्त हो चली थी जया कि परिस्थितियों ने फिर नया मोड़ लिया है। जो सुख कभी उसका था ही नहीं, उसके छिन जाने का आत्मीय स्वजन शोक मना रहे हैं और लोकाचार के इस चक्रव्यूह में वह निरीह लड़की बुरी तरह घिर गई है।

□

शादी से पंद्रह दिन पहले मैंने छुट्टी ले ली। लेनी ही पड़ी। जया ने तब तक ज्वॉइन नहीं किया था। जब वह दोबारा कॉलेज जाने लगी, तो मुझे आशा थी कि कॉलेज आते-जाते किसी दिन वह जरूर आएगी। सारी तैयारियों का मुआयना करेगी। मेरी आलोचना करेगी, सलाह देगी, पर वह एक बार झाँकी तक नहीं। मैंने कितने दिनों तक काड्र्स नहीं छपवाए। उसे बहुत चाव था। जब भी किसी का कार्ड देखती, कहती—'दीदी, मृणाल की शादी में काड्र्स का कॉण्ट्रेक्ट मुझे देना। देखना, ऐसा डिजाइन करूँगी, वो शानदार मैटर होगा कि लोग हॉल में सजाकर रखेंगे।'

रिसेप्शन का मीनू बनाते हुए उसकी इतनी याद आई। सुनार की दुकान पर अकेले पाँव देने का मन नहीं हो रहा था। ढेर सारी साड़ियाँ खरीदनी पड़ीं, पर शॉपिंग का कोई मजा नहीं आया। दुकानदार भी अकसर पूछ लेते थे—'मैडम, आज आपकी सहेली नहीं आई?' मैंने तो कभी सोचा भी नहीं था कि वह मेरी जिंदगी का इतना जरूरी हिस्सा बन गई है।

कार्ड देने तो उसके यहाँ जाना ही था। हम लोगों ने पूरे परिवार को सादर आमंत्रित किया। फिर मैंने जया से कहा, ''तुम्हें तो पूरे दो दिन की छुट्टी लेनी पड़ेगी। मैं कोई बहाना नहीं सुनूँगी। मृणाल को विदा करके ही तुम घर लौटोगी।''

उसने फीकी हँसी हँसकर कहा, "अम्माँ से पूछ लो।" अम्माँजी तो इनके सामने ज्यादा बोलती नहीं थीं। बड़ी भाभी ने कहा, "हम लोगों में से कोई आ जाएगा दीदी, पर जया के लिए इसरार मत करना। देखो, अभी सवा महीना भी नहीं हुआ है, लोग क्या कहेंगे?"

कोई बहुत तीखी सी बात मेरे होंठों तक आई थी, पर मैं जब्त कर गई। इनके सामने तमाशा करने की हिम्मत नहीं पड़ी। और फिर कहने से फायदा भी क्या था, बेकार अपना ही मूड खराब होता। हम लोग चलने लगे, तो जया ने मुझे एक ओर बुलाकर कहा, "दीदी, मेरी एक बात रखेंगी?"

"कहो।"

"मृणाल को दुल्हन के रूप में देखने का बहुत अरमान है। दस मिनट के लिए ही सही, उसे मेरे पास भेज सकेंगी?"

"ओ श्योर!" मैंने कहा। उस समय उसका कंठ इतना भीगा हुआ था कि उसकी कोई भी विनती मैं टाल नहीं सकती थी।

☐

मन में बस यही कसक बनी रही कि जया नहीं आई बाकी सारा आयोजन इतना सफल रहा, जिसकी हमने कल्पना भी नहीं की थी। बाराती तो कुल जमा पच्चीस ही थे, पर घरातियों की संख्या उनसे दस-बीस गुना अधिक थी। मेरा स्टाफ था, इनका स्टाफ था, मृणाल की सहेलियाँ थीं, अड़ोसी-पड़ोसी थे और थे ढेर-के-ढेर रिश्तेदार। पर कहीं कोई बदइंतजामी नहीं हुई। मंडप की साज-सज्जा से लेकर भोजन की व्यवस्था तक कहीं किसी को शिकायत का मौका नहीं मिला। दूल्हे के चुनाव को लेकर तो सभी ने हमें बधाइयों से लाद दिया। खुशी का वह भार मुझसे सँभाले नहीं सँभल रहा था।

मृणाल तो उस दिन इतनी प्यारी लग रही थी। लग रहा था, कहीं मेरी ही नजर न लग जाए। जया की बात बार-बार मन में आ रही थी, पर मौका ही न मिला। रानीजी ब्राइडल मेकअप करवा के जब पीछे के दरवाजे से अंदर आ रही थीं, तब बारात दरवाजे तक आ चुकी थी। जयमाला के बाद तुरंत ही रिसेप्शन था। उसके बाद विवाह की सारी वैदिक रस्में निपटाते हुए रात के दो बज गए। वे लोग उतनी रात को ही दुल्हा-दुल्हन को लेकर होटल चले गए। वहाँ सुसज्जित 'ब्राइडल सूट' उनकी प्रतीक्षा कर ही रहा था।

जया की इतनी सी बात न रखने का मुझे बहुत दुःख हो रहा था। इसलिए सुबह-सवेरे नहा-धोकर मैं होटल पहुँच गई। शहर के सबसे बड़े होटल में उन

लोगों को ठहराया गया था। हमें पच्चीस लोगों पर भी उसका खर्च भारी पड़ रहा था, पर ये बोले, ''उन लोगों ने हमसे कुछ माँगा भी तो नहीं। फिर इंतजाम में कंजूसी क्यों करें। मान लो, दो सौ बाराती लेकर आ जाते, तो तब तो धर्मशाला में भी हमारे परखचे उड़ जाते।''

गाड़ी से उतरते ही मैं सीधे मृणाल के कमरे में जानेवाली थी, पर संकोच हो आया। फिर इन्होंने भी टोक दिया—''गो थ्रू प्रॉपर चेन मैडम।''

ठीक था, अब तो उसे हम अपनी मन-मरजी से हर कहीं नहीं ले जा सकते थे। उसके सास-ससुर से पूछना जरूरी था। सौभाग्य से वे जागे हुए थे। हमें देखते ही अचकचा गए—''अरे, आप लोग सुबह-सुबह?''

''जी, बस देखने चले आए थे कि आप लोगों को कोई असुविधा तो नहीं।''

''अरे नहीं जी, बिल्कुल नहीं।''

''दस बजे खाना बिल्कुल तैयार रहेगा। आप लोग वहीं आ रहे हैं न?

''हाँ, बस अब सबको तैयार होने के लिए फरमान भेजते हैं।''

''एक रिक्वेस्ट थी।'' समधिन को इतना मक्खन लगाने के बाद मैंने असल बात शुरू की।

''कहिए।''

''मेरी एक सहेली कल शादी में नहीं आ सकी थी। मृणाल को वह बहुत प्यार करती है। जाने से पहले दस मिनट के लिए दोनों वहाँ हो आएँगे, तो उसका मन रह जाएगा। उसने बार-बार कहलवाया है।''

''लेकिन वे शादी में क्यों नहीं आई? क्या बीमार हैं?''

''हाँ, बस यही समझ लीजिए।''

''दरअसल, उनके हसबैंड की अभी-अभी डेथ हुई है (अब इन्हें बीच में बोलने की क्या जरूरत थी? कौन सी बात कहाँ कहनी चाहिए, इसका विवेक तो पुरुषों को कभी होता ही नहीं)।''

''दरअसल, बात क्या है बहनजी'', मैंने कहना शुरू किया, पर चुप हो गई। जया की कहानी क्या इस तरह एक साँस में किसी को सुनाई जा सकती है?

''मुझे तो आश्चर्य हो रहा है मिसेज कुमार! अभी तो लड़की की हल्दी भी नहीं उतरी और आप उसे ऐसी जगह भेज रही हैं? अपने ही हाथों अपनी बेटी का असगुन कर रही हैं?''

आश्चर्य तो मुझे होना चाहिए था, मैंने तो कह भी दिया—''बहनजी, आप तो यूरोप में 8-10 साल रह चुकी हैं। क्या आप भी इन चीजों को मानती हैं?''

"यूरोप में रहने से क्या होता है? कोई हम अंग्रेज थोड़े ही हैं। अपनी संस्कृति थोड़े ही छोड़ देंगे।"

मैं उनके कटे बालों को, रँगे होंठों को, तराशी भौंहों को और अनावृत बाँहों को देखती रही। विदेश सेवा में रत अपने पति के साथ मैडम ने सिर्फ चोला बदला था, मन तो अब भी वही घोर परंपरावादी था। और घर-परिवार में उनके इसी गुण की प्रशंसा होती होगी—'फलाने को बहू इत्ते दिन फॉरेन रहकर आई है, पर अपनी संस्कृति नहीं भूली।'

ये कौन सी संस्कृति है!

समधीजी ने शायद मेरे मनोभावों को पढ़ लिया था। खीजकर पत्नी से बोले, "ये किस ढकोसलेबाजी में पड़ी हो। जाने दो बच्चों को, दो मिनट में कुछ नहीं बिगड़ता।"

पति की अवमानना करने की ताव शायद उनमें नहीं थी। बोली, "उन्हें जगने तो दीजिए।" फिर मुझसे बोलीं, "आप तो उनके साथ जाएँगी न? अगर आपकी सहेली इन लोगों को कुछ देने लगे, तो आप अपने हाथ से दीजिएगा, उनसे मत दिलवाइएगा।"

जया कुछ देगी, यह तो निश्चित था। नए जोड़े को कोई भी खाली हाथ विदा नहीं करता। उस समय क्या मुझसे निर्मम आज्ञा का पालन हो सकेगा? मैं जया को खुशी देने जा रही हूँ—उसका अपमान करने नहीं।

"तो रहने ही देते हैं।" मैं एकदम उठकर खड़ी हो गई—"आपने शंका उठाई है, तो अब मेरा मन डाँवाँडोल होने लगा है।"

"वही तो," वे खुश होकर बोलीं, "हम लोगों के इतने पुराने संस्कार हैं, वे सहज ही में थोड़े ही जाते हैं। पुरुषों को तो किसी चीज का विधिनिषेध नहीं है, पर हम लोग तो इतनी लापरवाह नहीं हो सकती। हर बात को दस बार सोचना पड़ता है।"

उनका प्रवचन सुनकर पहली बार पछतावा हुआ। मृणाल के लिए घर ढूँढ़ने में हमने कोई भूल तो नहीं की?

□

मृणाल गई और घर एकदम सूना हो गया। मेहमानों से ठसाठस भरा हुआ था, फिर भी भाँय-भाँय कर रहा था। यही तो फर्क होता है। बेटे की शादी होती है, तो घर खुशियों से भर जाता है, पर बेटी के साथ तो सारी रौनक ही विदा हो जाती है। करने को तो अब भी कितने काम थे, पर पहलेवाले उत्साह का कहीं अंशमात्र भी शेष नहीं था।

मोरी रँग दी चुनरिया

चार-पाँच दिन बाद फोटोग्राफर अलबम बनाकर दे गया, तो मुझे जैसे एक खिलौना मिल गया। मैं घंटों बैठी अपनी लाडली को निहारती रहती। हर आने-जानेवाले को दिखाती रहती। उस दिन भीड़-भाड़ में तो मैं किसी को ठीक से देख ही नहीं पाई थी। मेरे मन-मस्तिष्क पर तो मृणाल और किशोर छाए हुए थे। पर अब फुरसत से बैठकर मैं सबका मुआयना कर रही थी।

और सहसा मेरी आँखें जया की भाभी पर अटक गईं। उस दिन केवल उसके छोटे भाई और भाभी ही आए थे। वे भी खाने के लिए नहीं रुके, बस लिफाफा पकड़ाकर चले गए थे। कैमरे ने उन्हें वर-वधू को आशीर्वाद देते हुए कैद कर लिया था। भाभी की साड़ी देखकर मेरे मन पर साँप लौट गया। यह साड़ी थी, जो हम लोगों ने पिछले वर्ष बंगलूर में खरीदी थी। पिछले वर्ष कॉलेज की ट्रिप दक्षिण भारत गई थी। पूरे रास्ते में हम लोग साड़ियाँ और नगवाले गहने खरीदते रहे। जया ने गहरे हरे रंग की कांजीवरम खरीदी थी, जिसका लाल और सुनहरी बॉर्डर था। उसने कहा था, 'दीदी, इसका उद्घाटन मृणाल की शादी में करेंगे।'

जया ने वही किया था। मृणाल की शादी में भाभी को वही साड़ी पहनाकर भेज दिया था। अच्छा हुआ, जो उस दिन मेरा ध्यान नहीं गया, नहीं तो मूड इतना खराब होता कि बस!

तो क्या जया अब वह साड़ी कभी नहीं पहनेगी?

वैसे मुझे उस पर गुस्सा भी आ रहा था। शादी में नहीं आई, तो न सही, पर बाद में तो आ सकती थी। क्या उसे अलबम देखने का भी चाव नहीं रहा, या कि वह मुझ पर नाराज है? पर मैं उसे कैसे समझा पाऊँगी कि मैं मृणाल को उसके पास क्यों नहीं भेज सकी।

◻

पूरे एक महीने की छुट्टी के बाद दोबारा कॉलेज जाते हुए मन खुशी से सराबोर था। पहले ही दिन शादी का अलबम साथ ले जाना मैं नहीं भूली थी। स्टाफ-रूम में दिन भर अच्छा शगल चलता रहा। मुझे लोगों ने दोबारा बधाइयों से लाद दिया, तारीफों के पुल बाँध दिए। मैं भीतर-ही-भीतर पुलक से भर उठी। पर जया को देखते ही सारी खुशी को पाला मार गया। उसने तो सचमुच ही जैसे वैराग्य धारण कर लिया था। मुझे तो उसके पास बैठकर बात करने में भी संकोच होने लगा। मैं तो उससे लड़ने का इरादा लेकर आई थी। मुझे उससे माफी भी माँगनी थी। पर दोनों ही बातें नहीं हो सकीं।

उसके सूखे चेहरे और रूखी वेशभूषा से अभ्यस्त होने में मुझे चार-पाँच दिन

लग गए। उसके बाद मैंने कहा, "जया, बाजार कब चलना है?"

"किसलिए?"

"चंदेरी साड़ी लेनी है न!"

"अरे दीदी, मैंने तो मजाक किया था।"

"लेकिन मैंने तो मजाक नहीं समझा था।"

"अब आप क्या लड़की की शादी की साड़ियाँ बाँटती फिरेंगी? रहने दीजिए। गौतम की शादी पर सोचेंगे।"

"लड़का हो या लड़की, क्या फर्क पड़ता है। दोनों की शादी में माँ-बाप को खुशी तो होती ही है। और फिर लड़के का क्या ठिकाना? कल को कनाडा से एक मेम ले आएगा और कहेगा—'मम्मी! यह रही तुम्हारी बहू।' तब क्या होगा? मेरे सारे अरमान धरे के धरे रह जाएँगे।"

"मेम बहू आएगी, तो क्या आप हमें साड़ी नहीं देंगी?"

"फालतू बातें बंद! यह बताओ, बाजार कब चलना है?"

"अभी रहने दीजिए दीदी। अभी बाजार जाती क्या मैं अच्छी लगूँगी?"

"जया, यह तुम्हें क्या होता जा रहा है?" मैंने कहा। कहना तो और भी बहुत कुछ चाहती थी, पर चुप रह गई। सचमुच इस लड़की को क्या होता जा रहा है। कपड़े तो जैसे भी पहन रही है, ठीक है, पर शरीर भी तो सूखता चला जा रहा है। ब्लाउज झूल रहे हैं। गालों की हड्डियाँ निकल आई हैं, आँखों के इर्द-गिर्द स्याह घेरे बन गए हैं। क्या रातों को सो नहीं पाती? क्या इसने खाना-पीना छोड़ रखा है? पहलेवाली बात होती, तो मैं चुटकी ले लेती—'जया, लगता है, मरनेवाले का गम तुम्हें सचमुच खाए जा रहा है।' पर अब आपस में न तो वह संवाद रह गया है, न जया के बुझे-बुझे चेहरे को देखकर यह सब कहने का साहस होता है।

☐

उस दिन कलेंडर की तारीख बदलते हुए याद आया, आज तो जया का जन्मदिन है। उसका जन्मदिन हर साल मैं ही मनाती थी। कुछ-न-कुछ उपहार भी देती थी। इस बार का उपहार तो यह ही था। जब मेरे बार-बार कहने पर भी नहीं मानी, तो एक दिन मैं खुद ही जाकर उसके लिए साड़ी ले आई थी। चंपई रंग की खूबसूरत चंदेरी थी, जिस पर रुपहले बेलबूटे थे। यह जया का प्रिय रंग था।

मैंने गुलाबजामुन सुबह ही बनाकर रख दिए। पंडितजी को दही-बड़ों के लिए कह दिया। सोचा, और कुछ गरम मैं आकर बना लूँगी। उस दिन के लिए इनसे गाड़ी माँग ली। सोचा, गाड़ी में डालकर साथ ही ले आऊँगी। उसे खिला-पिलाकर यहाँ

"हजार और लाख में फर्क होता है। मिसेज कुमार।"

"पर मैं कहती हूँ, इसमें इतनी हाय-तौबा मचाने की क्या जरूरत है?" मिस ादा बोलीं, "अगर वह उस शख्स के नाम पर बीस बरस तब धूनी रमाकर बैठी ो उसका प्रॉपर्टी पर पूरा हक बनता है। वह अपने जायज हक के लिए लड़ रही ,

"बात जायज या नाजायज हक की नहीं है, मिस रायजादा," मैंने संजीदा कर कहा, "प्रश्न तो यह है कि जिस बंधन को मन ने कभी स्वीकार ही नहीं किया, के..."

"मन जरूर स्वीकार करता," मिसेज माथुर बोलीं, "अगर मन यह पहले से नता कि असामी पाँच लाख का है, तो वह सारे बंधन स्वीकार कर लेता।"

"पाँच लाख?"

"जी हाँ। जया के ससुर इस बेटे के नाम पाँच लाख फिक्स्ड में छोड़ गए हैं। यवस्था यह थी कि इस रकम का ब्याज उन लोगों को मिलता रहेगा, जो उसकी खभाल करेंगे। अब तक ऐसा ही होता भी रहा। तीनों भाई बारी-बारी से उसे सँभालते हे। लेकिन उसकी मृत्यु ने अब प्रश्नचिह्न खड़ा कर दिया है। इतनी बड़ी रकम का ारिस कौन होगा?"

"वैसे लीगल राइट तो जया का ही बनता है।" मिस रायजादा ने कहा।

"अरे, वे लोग आपस में फैसला कर लेंगे, पर इसे एक कौड़ी भी नहीं देंगे—देख लेना।"

"सुना है, इन लोगों ने नोटिस भेजा है।"

"उससे क्या फर्क पड़ता है।"

"मुझे तो उस आदमी की मृत्यु भी स्वाभाविक नहीं लगती।"

स्टाफ-रूम में फिर मृत्यु के कारणों की चर्चा चल पड़ी। कई तर्क-कुतर्क उछाले गए। पर मेरा मन उस बातचीत से बहुत दूर चला गया था। जो कुछ सुना था, उस पर विश्वास करना कठिन हो रहा था, पर इतने सारे लोग झूठ तो नहीं बोल सकते।

उस शाम मैं अपने को ठेल-ठालकर उसके घर ले गई। वहाँ जाने की अब पहले की सी ललक मुझमें नहीं रही थी। उन लोगों का स्वागत भी अपेक्षाकृत ठंडा था। मुझे लगा कि यह संबंध अब बहुत दिनों तक ढोया नहीं जा सकेगा।

जया हस्ब-मालूम अपने कमरे में थी। साड़ी का पैकेट उसकी गोद में रखते हुए कहा, "जन्मदिन की एक तुच्छ भेंट स्वीकार कीजिए।"

से साड़ी पहनाकर ही भेजूँगी। उसका यह अकारण वैराग्य रहा था। किसी को तो पहल करनी पड़ेगी। वह अपने आप से उबर नहीं पाएगी।

पर कॉलेज जाते ही मुझे निराश होना पड़ा। उस दिन एप्लीकेशन आई हुई थी। मेरी सारी व्यूह-रचना व्यर्थ होकर है यह लड़की, हर दो दिन बाद गायब हो जाती है।'' स्टाप झल्लाहट उतारते हुए कहा, ''इसे नौकरी-वौकरी करनी है

''आपको नौकरी की पड़ी है, मिसेज कुमार! वहाँ लाखों हैं।'' मिसेज माथुर का यह फिकरा इतना अप्रत्याशित था कि मैं ''विश्वास न हो तो मिसेज गुप्ता से पूछ लो।''

मैंने मिसेज गुप्ता की ओर देखा, तो वह बुरी तरह झेंप गईं। हैं। किसी के पचड़े में नहीं पड़तीं। पता नहीं, मिसेज माथुर ने उन्हें

''बताइए न मिसेज गुप्ता, आप इतना डरती क्यों हैं! कोई है?'' मिसेज माथुर ने उन्हें उकसाया, तो वे बड़े दयनीय स्वर में ब तो ठीक से मालूम नहीं है, हमने तो सुना भर है।''

''वही तो पूछ रहे हैं, क्या सुना है?''

''हमारे सामने अस्थाना साहब एडवोकेट हैं न, वो बता रहे थे ने दावा किया है।''

''कैसा दावा?''

''यही प्रॉपर्टी का। हसबैंड की प्रॉपर्टी के लिए मिस वाजपेयी ने है।''

''अपने आपको मिस कहती हैं और हसबैंड की प्रॉपर्टी में हिस्सा म ये मिसेज मालवीया थीं।

''इम्पॉसिबल!'' बड़ी देर बाद मेरे मुँह से निकला, ''जया कभी इ हरकत नहीं कर सकती।''

''मिसेज कुमार!'' मिसेज माथुर बोलीं, ''आपने बच्ची की शादी ज दी है, पर दुनियादारी के मामले में आप स्वयं अभी बच्ची हैं। आप नहीं जान पैसे का मोह आदमी से क्या-क्या करवा लेता है। प्रॉपर्टी के चक्कर में अच्छे- की नकाब उतर जाती है।''

''लेकिन जया पैसे की भूखी नहीं है। वह खुद ढाई हजार रुपए महीना रही है और…''

"ओह दीदी!" उसने कहा और उसकी आँखें छलछला आईं—"यहाँ घर पर तो सब लोग इतने व्यस्त हैं कि किसी को ऐसी छोटी सी बात का होश ही नहीं है। पर मैं जानती थी, आप नहीं भूलेंगी। इसीलिए कॉलेज नहीं आई।"

"बहुत मेहरबानी।"

"आप यह सब क्यों लाई हैं? आपका तो आशीर्वाद ही मेरे लिए बहुत है। आपके इस स्नेह-ऋण से तो मैं कभी उबर ही न पाऊँगी।"

"धन्यवाद-प्रस्ताव पढ़ चुकीं? अब जरा खोलकर भी देख लो।"

उसने काँपते हाथों से पैकेट खोला और विस्मय-विमुग्ध होकर देखती रही। कुछ देर तक तो साड़ी को गोद में रखकर उसकी मुलायम सतह पर हाथ फेरती रही, फिर उसे गालों से लगाकर उसकी रेशमी छुअन को अपने भीतर समोती रही। मैं मंत्रमुग्ध सी उसे देख रही थी। लग रहा था, जैसे वह बरसों बाद किसी अपने से मिली हो। कुछ देर तक वह कमरे में मेरी उपस्थिति को भूल ही गई थी।

"सुनो जया, कल तुम यह साड़ी पहनकर कॉलेज आओगी। कोई बहाना नहीं चलेगा। तुम्हारा वैराग्य-पर्व अब समाप्त करना ही पड़ेगा।"

वह कुछ देर तक मुझे देखती रही और एकदम बिलख पड़ी—"दीदी, मरनेवाला अपने साथ मेरे पहनने-ओढ़ने का सुख भी ले गया। अब यह साड़ी मेरे किसी काम की नहीं है।" और वह भरभराकर रो पड़ी। पति की मृत्यु के ढाई महीने बाद जया का बाँध टूटा था। मुझे समझ में नहीं आ रहा था कि उसे सांत्वना कैसे दूँ, क्योंकि मैं नहीं जानती थी कि उसके दु:ख की जाति क्या है। मैं सिर्फ उसकी पीठ पर, बालों पर हाथ फेरती रही। मैंने उसे चुप कराने का भी प्रयास नहीं किया। इतने दिनों से संचित आवेग का बह जाना ही ठीक था।

बहुत देर तक रो लेने के बाद वह कुछ हल्की हो आई। बड़े ही तरल स्वर में उसने कहा, "अगर मुझे कुछ देना ही चाहती हैं दीदी, तो एक सफेद चिकन की साड़ी लाकर दे दीजिए। खुद जाकर खरीदने का साहस मुझमें नहीं है।"

"तो तुम अब सफेद साड़ी भी पहनोगी?"

"हाँ दीदी, बिल्कुल टिनोपाल काइट साड़ी। उसे पहनकर औरत देवी लगती है। उसे देखकर दया भी उपजती है और श्रद्धा भी।"

मैंने ध्यान से सुना। उसकी बातों में वह पुरानी जया फिर से झाँकने लगी थी। शायद जी भरकर रो लेने से मन पर पड़ी उदासी की परत धुल गई थी। मैंने भी फिर उसी मूड में उत्तर दिया—"खबरदार, जो कॉलेज में सफेद साड़ी पहनकर आई। मैं गेट के भीतर कदम नहीं रखने दूँगी।"

"कॉलेज की नहीं दीदी, मैं तो कोर्ट की बात कर रही हूँ। वहाँ तो सफेद साड़ी पहनकर ही जाना पड़ेगा। अगर असहाय निराश्रित विधवा का रूप नहीं धरूँगी, तो जज साहब पसीजेंगे कैसे?" कितनी आसानी से, बेतकल्लुफी से वह इतनी बड़ी बात कह गई थी। उसके माथे पर शिकन तक नहीं आई। मुझे वितृष्णा सी होने लगी। क्षण भर पहले ममता से उमगता मेरा मन काठ हो आया।

"तो मैंने जो सुना है, वह सब सच था? क्या इसीलिए यह नाटक हो रहा था?"

"नहीं दीदी, अब तक जो हुआ, वह लोकाचार था। नाटक तो मैं अब करूँगी। आप देखती जाइए।"

"जया! हाऊ कैन यू···" गुस्मे के मारे मेरे मुँह से शब्द भी नहीं निकल सके।

"आप यही कहना चाहती हैं न कि जिसके सुख-दुःख में मैंने कभी हिस्सा नहीं बँटाया, उसकी संपत्ति में हिस्सा क्यों माँग रही हूँ? जिसका नाम कभी मैंने अपने नाम के साथ नहीं जुड़ने दिया, उसके वारिसों की लिस्ट में नाम क्यों लिख रही हूँ? आप यही कहना चाहती हैं न?"

"हाँ, मैं यही कहना चाहती हूँ। मैं यही पूछना चाहती हूँ कि जरा से रुपयों के लिए तुम अपने आत्मसम्मान को ताक पर क्यों रख रही हो?"

"क्या आप सोचती हैं, मैं यह सब अपनी मरजी से कर रही हूँ?"

"तो किसकी मरजी से कर रही हो? और मरजी किसी की भी हो, क्या फर्क पड़ता है? करनेवाली तो तुम हो।"

"मजबूरी है दीदी। कभी-कभी मनुष्य को ऐसे भी काम करने पड़ते हैं, जिसके लिए मन गवाही नहीं देता।"

"ऐसी कौन सी मजबूरी है?"

"मजबूरी यह है कि इस मन से परे भी एक दुनिया है, जिसमें माँ हैं, भाई-भतीजे हैं, भाभियाँ हैं···"

"वे लोग क्या कहते हैं?"

"कहते हैं कि समय के साथ चलना सीखो। अम्माँ कहती हैं कि तुम्हें भाइयों के पास ही रहना है, तो उनकी होकर रहो। उनके मन की करो। और भाई कहते हैं···दीदी, कितना आदर्श परिवार था हमारा। लोग घर की बहू-बेटियों के सामने हमारे घर की मिसाल रखते थे। कितने उतार-चढ़ाव आए होंगे, पर हमारे यहाँ कभी चख-चख नहीं हुई। सास-बहू, ननद-भौजाई, देवरानी-जेठानी—इनके बीच कभी तकरार नहीं हुई। बहुत अमीर तो हम कभी भी नहीं थे, पर दाल-रोटी आराम से

चल जाती थी। और सब उसमें खुश भी थे, पर इधर कुछ दिनों से असंतोष का लावा सा फूट पड़ा है। पता नहीं, कितनी अतृप्त इच्छाएँ एकदम सिर उठाकर खड़ी हो गई हैं। बड़ी भाभी दिन-रात बिसूरती रहती हैं कि पैसों के अभाव में महिमा की शादी अच्छी जगह नहीं हो सकी। अब कम-से-कम अणिमा के लिए ही अच्छा घर-वर जुट जाता। छोटी भाभी कहती हैं कि इंजीनियरिंग में एडमीशन नहीं हुआ, तो मयूर शायद आत्महत्या ही कर लेगा। पर भैया के पास कैपीटेशन फी के पैसे कहाँ हैं? छोटे भैया का इस दड़बे में दम घुट रहा है और वे शहर से बाहर एक अच्छा सा फ्लैट खरीदना चाहते हैं। बड़े भैया कहते हैं कि पैसे का सुभीता हो जाए, तो वे इस घर की ही कायापलट कर देंगे।"

"और इन सब कामों के लिए तुम्हें बरेलीवालों का रुपया चाहिए, यही न?"

"हाँ, और भैया कहते हैं, तुम किसी से भीख नहीं माँग रही हो। यह तुम्हारा कानूनी हक है। आखिर तुमने बीस साल तक तपस्या की है।"

"ये तपस्या की बात तुम्हारे गले से उतरती है?"

"न उतरे, तो उपाय क्या है? आखिर रहना तो इन्हीं लोगों के साथ है।"

"तुम इतनी निरुपाय तो नहीं हो जया, अच्छी-खासी नौकरी करती हो।"

"नौकरी सिर्फ रोटी देती है दीदी, पर हिंदुस्तानी औरत को एक सुरक्षित छत चाहिए, फिर चाहे वह पिता की हो अथवा भाई की, पति की हो अथवा बेटे की। इसीलिए तो इस लड़ाई में अम्माँ भी मेरे साथ नहीं हैं। इस चौथेपन में वे बेटों से बिगाड़ नहीं कर सकतीं। आखिर वे ही तो उन्हें मुखाग्नि देंगे। मेरा क्या है, मैं तो महज एक लड़की हूँ, जो जन्म लेते ही परिवार पर भार बन जाती है।"

"आय एम सॉरी जया," मैंने उठते हुए कहा, "तुम्हारी परेशानियों को तुमसे ज्यादा कौन समझ सकता है। मैं तो यों ही कुछ-न-कुछ कहती रहती हूँ। मेरे भाषण का बुरा न मानना।"

वह मुझे छोड़ने नीचे तक आई, पर हम दोनों में फिर कोई बात नहीं हुई। बैठक से गुजरते हुए देखा, घर के लगभग सभी सदस्य वहाँ उपस्थित हैं और गरमागरम बहस चल रही है।

"जया! जरा इन लोगों की हिमाकत तो देखो!" बड़े भैया ने एक कागज नचाते हुए कहा।

"क्या हुआ?"

"अरे, वे लोग तो तुम्हारी शादी को ही चैलेंज कर रहे हैं। लिखते हैं कि हिंदू विवाह नियम के अनुसार फेरों के बाद ही विवाह पूर्ण रूप से संपन्न माना जाता है।

जयमाला कोई वैदिक विधान नहीं है, यह तो मात्र एक परंपरा है।''

''मैं दस गवाह खड़े कर दूँगा कि फेरे हुए थे।'' छोटे भैया ने जोश में कहा।

''तो क्या वे लोग सौ गवाह नहीं ला सकते? आखिर पाँच लाख का मामला है।'' जया की इस व्यंग्योक्ति पर छोटे भैया चकित होकर उसे देखते रह गए।

''तुम्हारी सास के मरने पर अपने यहाँ चिट्ठी आई थी। पिताजी की पुरानी फाइलों में वह अब भी मिल जाएगी। हम उसे कोर्ट में दिखा सकते हैं। अगर हमारा कोई संबंध नहीं था, तो हमें सूचना क्यों भेजी गई?'' बड़े भैया की दलील बड़ी जोरदार थी, पर जया के पास भी नहले पर दहला था। ''अगर वे सचमुच मेरी सास थीं, तो मैं उस समय बरेली गई क्यों नहीं? सास के बाद मेरे ससुर भी शांत हुए थे। उनकी खबर क्यों नहीं आई? उनके बेटे के बारे में भी हमें तीसरी जगह से पता चला। उन लोगों ने क्यों नहीं लिखा?''

''यही तो जालसाजी है। इसी पॉइंट पर तो हम उन्हें धर लेंगे।''

''और अगर वे पूछें कि मैं अब तक मिस वाजपेयी क्यों हूँ तो आप क्या जवाब देंगे? मेरा सर्विस रेकॉर्ड, जी.पी.एफ., बैंक अकाउंट सब तो इसी नाम से है?''

''अरे, तू तो जिरह पर उतर आई!'' बड़े भैया एकदम गुस्सा गए।

''जिरह कर भी रही है, तो किसकी तरफ से, यह तो देखो!''

''मैं अपनी ओर से जिरह कर रही हूँ, छोटे भैया।'' जया ने आवेश में भरकर कहा, ''उनतालीस साल की हो गई हूँ मैं। कभी तो मुझे बोलने का मौका दीजिए।''

''हाँ बोलो, क्या कहना चाहती हो?''

''सिर्फ यही कि बस, बहुत हो चुका। अब मेरी जिंदगी से खिलवाड़ मत कीजिए।''

''हम खिलवाड़ कर रहे हैं?''

''तो इसे और क्या नाम दूँ? मेरे लिए सारे निर्णय आप लोग ही लेते रहे हैं। कभी मुझसे पूछा तो होता कि मेरी मंशा क्या है? आप लोगों की हठधर्मी ने मुझे मेरी ससुराल नहीं जाने दिया। वहीं सुख में, दुःख में जैसे भी होता, मैं जी ही लेती। इसका ज्ञान तो हमें घुट्टी में ही पिलाया जाता है। वहाँ रहती, तो यह आज की समस्या तो न उठती। उस समय आप लोगों ने यह नहीं सोचा कि इतनी पहाड़ सी जिंदगी मैं कैसे काटूँगी! बाबूजी की जिद ने मुझे दूसरी शादी नहीं करने दी। नहीं तो आज मैं कहीं अपनी छोटी सी गृहस्थी लेकर चैन से जी रही होती···अब आप फिर मेरा तमाशा बनाने पर तुले हुए हैं। अब आप सबूत जुटाएँगे और कोर्ट दर कोर्ट साबित करते फिरेंगे कि मैं सचमुच मरने वाले की ब्याहता पत्नी हूँ। जिस गति से इस

देश में दीवानी मुकदमे चलते हैं, उससे जाहिर है, इसमें सालों लग जाएँगे। तब तक मेरा वजूद क्या होगा, बताइए तो? मैं कुँआरी हूँ या विवाहिता? विधवा हूँ या परित्यक्ता?''

सबको जैसे काठ मार गया था। कमरे में इतने लोग थे, पर जया के स्वर की धार ने सबको गूँगा कर दिया था।

''बड़े भैया,'' उसने अश्रुविगलित कंठ से कहा, ''मैं आपके पाँव पड़ती हूँ। आप चाहें तो मेरी सारी पेंशन, जी.पी.एफ., सी.पी.एफ. अपने नाम लिखवा लीजिए, पर मुझसे ऐसा कोई काम न करवाइए कि मैं अपनी ही नजरों में गिर जाऊँ। मुझ पर इतनी मेहरबानी जरूर कीजिए।''

''चलिए दीदी,'' उसने मेरा हाथ पकड़कर कहा, तो मुझे होश आया और शर्म भी। उस पारिवारिक ड्रामे की मूक दर्शक बनी मैं अब तक वहीं खड़ी थी।

''सॉरी जया!'' मैंने बाहर निकलते हुए कहा, ''मुझे बहुत पहले चले जाना चाहिए था। भाभी लोग पता नहीं क्या सोच रही होंगी।''

''मुझे मालूम है, वे क्या सोच रही हैं। और उनका सोचना बिल्कुल ठीक है। आज आप साथ थीं, इसीलिए मैं इतना खुलकर बोल सकी। नहीं तो शायद फिर से ओठ सी लेती और अपने में ही घुलती रहती।'' और फिर एकाएक तरल स्वर में बोली, ''दीदी, अगर कभी जरूरत पड़ी, तो आप पर भरोसा कर सकती हूँ न? निराश तो नहीं करेंगी?''

''जया!'' मैंने उसका कंधा छूकर कहा, ''मेरे दरवाजे तुम्हारे लिए कभी बंद नहीं थे। तुम्हीं उधर का रास्ता भूल गई थीं।''

''रास्ता भूल गई थी, आपको नहीं भूल सकती। आपसे बढ़कर मेरा अपना है ही कौन! आप ही ने तो मेरे जीवन में दोबारा रंग भरने की कोशिश की है। औरों के तो चेहरे भी इस समय पहचाने नहीं जा रहे हैं।''

इतनी ज्यादा भावुकता मेरी बरदाश्त से बाहर हो रही थी। मैंने तुरंत हाथ दिखाकर एक रिक्शा रोक लिया और उसमें बैठते हुए सहज ढंग से पूछ लिया, ''तो फिर कल कॉलेज आ रही हो न?''

''बिल्कुल आ रही हूँ। और आपकी दी हुई साड़ी पहनकर आ रही हूँ। जनता से कहिए, जरा होशियार रहे।'' उसने अपने बेलौस अंदाज में कहा।

मेरी शाम सार्थक हो गई थी।

साजिश

पूरे घर में एक तनाव सा व्याप्त है। कल पम्मी की फिर चिट्ठी आई है। और जैसा कि हमेशा होता आया है, पूरा घर भीतर-ही-भीतर हिल उठा है। बाबूजी लगातार छत पर चहलकदमी कर रहे हैं, अम्माँ रसोई में बैठकर आँसू बहा रही हैं। सोहन तो पढ़ाई का बहाना लेकर दोस्त के यहाँ निकल गया है। खाने के वक्त भी उसने शक्ल नहीं दिखाई। निम्मी अलग मुँह फुलाए पढ़ने के कमरे में बैठी है। बच्चे टुकुर-टुकुर जिस-तिस का मुँह ताक रहे हैं।

सबसे ज्यादा संत्रस्त और परेशान हैं मोहन और शीला। संकोच के मारे बेचारे अपने से ही आँख चुरा रहे हैं। दोनों ने जैसे अपने होंठ सी लिये हैं। डरते हैं कि कोई ऐसी-वैसी बात मुँह से न निकल जाए, जो बारूद के ढेर में चिनगारी का काम करे। वैसे ही वे दोनों हमेशा से कठघरे में खड़े हैं। घर में अच्छा-बुरा जो होता है, उन्हीं के सिर जाता है।

पम्मी की जब भी चिट्ठी आती है, दोनों पति-पत्नी अपराध-बोध से ग्रस्त हो जाते हैं। क्योंकि उस चिट्ठी की पहली प्रतिक्रिया अम्माँ पर होती है। वे बड़बड़ाना शुरू कर देती हैं, ''इनके लिए तो बहन भार हो गई थी न। बस, ठाँव देखा न ठिकाना, झोंक दी भट्ठी में।''

अम्माँ को तो बस कुछ-न-कुछ कहते रहना है। उनकी इन्हीं बातों से तंग आकर वे लोग निम्मी के वक्त थोड़ा सुस्त हो गए हैं तो अम्माँ-बाबूजी सौ बार सुना चुके थे—'दो-दो भाई हैं, पर किस काम के? मजे से हाथ-पर-हाथ धरे बैठे हैं। कल को लड़की किसी का हाथ पकड़कर भाग जाएगी, तब अक्ल ठिकाने आएगी।'

परेशान हैं मोहन-शीला, किसी करवट उन्हें चैन नहीं है। और अब फिर पम्मी की चिट्ठी आई है—''अब इस घर में मेरा निबाह नहीं हो सकता। आप

लोग मुझे आकर लिवा ले जाइए, नहीं तो मैं कुछ खाकर सो रहूँगी।''

पम्मी का यह नाटक पिछले चार सालों से चल रहा है। पाँच साल के वैवाहिक जीवन में मुश्किल से एक साल शांति से गुजरा होगा। पता नहीं कब क्या हो जाता है और वह अपनी लड़की को गोद में उठाकर यहाँ चली आती है। शुरू-शुरू में तो सब उसे हाथोहाथ लेते थे। सबको उससे सहानुभूति भी थी। बाबूजी खुद जाकर दो-चार बार समधीजी से बेटी के किए-अनकिए अपराधों की माफी माँग आए। दो-चार बार दामाद को घर बुलाकर समझाया-बुझाया गया। पर हर बार कोई क्या करे?

अब तो खीझ सी होने लगी है।

पम्मी जब भी आती है, घर का बना-बनाया रुटीन तहस-नहस हो जाता है। बजट की धज्जियाँ उड़ जाती हैं। शीला तो उन दिनों अपने सारे अरमानों की, भावनाओं की गठरी बनाकर मन के एक कोने में पटक देती है, क्योंकि और सब लोग तो अपने-अपने काम से बाहर निकल जाते हैं, पम्मी की दर्द भरी दास्तान और अम्माँ के ताने उसी के हिस्से में आते हैं। यह तो वह किसी तरह सह जाती है, पर जब उसके फूल से बच्चे उपेक्षा का शिकार होने लगते हैं तो उसका खून खौल जाता है। उनके कपड़े, खिलौने, यहाँ तक कि दूध में भी पम्मी की मुनमुन का हिस्सा निकालना पड़ता है। दिन भर दादा-दादी की डाँट पड़ती है सो अलग।

दुखियारी बेटी के लिए अम्माँ उन दिनों कुछ ज्यादा ही तरल हो जाती हैं। आए दिन घर में स्त्री-पकवान बनने लगते हैं। अम्माँ रोज पम्मी को लेकर रिश्तेदारों के यहाँ निकल जाती हैं और रिक्शे-ताँगे में ढेर सा रुपया फूँक डालती हैं। पम्मी का मन बहलाने के लिए निम्मी को ठेलठालकर उसके साथ सिनेमा या पार्क में भेज देती हैं। इन सब कार्यक्रमों के लिए शीला को ही पैसे देने पड़ते हैं, और वह भी खुशी-खुशी। नहीं तो अम्माँ का पारा चढ़ जाता है।

बजट के गड़बड़ाते ही सारी व्यवस्था चरमराने लगती है। हर कोई एक-दूसरे पर खीझ उतारने लगता है। आरोपों-प्रत्यारोपों का एक दर्दनाक सिलसिला शुरू हो जाता है। घर जैसे नर्क बन जाता है। तब ऊबकर पम्मी कहती है—''यही सब सहना था तो मैं अपने घर में क्या बुरी थी?''

सारा घर जैसे साँस रोके इसी क्षण की प्रतीक्षा में जीता है। बाबूजी फौरन उसकी बात को उठा लेते हैं और तैयारी का आदेश जारी करते हैं। फिर ढेर सारे साज-सामान के साथ भाई लोग उसे ससुराल छोड़ आते हैं। यह विदाई भी कम जानलेवा नहीं होती। घर की मामूली सी आय में एक बड़ा सा छेद कर जाती है।

कई जरूरी खर्च, जैसे अम्माँ की चप्पल, बाबूजी का टॉनिक, सोहन का स्वेटर या निम्मी का सूट, अगली किसी शुभ घड़ी के लिए टल जाते हैं। फिर भी सब लोग राहत की, संतोष की साँस लेते हैं।

पर खर्च की यह गहरी खाई ठीक से पट भी नहीं पाती कि पम्मी का खत फिर आ जाता है।

दो दिन तक लगातार तनाव झेलने के बाद शीला से नहीं रहा गया। पति से बोली, ''देखो, तुम तो दिन भर बाहर रहते हो। इनकी नजरें झेलनी पड़ती हैं मुझे। ऐसे देखते हैं, जैसे मैं कोई हत्यारिन हूँ।''

''तो क्या करूँ?''

''उसे लिवा लाओ।''

''इसका मतलब क्या होता है, जानती हो न?''

''जानती हूँ, पर उपाय ही क्या है? कल को कुछ हो गया तो जिंदगी भर सबके ताने-उलाहने सुनने पड़ेंगे।''

सुबह दफ्तर जाते हुए मोहन ने सबके सामने सबको सुनाते हुए सोहन से कहा, ''ये दो सौ रुपए रखो और दोपहर की गाड़ी से निकल जाओ।''

''कहाँ?''

''जयपुर। पम्मी को लिवा लाओ। फिर यहाँ जैसा होगा, भुगत लेंगे।''

अम्माँ का चेहरा एकदम खिल उठा। वे बड़ी आशा से सोहन को देखती रहीं। पर वह पत्थर की मूर्ति की तरह निश्चल खड़ा रहा। रुपयों को उसने छुआ भी नहीं। आखिर मोहन को पूछना ही पड़ा—''क्या सोच रहे हो?''

''भैया, दीदी का आना क्या दो महीनों के लिए टल नहीं सकता?''

''क्यों?''

''क्यों क्या, जानते तो हैं कि यह मार्च का महीना है। आपको अपने टीपू मीनू की चिंता न सही, मेरा और निम्मी का तो खयाल कीजिए। दोनों की परीक्षाएँ सिर पर हैं। इस समय तो कोई भी मेहमान अखरता है। दीदी तो फिर आप जानते ही हैं, आते ही सारा वातावरण गँदला करके रख देती हैं। घर में पाँव देने की इच्छा नहीं होती। पढ़ाई क्या खाक होगी?''

''आप तो खुशकिस्मत हैं छोटे भैया,'' निम्मी ने सुर मिलाया, ''घर में पाँव देने की इच्छा न हो तो दोस्त के घर जाकर पढ़ सकते हैं। हम क्या करें? दीदी आती हैं तो कितना काम फैल जाता है। वे तो किसी काम में हाथ नहीं लगातीं, बस दिन भर बैठी बिसूरती रहती हैं। अपनी बिटिया तक तो उनसे सँभलती नहीं। उसे

भी हम पर थोप देती हैं।''

अम्माँ एकदम हतप्रभ थीं—''तुम दोनों को अपनी सगी बहन भी जहर लग रही है। वाह रे कलजुग!''

मगर शीला खुश थी। अच्छा हुआ कि अम्माँजी जान तो गईं कि पम्मी का आगमन सारे घर के लिए कितना अनचाहा अध्याय है। सबसे ज्यादा खुशी तो इस बात की थी कि जो कुछ कहा, सोहन ने कहा। निम्मी ने कहा। मोहन और शीला के सिर कोई बुराई नहीं आई।

उसके बाद वह प्रसंग एक तरह से समाप्त ही हो गया था। बाबूजी ने पम्मी को लिख दिया था कि बच्चों की परीक्षा के बाद वे खुद आकर उसे लिवा ले जाएँगे। इसी आशय का एक अनुरोध-पत्र उन्होंने समधीजी को भी लिख दिया था। मोहन से कह दिया था कि एकाध पत्र बहनोई को भी लिख दे। हमउम्र हैं दोनों। दो बातें वह प्यार से समझा देंगे।

लेकिन इस बार पम्मी ने किसी का इंतजार नहीं किया। वे छुटकारे की साँस ठीक से ले भी न पाए थे कि वह रोती-झींकती आ पहुँची। उसे देखते ही सबके चेहरे फक पड़ गए।

उस दिन घर में उत्सव का सा वातावरण था। मोहन ने अपने एक परिचित को सपरिवार आमंत्रित किया था। यह निमंत्रण अनायास या अहेतुक नहीं था। निम्मी के लिए उस घर में बात चलाने की योजना थी। वे लोग इस बहाने घर को, निम्मी को देख लें, यही इच्छा थी।

घर को उस दिन विशेष यत्न से सँवारा गया था। निम्मी भी सजी-धजी गुड़िया सी बैठी थी—इतनी चुप-चुप, जैसे कि मुँह में जुबान ही न हो। और सबने भी अपनी बेहतरीन पोशाकें पहन ली थीं। शीला ने जिद करके सास को भी कलफ लगी साड़ी पहना दी थी। वे मिश्री की डली बनी मेहमानों से बतिया रही थीं। बाबूजी सबके बीच में चुपचाप बैठकर सामने वाली पार्टी को आँक रहे थे, परख रहे थे। शीला रसोई में व्यस्त थी। सोहन बाजार के चक्कर काट रहा था। मौका लगते ही बहन को चिकोटी काट लेता था।

माहौल खुशी से सराबोर था कि पम्मी घर में भूचाल की तरह दाखिल हुई। आते ही उसने बुक्का फाड़कर रोना शुरू कर दिया—''मुझे वहाँ भट्ठी में झोंककर यहाँ सब बैठकर गुलछर्रे उड़ा रहे हैं। इतनी चिट्ठियाँ लिखीं, पर कोई झाँकने भी न आया। किसी को परवाह नहीं है कि पम्मी जिंदा है या मर गई। इतनी ही भारी लगती हूँ तो हाथ-पाँव बाँधकर कुएँ में फेंक दिया होता। बार-बार तंग तो नहीं

करती। पर जब आपके पास देने के लिए कुछ नहीं था, तो मेरी शादी क्यों की?''

लड़के वालों के सामने अच्छा-खासा नाटक हो गया। महफिल तो उखड़नी ही थी। बार-बार क्षमायाचना करके उन लोगों को विदा किया। उनके यहाँ से क्या जवाब आएगा, यह तो अब करीब-करीब निश्चित ही था। बड़ी मुश्किल से कहीं बात लगी थी। सब चौपट हो गया। महीने के अंतिम दिन थे। फिर भी मोहन ने जी कड़ा करके स्वागत-सत्कार में सौ-पचास फूँक डाले थे। सब पर पानी फिर गया।

घर में जैसे मातम छा गया। निम्मी तो खटपाटी लेकर ऐसी पड़ गई, उसने खाना भी नहीं खाया। और लोग भी पम्मी से खिंचे-खिंचे ही रहे। अम्माँ और भाभी को छोड़कर किसी ने ठीक से कुशलक्षेम भी नहीं पूछी।

अपने स्वागत का यह नया अंदाज देखकर पम्मी सहम गई। दो दिन तो उसने किसी तरह सब्र कर लिया। तीसरे दिन फट ही पड़ी—''लगता है, किसी को मेरा आना अच्छा नहीं लगा। पहले से जानती तो यहाँ आती ही क्यों? अपमान ही सहना है तो अपने घर सहूँगी। घर में नहीं निभेगी तो कहीं नौकरी कर लूँगी।''

सोहन भी जैसे तैयार ही बैठा था। बोला, ''तो कर लो न नौकरी। जिंदगी भर भैया-भाभी की छाती पर मूँग दलना क्या जरूरी है? जब मन होता है, मुँह उठाकर चली आती हो। आखिर तुम्हारे लिए कोई कितना करेगा? घर में एक और लड़की भी है।''

''आती हूँ तो अपने बाप के घर आती हूँ,'' पम्मी ने तमककर कहा, ''तुम्हारे दरवज्जे आऊँ तब आँखें दिखाना।''

''बाप का घर, हूँ"''।'' कहकर सोहन बाहर चला गया। वह अपने दिल का गुबार निकाल चुका था। सुखी है सोहन। अविवाहित है, इसलिए मन की बात बेरोकटोक कह डालता है। कोई यह नहीं कह सकता कि बीवी ने उसके कान भर दिए हैं।

अपमान से पम्मी के आँसू निकल आए। सबसे ज्यादा दुःख तो इस बात का था कि सोहन इतनी बड़ी बात कह गया और बाबूजी कुछ नहीं बोले। जिनके बल पर वह अकड़ रही थी, कानों में रुई दिए वे चुपचाप छत की कड़ियाँ गिनते रहे।

''बाबूजी!'' उसने कातर स्वर में पुकारा।

''सब सुन रहा हूँ, बेटे,'' बाबूजी ने उसी तरह छत की ओर निर्निमेष देखते हुए कहा, ''पर सच बात तो यह है बेटा कि अब तुम्हारे बाप का घर कहाँ रहा। सब तो चुक गया। पेंशन जो मिलती है, वह दवाइयों के लिए ही पूरी नहीं पड़ती। बेटे के भरोसे पर जी रहा हूँ। अपनी लंबी-चौड़ी गृहस्थी उसके गले मढ़कर बैठ

गया हूँ। उसका बोझ और कितना बढ़ाऊँ?''

''बाबूजी, लेकिन...''

''पम्मी बेटे, हम लोग तुम्हारे जन्म के जिम्मेदार हैं। कर्म तो तुम्हें अपने खुद ही झेलने होंगे। सुख-दुःख जो भी हो, अपने घर में ही सहो बिटिया। कल को तुम यहाँ आकर बैठ जाओगी, तो बताओ, निम्मी को कौन स्वीकारेगा?''

पम्मी के सारे सवाल चुक गए थे और शायद उत्तर भी।

तीन-चार दिन बाद पम्मी को सोहन के साथ गाड़ी में बिठाकर लौटे तो बाबूजी को ऐसा लग रहा था, जैसे बेटी को अंतिम विदा दे आए हों। अगर कल को कुछ हो गया—पम्मी के ससुराल वालों ने यदि सचमुच कोई षड्यंत्र रच डाला है तो वे भी उससे बरी नहीं हैं। इस साजिश में बे भी बराबर के हिस्सेदार हैं।

□

अंतिम संक्षेप

प्रातः से ये फोन के पास ही बैठी थीं। उनकी हरचंद कोशिश यही थी कि सावित्री या सुखलाल फोन न उठा लें। महिमा का जैसा स्वभाव है, वे खूब जानती हैं। तैश में आ जाती है तो सामने कौन है, इसका भी उसे होश नहीं रहता…और तभी घंटी बजी—ट्रिंग!

उन्होंने लपककर रिसीवर उठा लिया, पर उधर से सिवा डायल टोन के कोई आवाज नहीं आई। तभी सुखलाल ने आकर सूचना दी—भाभीजी आई हैं!

वे चौकीं—तो यह घंटी फोन की नहीं, दरवाजे की थी! वे अपने में इतनी खोई हुई थीं कि उन्हें दोनों का अंतर भी पकड़ में न आया। तो महिमामयी अब सशरीर पधारी हैं। आतंक से वे सिहर उठीं। बहू ने आकर पैर छुए तो उनसे आशीर्वाद भी देते न बना।

"सुखलाल! जरा दो कप चाय तो बना। और देखो, चाशनी मत बना देना। बहूरानी कम शक्कर लेती हैं।"

"हमें पता है," सुखलाल ने तुनककर कहा और किचन में चला गया। उसका इरादा तो वहीं खड़े-खड़े कुछ देखने-सुनने का था, पर यहाँ तो वे नहीं चाहती थीं। माना कि नौकरों से कुछ छिपा हुआ नहीं है, फिर भी उनके सामने प्रदर्शन अच्छा नहीं लगता।

"कैसी हो महिमा?" उन्होंने वार्त्तालाप का औपचारिक शुभारंभ किया, "बच्चे कैसे हैं?"

"ठीक ही हैं," महिमा ने बेरुखी से कहा, "आप तो यह बताइए कि अपने लाडले को कहाँ छुपा रखा है?"

"छुपाऊँगी क्यों? वह क्या चोरी करके भागा है?"

'तो फिर बारंबार माँ के आँचल में मुँह छिपाने क्यों चले आते हैं।"

अंतिम संक्षेप

"तो क्या आधी रात को हंगामा करके जग-हँसाई करवाएगा? लड़ने पर आ जाती हो तो तुम्हें न तो पड़ोसियों का होश रहता है और न नौकरों का। कितनी बार समझाया होगा कि बच्चे अब बड़े हो रहे हैं, उनका तो खयाल किया करो।"

"आप तो बस हर बात मुझसे ही कहती रहिए।"

"कहने लायक बात होती है तो उससे भी कहती हूँ।"

"खाक कहती हैं! आपकी शह पाकर ही तो वे इतने बेलौस, बेखौफ होते जा रहे हैं। एक बार दरवाजा मत खोलिए, अपने आप ठिकाने आ जाएँगे।"

उनका मन हुआ कि कह दें—पति के मुँह पर दरवाजा बंद करने का हौसला पत्नी के पास हो सकता है, माँ ऐसा कलेजा कहाँ से लाए! सौभाग्य से उसी समय चाय आ गई और वे इतनी कड़वी बात कहने से बच गईं। महिमा ने नाश्ता छुआ तक नहीं। बस चाय के दो घूँट भरे और उठ खड़ी हुई, "चलती हूँ मम्मीजी! बच्चे घर में अकेले हैं। मैं तो बस इतनी तसल्ली करने आई थी कि श्रीमानजी सकुशल पहुँच गए हैं? बीवी हूँ न, इतनी चिंता तो करनी ही पड़ती है।"

उसका एक-एक शब्द उनके मन पर कोड़े की तरह पड़ रहा था, पर उन्होंने कोई उत्तर नहीं दिया। उसके पीछे चलकर दरवाजे पर आ खड़ी हुईं।

उसी समय कुसुम सामने से निकली। शायद सब्जी लेकर लौट रही थी। देखते ही बोली, "यह क्या भाभीजी, अभी आईं, अभी चल दीं? खाना-वाना खाकर जातीं।"

"तुम खिला रही हो क्या?" महिमा के स्वर में तुर्शी थी, पर कुसुम को कोई फर्क नहीं पड़ा। उसी अल्हड़पन से बोली, "ये कौन बड़ी बात है। हम खिला देंगे। हलुआ-पूड़ी न सही, दाल-रोटी तो बन ही सकती है। सच्ची भाभीजी! आज तो हमारे यहाँ जूठन गिराकर ही जाइए, बताइए, कौन सी सब्जी पसंद है? अभी तो ठेला बहुत दूर भी न गया होगा।"

"फिर कभी आ जाएगी, अभी बच्चे घर में अकेले हैं न।" उन्होंने महिमा की ओर से जवाब देकर इस चुगलबंदी को विराम दिया। फिर बहू से बोलीं, "आओ, फाटक पर खड़े रहते हैं, वहीं रिक्शा रोक लेंगे।"

"मम्मीजी, एक बात कहूँ?" रिक्शे की प्रतीक्षा करते हुए महिमा ने पूछा।

"कहो।"

"आपके सुपुत्र सिर्फ आपके लिए ही यहाँ नहीं आते, किसी के मीठे बोल भी उन्हें खींचते हैं।"

अपनी कमजोरी ढकने के लिए महिमा का यों दूसरों पर लांछन लगाना उन्हें अच्छा नहीं लगा। अत: वे बोलीं, "महिमा, मीठे बोल तो कोई भी बोल सकता है!

उसमें पैसे थोड़े ही लगते हैं।''

''फिर भी मैं नहीं बोलती—यही न,'' महिमा ने कहा। उसी समय एक खाली रिक्शा वहाँ से गुजरा तो उसने रोक लिया और बैठकर चल दी। सास की अंतिम बात ने उसे इतना नाराज कर दिया था कि उसने विदा लेने की भी जरूरत नहीं समझी।

□

कमरे में लौटते हुए उन्होंने अनुभव किया कि उदासी के बावजूद वे बहुत हल्का अनुभव कर रही हैं। मन पर एक बोझ था, जो उतर गया है। सुबह से एक तनाव, एक आशंका से वे ग्रस्त थीं। महिमा के फोन की यातना भरी प्रतीक्षा ने उन्हें थका दिया था। महिमा खुद आई और बरसकर चली गई, अब अगले किसी प्रसंग तक उससे सामना होने का खतरा नहीं रहा।

वे इत्मीनान से आरामकुरसी पर पसर गईं। समय काटने के लिए मैं कुछ-न-कुछ बुनती ही रहती हूँ। अभ्यासवश वह पुलिंदा भी उन्होंने उठा लिया, पर बुनने का मन नहीं हुआ। कमरे की खिड़की से पिछवाड़े का आँगन नजर आ रहा था, वे उधर ही देखती रहीं।

कुसुम रस्सी पर कपड़े सुखा रही थी। कुसुम को देखते ही उनका मन उमगने लगता है—गजब की है यह लड़की। दिन भर फिरकनी की तरह घूमती रहती है, पर मजाल है कि कभी मुँह लटका हुआ मिला हो। गैरेज और उसके पास वाला कमरा, बस इतनी सी जगह उसके पास है, पर अपने डेढ़ कमरे के घर को भी हमेशा चमकाकर रखती है। खुद तो साफ-सुथरी रहती ही है, पति और बच्चों के कपड़े भी हमेशा लकदक मिलेंगे। और जितनी मिठास उसकी बोली में है, उतना ही स्वाद उसके हाथ में है!

कई बार लगता है, काश, उनकी बहू भी ऐसी ही सुशील, सौम्य और सुघड़ होती! शायद इसीलिए महिमा को कुसुम फूटी आँख नहीं सुहाती। हमेशा उससे चिढ़ी ही रहती है। जब शुरू-शुरू में वे लोग रहने आए थे तो महिमा अकसर झल्ला जाती—''ये क्या बला पाल ली है आपने मम्मीजी! इतनी दूर से हम लोग मिलने आते हैं, पर जरा भी प्राइवेसी नहीं मिल पाती। बच्चे अलग हुड़दंग किए रहते हैं। इससे तो अच्छा था, किसी ऑफिस को ही ये कमरे उठा देतीं। ढंग का किराया तो आता!''

''हाँ, किराया तो आता, पर ऑफिस वालों से रौनक तो नहीं होती न, बहूरानी। वह तो बाल-गोपालों से ही होती है और अब इस उम्र में मुझे प्राइवेसी की नहीं,

संग-साथ की जरूरत है। रात-बेरात मुझे कुछ होने लगे तो गिलास भर पानी देने के लिए तो कोई चाहिए। दौड़कर तुम्हें खबर देने वाला तो कोई घर में हो।''

दो-चार बार यह जवाब सुन लेने के बाद महिमा ने भुनभुनाना छोड़ दिया था। वह समझ गई थी कि सास की यह दलील सीधे उस पर वार करती है। उसी ने तो इस घर को दो द्वीपों में बाँट दिया है। आज सारी संपन्नता के बावजूद वे जो बुढ़ापे में अकेलापन भोग रही हैं, तो उसका जिम्मेदार कौन है? महिमा ही तो।

□

उन्हें आज भी वह काला दिन याद है। वे तीनों शाम की चाय ले रहे थे। उन्होंने दिन भर खटकर मटर की कचोड़ियाँ बनाई थीं, पर मनीष प्लेट जुठारकर ही उठ गया था। माँ की मनुहार को भी वह अनसुना कर गया था। उसके जाने के बाद महिमा ने सपाट स्वर में कहा था, 'मम्मीजी, हम लोग इस संडे को शिफ्ट कर रहे हैं।'

'शिफ्ट? क्या मतलब?'

'हम लोगों ने शालीमार कॉलोनी में एक फ्लैट बुक कर लिया है।'

'क्यों?' उन्होंने पूछ लिया, पर दूसरे ही क्षण उन्हें लगा, इस 'क्यों' से बेमानी भी कोई शब्द होता होगा? साफ जाहिर है, बहू अलग गृहस्थी बसाना चाहती है। ठीक है, उसके अपने सपने होंगे, अपने अरमान होंगे, लेकिन उसके लिए अलग से मकान लेने की क्या जरूरत है?

'महिमा,' उन्होंने शांत स्वर में कहा, 'तुम अलग रहना चाहती हो सो खुशी से रहो, पर उसके लिए इतनी दूर जाने की, इतना पैसा फूँकने की क्या जरूरत है? इतना बड़ा घर है, क्या इसमें दो गृहस्थियाँ समा नहीं सकतीं?'

'मेरी साफगोई का बुरा न मानें, मम्मीजी, पर ऐसे माहौल में मैं अपने बच्चे को जन्म नहीं दे सकती।'

'कैसा माहौल?'

'आपको तो शायद अब आदत हो गई है, पर जैसी महफिलें यहाँ जमती हैं, जैसे लोग बाबूजी के पास इकट्ठा होते हैं, उन्हें मैं बरदाश्त नहीं कर सकती।'

'महिमा!' उनके स्वर में धार थी, 'तुम इस घर की पहली बहू तो नहीं हो!'

'जानती हूँ मम्मीजी! पर वे जो मुझसे पहले आई हैं, कितने दिन आपके पास रही हैं? बस मेहमानों की तरह आती हैं और चार दिन रहकर चली जाती हैं। मेरी तरह तीसों दिन यहाँ रहना पड़े तो पता चले! अभी उसी दिन यहाँ होतीं तो मजा आ जाता…'

'किस दिन की बात कर रही हो?···अच्छा हाँ! उस दिन मेजर साहब जरा ज्यादा ही बहक गए थे। मैंने तो उसी दिन तुम्हारे बाबूजी से कह दिया था कि अब घर में बहू आ गई है, ढंग के लोगों को ही घर में बुलाया करें।'

'किस-किस को रोकेंगी आप? और फिर बाबूजी खुद भी तो···'

'हाँ, पीते हैं! पुलिस की नौकरी का तोहफा है। जब उस नौकरी का सुख भोगा है तो यह भी भुगतना ही होगा, पर वे किसी को परेशान तो नहीं करते? एकाध दिन का किस्सा छोड़ दो, पर उनके यार-दोस्त भी आते हैं तो बाहर वाले कमरे में बैठे रहते हैं।'

'और आप भीतर से उनके लिए बर्फ, नमकीन, काजू और पकौड़े भिजवाती हैं। नहीं मम्मीजी, यह वातावरण मुझे रास नहीं आएगा। मेरे संस्कार दूसरे हैं।'

इसके बाद उन्होंने कुछ नहीं कहा। कहने को था ही क्या? हाँ, एक कसक जरूर बनी रही—काश! मनीष यह प्रस्ताव उनके सामने रखता! तब शायद उसमें इतनी कड़वाहट नहीं होती। पर उस बेचारे की तो हिम्मत ही न पड़ी होगी।

□

रात मन हुआ कि बाबूजी से बहू की करतूत बखान करें, पर चुप लगा गईं। उनसे किस मुँह से कहतीं कि बहू आपके कारण अलग डेरा बसा रही है। उन्हें तो शायद विश्वास ही न होता! वे बेचारे खुद किसी लफड़े में नहीं पड़ते। मनीष ने अपनी मरजी से शादी तय की, उन्होंने खुशी-खुशी भाँवरें डलवा दीं। बहू अपने साथ एक छल्ला भी नहीं लाई, उन्होंने तो कुछ नहीं कहा। बहू परदा नहीं करती, उल्टे-सीधे कपड़े पहनकर घूमती है, नौ-नौ बजे तक बिस्तर में घुसी रहती है, रसोई में पाँव भी नहीं देती—उन्होंने कभी किसी बात के लिए टोका-टोकी नहीं की, टीका-टिप्पणी नहीं की। उनकी अपनी अलग दुनिया थी···सुबह को सैर, दोपहर में ताश, शाम को क्लब! इस रुटीन में खलल उन्हें नापसंद था। मौज में आते तो एकाध महफिल घर पर भी जमा लेते, पर उनकी सारी व्यवस्था सुखलाल देखता था। घर की औरतों को उससे कोई परेशानी नहीं होती थी।

ऐसे निरुपद्रवी जीव के लिए भी महिमा न जाने क्या-क्या कह गई!

उनका मन इतना खट्टा हो गया कि फिर उसे मनाने की कोशिश भी नहीं की।

चार-पाँच महीने बाद मृण्मयी का जन्म हुआ, तो वे अस्पताल में बराबर महिमा के साथ रहीं, सारी परंपराओं का उन्होंने निर्वाह किया, पर बहू को घर आने के लिए नहीं कहा। वे दोनों स्वयं ही एक दिन तीन महीने की गदबदी बच्ची को लेकर बाबूजी से आशीर्वाद लेने आए थे। बाबूजी ने बच्ची को गोद में लेकर ढेर सी

आशीषें लुटाई थीं, सवा तोले की चेन भी दी थी। फिर जब तन्मय हुआ तो उसे भी अंगूठी पहनाई गई।

मतलब यह कि रस्मो-रिवाज सब पूरे होते रहे, पर बाल-गोपालों की किलकारियों से घर सूना ही रह गया। जब बहू का पाँव भारी हुआ था, उनका मन सपने बुनने लगा था। यों तो सतीश के भी दो बच्चे थे, पर उनका तो स्पर्श भी उन्हें याद नहीं है। कस्बे की लड़की है सुषमा, पर अमरीका जाकर जैसे वहीं की हो गई है। बच्चों को ऐसे सहेज-कर रखती है कि जैसे यहाँ साँस भी लेंगे तो बीमार हो जाएँगे। उन्हें तो प्यार करते भी डर लगता है कि कहीं कोई छूत न लग जाए। वे अपना मन अंजू-मंजू के बच्चों से बहला लेतीं, पर पराई संतान से कहीं घर भरता है! एक मनीष के बच्चों की आस थी, वह भी टूट गई। पता नहीं बाबूजी ने इस दुःख को कैसे गटका होगा! पर वे स्वयं तो एकदम ही बिखर गई थीं।

फिर बाबूजी भी चले गए और वे एकदम अकेली रह गईं। कौन विश्वास करेगा कि यह अकेलापन उन्हें माँगे मिल गया था। दुनिया भर की औरतें पति से पहले जाने की कामना करती हैं, पर उनके अंतर्मन ने हमेशा यही चाहा कि हे प्रभु! इन्हें मुझसे पहले उठा लेना। जैसे मैंने उनके नाज उठाए हैं और कोई नहीं उठा सकता। मेरे रहते तो इनकी शानोशौकत में, रोब-दाब में कोई कमी नहीं आ सकती, पर मेरे बाद ये जरा-जरा सी चीज के लिए तरसेंगे, दूसरों का मुँह देखेंगे तो मुझे स्वर्ग में भी शांति नहीं मिलेगी।

ईश्वर ने जैसे उनकी सुन ली। एक नामालूम सी बीमारी में बाबूजी चल बसे। उनकी आनबान अंत तक बरकरार रही। पहाड़ से दुःख को झेलते हुए एक संतोष उन्हें सांत्वना दे जाता था। दुःख बस एक ही था—अब सबकुछ निबट जाएगा और पंद्रह दिन बाद बच्चे अपने-अपने घर चले जाएँगे तो वे खाली दिनों को कैसे भरेंगी? यह सूना घर उन्हें काटने नहीं दौड़ेगा?

अमरीका लौटते हुए सतीश भी बस चिंतित था। बार-बार कह रहा था, ''मम्मी, मैं मनीष से कहता हूँ कि अब यहीं आकर रहे—या फिर तुम हमारे हाथ चलो।'' उनका भी मन हुआ कि महिमा से कहें—'जिनसे तुम्हें शिकायत थी, वे तो चले गए। अब वापस आ जाओ।' पर ऐसा कहना भी मानो उस दिवंगत आत्मा का अपमान होता। वे जब्त कर गईं। सतीश को उन्होंने समझा-बुझाकर भेज दिया।

◻

तब यह सदाशिव और कुसुम का जोड़ा उनके आश्रय में आया था। इन्हें घर की जरूरत थी, उन्हें संग-साथ की। तो नाममात्र के किराए पर इन्हें रख लिया

गया। नई-नई शादी हुई थी। गोद में छह महीने का बच्चा था। मम्मीजी को तो जैसे स्वर्ग मिल गया। डेढ़ साल बाद कुसुम के यहाँ दूसरा बच्चा हुआ तो उन्होंने सास से बढ़कर सेवा की। उसके लिए हरीरा बनाया, दवाइयाँ कूटीं, गोंद-मेथी के लड्डू बनाए। दोनों बच्चों को नहलाया-धुलाया, साथ ही दर्जनों स्वेटर बना डाले, उनकी तुतली बोली से वे पुलकित होने लगीं और आने-जानेवालों के पास उनकी बाललीलाओं का बखान करने लगीं। अपने नाती-पोतों के लिए जो वर्षों से संचित प्यार उनके मन में था, वह इस जुगल जोड़ी पर बरसने लगा। यों तो ईश्वर ने उन्हें चार-चार बच्चे दिए थे, लेकिन लड़कियाँ तो अपने-अपने घर की हो गईं और लड़कों में एक सात समुंदर पार जाकर बैठा है और दूसरा शहर में भी है तो किस काम का! वे तो अकेली ही पड़ गई हैं। शायद इसीलिए परमात्मा ने ये राम-लक्ष्मण उनके आँगन में भेज दिए हैं।

महिमा सब देखती और जल-भुन जाती! कहती, ''कुसुम के तो मजे हैं। दो सौ रुपल्ली में महलों का सुख भोग रही है। मुफ्त की आया मिली हुई है, सो अलग।''

सुखलाल कहता है, ''भाभीजी, जरूर कोई पिछले जन्म का लेखा-जोखा रहा होगा, नहीं तो सारी दुनिया छोड़कर ये लोग यहीं क्यों आते?''

वे सब सुनती हैं और मुसकरा देती हैं।

☐

मनीष कोई बारह बजे सोकर उठा होगा। उठकर सीधे उनके सामने आकर बैठ गया। बिखरे बाल, उतरा चेहरा, उदास आँखें। उनका मन हुआ, उसे बाँहों में लेकर प्यार कर ले, पर वे जब्त कर गईं। एक जमाना था, अब दो बच्चों का बाप बन जाने के बाद भी वह उनकी गोद में लेट जाया करता था। महिमा ने ही उसकी यह आदत छुड़ाई थी। तब से वे भी एक औपचारिक दूरी बनाए रखती हैं।

''चाय पिओगे?''

''जरूर!···लेकिन तुम्हारा तो खाने का समय हो रहा होगा न?''

''तुम नहा-धो लो, फिर खा लेंगे।''

चाय पीकर वह नहाने चला गया। वे उठकर रसोई में जाने को ही थी कि रिंग आई—''हलो दादी माँ! मैं मीनू बोल रही हूँ, डैडी जाग गए क्या?''

''हाँ, अभी-अभी उठा है, नहाने गया है, थोड़ी देर बाद बात कर लेना!''

''हाँ···मौका लगा तो जरूर करूँगी। दरअसल मैं उन्हें विश करना चाहती थी। आज उनका बर्थ-डे है न!''

ओ माँ! उनके दिमाग से यह तारीख कैसे उतर गई? बच्चों के जन्मदिन मनाने

का तो उनका खास अंदाज हुआ करता है! बच्चे जब छोटे थे, तब तो खूब हंगामे हुआ करते थे। अब वैसा तो नहीं हो पाता, पर वे याद जरूर रखती हैं। बाहरवालों को कार्ड या पैसे भेज देती हैं, फोन कर लेती हैं, मनीष के यहाँ मिठाई लेकर पहुँच जाती हैं या फिर उन लोगों को घर पर बुला लेती हैं। चीनू-मीनू के जन्मदिन तो अकसर यहीं मनाए आते हैं। और आज उन्हें मनीष का जन्मदिन भी याद न रहा! वे सचमुच बूढ़ी होती जा रही हैं।

उन्होंने फौरन सुखलाल को बाजार भेजा, सावित्री को मटर-पुलाव और रायता बनाने का आदेश दिया और खुद हलुआ भूनने बैठ गईं। माँ-बेटे दोनों खाने पर बैठे, तो मेज पकवानों से भरी हुई थी और पूरा कमरा अगरबत्ती से महक रहा था।

''अरे वाह, आज तो फीस्ट हो गई!'' मनीष ने कहा।

''बर्थ-डे फीस्ट !''

''बर्थ-डे?…ओ यस, आज मेरा हैप्पी बर्थ-डे है न।'' वह उठा और उसने माँ के पैर छू लिये। फिर उनके गले में बाँहें डालकर बोला—''तो आपका यह नालायक बेटा आज कितने साल का हो गया?''

''छत्तीस का !''

''ओह नो! इस स्पीड से मेरी उम्र में इजाफा होता रहा तो मैं दो-चार साल में बूढ़ा हो जाऊँगा।''

''मीनू ने फोन किया था—तुम्हें विश करना चाहती थी।''

''बेचारे बच्चे! अपने डैडी की थोड़ी-बहुत इज्जत तो करते हैं। बाकी लोग…''

''सुबह महिमा खुद आई थी।''

''मुझे विश करने के लिए?''

''शायद।''

''शायद ओ डियर ममा, अब आप यह 'पैचअप' का धंधा छोड़ दो, कोई नई बात करो। और सच तो यह है कि इस समय कोई भी बात करने का मूड नहीं है। तुम्हारी यह सजी हुई मेज कब से बुला रही है। जरा उसके साथ न्याय कर लेने दो।''

वह टूट पड़ने के अंदाज में शुरू तो हो गया, पर दो-चार कौर खाकर ही उसने हाथ रोक लिया—''अभी महिमा जो मुझे यह सब खाते देख ले न, तो गजब हो जाए! सच कहता हूँ—शी विल किल मी।''

''इत्मीनान रखो, आज की तारीख में वह दोबारा नहीं आएगी।''

''तो क्या हुआ! ये डॉक्टर लोग डरा देते हैं न। एक तो तगड़ी फीस लेते हैं,

ऊपर से भूखा मारते हैं।''

खाना खाकर वह फिर लेटने के मूड में था, पर उन्होंने टोक दिया—''अब सीधे घर जाओ, बच्चों के लिए इमरती और कचौड़ियाँ रख दी हैं, ले जाना। और महिमा को यह साड़ी देना, शाम को पहनेगी।''

''मम्मी, जन्मदिन मेरा है, उसका नहीं।''

''पुरानी साड़ी है रे, उसे पसंद है, इसलिए दे रही हूँ। और बेटे, तुम तो अपने हो, तुम्हें कुछ न भी दूँ तो फर्क नहीं पड़ता, पर बहुओं को तो साधे रखना पड़ता है न।''

''वाह, क्या कहने हैं! कितनी बहुएँ साध लीं आपने, जरा बताइए तो?'' मनीष ने हँसकर कहा, पर उसकी आँखों में उदासी के डोरे छलक आए थे।

☐

मनीष गया और वे निढाल होकर लेट गईं। क्या हो गया है इन बच्चों को? गृहस्थी की डोर कैसे उलझाकर रख दी है। पंद्रह दिन भी शांति से नहीं बीत पाते। वे इतना समझाती हैं, पर दोनों ही जैसे जिद पर उतर आते हैं।

शहर के दूसरे छोर पर रहता है मनीष, पर उस घर की अशांति की आँच उन तक आती ही रहती है। हर धमाके की गूँज उनके शांत जीवन को अस्त-व्यस्त कर जाती है। पहला विस्फोट शायद उस दिन हुआ था, जब मनीष क्लब से बेतहाशा पीकर लौटा था। घर में अच्छा-खासा हंगामा हुआ होगा। नौकर ने खबर कर उन्हें फोन किया था और वे उतनी रात को, रिक्शा करके यहाँ पहुँची थीं।

पहले तो उन्होंने मनीष को खूब आड़े हाथों लिया था, फिर पुचकारते हुए बोलीं, 'बेटे, तुम तो जानते हो, इसी एक ऐब के कारण तुम्हारे देवतास्वरूप पिता बिरादरी में कभी सिर ऊँचा करके नहीं चल सके। रिश्तेदारों से हमेशा मुँह छिपाते रहे। फिर जानते-बूझते, उसी लकीर पर क्यों जा रहे हो?'

उत्तर में मनीष उनकी गोद में मुँह छिपाकर रो दिया था। उस रुलाई में कितने दुःख, कितनी व्यथा छिपी हुई थी! पिता को खोने की पीड़ा थी, अंतिम समय में उनकी सेवा न कर पाने का मलाल था और माँ के अकेलेपन का एहसास था, जो उसकी छाती पर बोझ बनकर बैठ गया था।

बेटे की करुणा से उनकी ममता जैसे कृतार्थ हो गई। उसकी पीठ पर हाथ फेरते हुए बोलीं—'माँ-बाप किसी के जिंदगी भर नहीं बैठे रहते। आगे-पीछे उन्हें जाना ही पड़ता है, तुम्हें तो खुश होना चाहिए कि तुम्हारे बाबूजी अपनी सारी जिम्मेदारियाँ पूरी करके गए हैं। मुझे भी उन्होंने मँझधार में नहीं छोड़ा है। पूरी व्यवस्था कर गए

अंतिम संक्षेप

हैं...और मैं ऐसी अकेली भी कहाँ हूँ? हाथ भर की दूरी पर ही तो हो तुम लोग! बस एक फोन पर खटकाने की बात है।'

फिर बहू को समझाया था—'इस तरह सामनेवाले पर एकदम चढ़ नहीं बैठते, बहूरानी। जरा सब्र से काम लेते हैं, एकाएक आदमी घर में दाखिल होता है तो अकेला नहीं होता। सौ तरह की चिंताएँ साथ चली आती हैं, उनका खयाल रखना होता है।'

'ऊँह,' महिमा ने मुँह बिचका दिया, 'पियक्कड़ों को तो बस बहाना चाहिए, मन उदास है, तो गम गलत करने के लिए पीएँगे; जी खुश है तो 'सेलीब्रेट' करने के लिए पीएँगे।'

'तुम तो बात का बतंगड़ बनाए दे रही हो, महिमा! घूँट भर पीने से कोई पियक्कड़ नहीं हो जाता।'

'आप माँ हैं न। बेटे का पक्ष तो लेंगी ही, पर सही-गलत का तो खयाल कीजिए, ऐसे ही संस्कार दिए हैं आपने...तभी तो इन्हें अच्छे-बुरे की तमीज नहीं रह गई है।'

मनीष कहीं सामने होता, तो वे उसका मुँह नोच लेतीं। उसकी जरा सी बेवकूफी ने उनकी सारी तपस्या पर पानी फेर दिया था। बहू के सामने उन्हें नीचा देखना पड़ा! अपने आहत अभिमान को सहलाते हुए वे कसैले स्वर में बोली, 'बच्चे मेरे जैसे भी हैं, मेरे लिए तो लाख टके के हैं, पर तुम यह बताओ कि तुम क्या देखकर रीझी थीं?'

उन्हें लगा था कि उनका प्रश्न महिमा को निरुत्तर कर देगा। पर यह उनकी भूल थी। चुप रहना उसकी फितरत में नहीं था। पलटकर बोली, 'अंधी हो गई थी मैं। आँखों पर पट्टी बँध गई थी उस वक्त।'

'पछता रही हो?'

'यही समझ लीजिए! बच्चों का खयाल न होता तो कब की इस नर्क को छोड़कर चली जाती।'

नर्क!...उनका नंदन-कानन सा यह घर बहू के लिए नर्क बन गया है! अपमान से वे तिलमिला उठीं। समझ गईं कि इस संघर्ष में उन्हें बेटे की ढाल बनना है, नहीं तो बेचारा कहीं का न रहेगा।

☐

तब से उनका घर मनीष के लिए शरणस्थली बन गया है। रणचंडी सी अपनी पत्नी से जब भागने की कोई राह नहीं मिलती तो वह आकर माँ के आँचल में दुबक जाता है। पति-पत्नी का झगड़ा तब गौण हो जाता और सास-बहू में शीतयुद्ध ठन जाता।

इस बार मनीष को देखे हफ्तों बीत गए हैं और उनका जी घबराने लगा है। चीनू, मीनू को भी याद आ रही है, पर एकाएक महिमा के यहाँ जाने का वे साहस नहीं जुटा पातीं। हाँ, उस घर को वे महिमा का घर ही समझती हैं, इसीलिए तो वहाँ जाने के लिए बहाने तलाशती रहती हैं।

यों तो कुसुम पिछले हफ्ते पीहर से लौटी है। मीनू के लिए आम-पापड़ की सौगात भी लाई है, पर उतना सा कारण महिमा के घर जाने के लिए काफी नहीं लगता। कल मिसेज नायर केले के चिप्स और काजू के पैकेट दे गई हैं। उनकी यह पड़ोसन जब भी केरल जाती है, उनकी फरमाइश पर ये चीजें जरूर लाती है। सावित्री से कहकर उन्होंने थोड़ी मठरियाँ भी बनवा लीं। बच्चों के लिए पूरी डलिया भर सामान हो गया, तब जाकर उन्हें संतोष हुआ। अब वे निस्संकोच उस घर की घंटी बजा सकती हैं।

तैयार होते हुए वे याद कर रही थीं कि पिछली बार उस घर कब जाना हुआ था। हाँ, चौदह फरवरी को गई थीं। मनीष की शादी की सालगिरह थी। दिनभर वे फोन के पास बैठी निमंत्रण की राह देखती रहीं। उनके कान दरवाजे पर ही लगे रहे कि शायद दोनों आशीर्वाद लेने ही चले आएँ, पर उन्हें अंततः निराशा ही हाथ लगी। आखिरकार मिठाई और फल-फूल लेकर शाम को वे खुद ही चल पड़ीं।

यहाँ पहुँचकर देखा, उत्सव का कोई माहौल नहीं था। उल्टे घर पर एक सन्नाटा सा तारी था। उन्होंने हँसते हुए कहा, "अरे, आज तुम लोगों को याद भी है कि कौन सी तारीख है?"

"लड़ने से फुरसत मिले तब तो याद रहेगा।" सोफे में धँसी हुई मीनू बुदबुदाई। उसका वाक्य पूरा भी न हुआ था कि महिमा उस पर झपटी। उन्होंने लपककर उसका हाथ पकड़ लिया—"ये क्या कर रही हो? सयानी लड़की पर यों हाथ उठाया जाता है?"

महिमा एकदम फुफकार उठी—"कम-से-कम मेरे बच्चों के सामने तो मुझे जलील मत कीजिए।" और पैर पटकती हुई वह अपने कमरे में चली गई।

◻

वे स्तब्ध रह गईं। क्या इस तरह अपमानित होने के लिए ही वे उतनी दूर से आई हैं! मन तो हुआ कि उल्टे पैरों लौट जाएँ, पर बच्चों के उदास चेहरे देखकर उनके पाँव रुक गए। आँखों में याचना लिये दोनों इनके पास सिमट आए थे, मानो माँ की बेअदबी के लिए क्षमा माँग रहे हों। उनके सिर पर हाथ फेरते हुए, फिर वे बच्चों के ही कमरे में जाकर बैठ गईं। थोड़ी देर बाद वातावरण जरा हल्का हो गया,

अंतिम संक्षेप

तो मीनू ने उन्हें वह पेंटिंग दिखाई, जो उसने मम्मी-पापा के लिए बनाई थी। चीनू भी बड़ा प्यारा सा कार्ड लाया था। सुबह चाय की मेज पर ही सरप्राइज देने का विचार था, पर झगड़ा शायद उससे भी पहले शुरू हो गया था। पापा सुबह से ही गायब हैं। खाने पर भी नहीं आए।

"झगड़ा किस बात पर हुआ था?"

"क्या पता। और आजकल कारण की तो शायद जरूरत ही नहीं पड़ती। दोनों सामने पड़ते ही शुरू हो जाते हैं।" मीनू ने बताया।

"सच दादी, हम लोग तो इतने बोर हो जाते हैं कि क्या बताएँ! दोस्तों के सामने इतनी शरम आती है कि बस!" चीनू भुनभुना रहा था—"सच कहता हूँ, मैं किसी दिन घर छोड़कर भाग जाऊँगा।"

"धत पगले! ऐसी बात नहीं करते," उन्होंने उसे पुचकारते हुए कहा, पर वे सचमुच डर गई थीं। इस कच्ची उम्र का कोई भरोसा है? आवेश में बच्चे कुछ भी कर सकते हैं, पर इनके माँ-बाप को अक्ल आए, तब न।

बच्चों को समझा-बुझाकर चलने को हुई तो महिमा ने आकर रास्ता रोक लिया—"नहीं मम्मीजी, आप इस तरह चली जाएँगी तो मैं समझूँगी नाराज होकर जा रही हैं।"

यह खूब रही! पहले तो बदतमीजी करो और फिर आकर लाड़ जताओ।

तब तक चीनू रिक्शा ले आया था, पर महिमा ने उसे लौटाते हुए ऐलान कर दिया—"दादी खाना खाकर जाएँगी।"

वे चाहतीं तो जिद कर सकती थीं, पर बहू के आँसू धुले चेहरे को देखकर ममता हो आई। माँ की मनुहार भरी मुद्रा देखकर बच्चों के चेहरे भी खिल उठे थे। बेचारे दिन भर घर में मुँह लटकाए बैठे थे। घर का माहौल बदलते ही खुशी-खुशी संगी-साथियों से मिलने चले गए। घर सूना हो गया।

उस एकांत का लाभ उठाते हुए वे बोलीं, "महिमा! मैं यहाँ खाना खाने नहीं आई थी, मैं तो तुम लोगों की खुशी में शरीक होने आई थी, पर…"

"यहाँ आकर पता चला कि खुशी नामक चीज ही इस घर से गायब है," महिमा ने उनका वाक्य पूरा किया, "और अब आप इसके लिए भी मुझे ही दोषी ठहराएँगी। ठीक है न।"

उन्होंने कोई जवाब नहीं दिया और चुपचाप मटर की फलियाँ छीलने बैठ गईं। वे व्यर्थ के विवाद से बचना चाहती हैं। इस उम्र में ये तनाव उनसे झेले नहीं जाते। पर महिमा तो कमर कसकर बैठी थी शायद। इसीलिए मम्मीजी को मनुहार करके

खाने के लिए रोक लिया था।

"मम्मीजी," वह शुरू हो गई थी—"पानी अब सचमुच सिर से ऊपर होता जा रहा है। मेरी सहनशीलता की सारी सीमाएँ समाप्त होती जा रही हैं।"

"इस तरह हिम्मत नहीं हारते, महिमा। औरत को तो सहना ही पड़ता है। उसकी सहनशक्ति के बल पर ही तो गृहस्थी की इमारत खड़ी होती है। वह तो नींव है घर की।"

"क्यों? घर क्या अकेली औरत का होता है? जो कुछ सहना है, झेलना है वह क्या सिर्फ उसी के मत्थे आएगा? पुरुष की कोई जिम्मेदारी नहीं है?"

"मैं तुमसे बहस में जीत नहीं सकती महिमा, क्योंकि मेरे पास डिग्रियाँ नहीं हैं, सिर्फ अनुभव है, उसी के आधार पर कह सकती हूँ कि तुमने अभी सहा ही क्या है। अपने बाबूजी को तो तुमने ढलती उम्र में ही देखा है। तुम नहीं जानती कि अपने जमाने में वे क्या हुआ करते थे। घर में पाँव देते थे तो सन्नाटा सा खिंच जाता था। बच्चे, नौकर-चाकर कोई उनके सामने नहीं पड़ता था। पहले उनके तेवर का अंदाजा लगाया जाता था, उसके बाद ही कोई बात होती थी। लेकिन ऐसे आदमी के साथ भी निभा ले गई मैं। पूरे चालीस साल तक डटी रही। अगर घर में रोज महाभारत मचता, तो क्या हासिल होता? बच्चे क्या किसी लायक बन पाते? उल्टे घर से भाग लेते।"

☐

ये घर छोड़नेवाली बात वे अनायास ही कह गई थीं—शायद चीनू की बात मन में घर कर गई हो।

"बाबूजी पुलिसवाले थे न," महिमा ने उसाँस भरकर कहा—"रोब-दाब तो उनका होना ही था। पीते-पिलाते भी रहे होंगे, पर कम-से-कम दूसरी औरतों का चक्कर तो न था।"

"बहुत सारी न सही, पर एक औरत तो उनकी जिंदगी में भी आई थी।"

"क्या कह रही हैं?"

"सच ही कह रही हूँ।"

"और कितनी शांति से, कितने इत्मीनान से कह रही हैं।"

"तो क्या हाय-तोबा मचाऊँ? वह तो उस वक्त भी नहीं मचाई थी। अब बासी कढ़ी को उबाल क्यों दूँ? और सच पूछो तो बवाल मचाने जैसा कुछ था भी नहीं। एक बात थी, जो उठने से पहले ही दब गई। इनकी बुआ की ननद थी। एक तो उस रिश्ते से शादी संभव नहीं थी, तिस पर वह बालविधवा भी थी। उस जमाने में तो ऐसे ब्याह को कोई सोच भी नहीं सकता था। इसी बात पर पढ़ाई-लिखाई छोड़कर वे

अंतिम संक्षेप

पुलिस में भरती हो गए थे। पीने की लत भी शायद तभी पाल ली थी।"

"आपको बुरा नहीं लगता था?"

"क्यों नहीं, पर मैंने उस बात को प्रारब्ध का लेख समझकर स्वीकार कर लिया था। एक बार अगर भाग्य के लिखे से समझौता कर लो, तो सहने में आसानी हो जाती है।"

"वाह, क्या जीवन-दर्शन है? क्या फिलोसफी है?"

जब तक वे यह समझ पातीं कि महिमा उनकी प्रशंसा कर रही है या उपहास, उसका स्वर आक्रामक हो उठा—"आप सोच रही होंगी कि आपने बड़ा भारी त्याग किया है, एक आदर्श स्थापित किया है, पर शायद आप नहीं जानतीं कि आपने अपने साथ तो छल किया ही है, अपने बच्चों के साथ भी अन्याय किया है।"

"क्या बात करती हो? उल्टे मैंने तो बच्चों का मुँह देखकर ही यह जहर का घूँट पिया था।"

"यही तो मैं कह रही हूँ। क्यों पिया था यह जहर? बच्चों के सामने अपनी सहनशीलता की गलत मिसाल कायम करने की क्या जरूरत थी? अब आपके बच्चे अपनी बीवियों से भी उस दरियादिली की अपेक्षा रखते हैं। वे भी चाहते हैं कि उनकी सारी कारगुजारी आँख मूँदकर स्वीकार कर लूँ और आवाज भी न उठाऊँ। यह नहीं होगा, मैं कहे देती हूँ।"

"महिमा!" उन्होंने शांत स्वर में कहा, "मेरी पीढ़ी का जो धर्म था, मैंने निभाया। वह धर्म तुम्हारा नहीं हो सकता, मुझे मालूम है। हम दोनों की सोच में पूरे बत्तीस साल का अंतर है। इसीलिए कहती हूँ कि तुम अपने युग की मान्यताओं पर चलो। पर बीती बातों को लेकर बहस करने बैठ जाओगी तो बड़ी मुश्किल होगी।"

◻

बच्चे बाहर से लौट आए थे और उस दिन यह बात वहीं पर रुक गई थी। बाद में घर लौटकर यह बात उनके मन में कौंधी कि महिमा ने यह औरतों वाली बात क्यों उठाई थी! उसके बाद मनीष एकाध बार घर भी आया था। एक बार दोनों साथ आए थे, पर इतने खुश नजर आ रहे थे कि बेवजह यह बात उठाने का मन ही नहीं हुआ।

मनीष शुरू से ही हँसोड़ और खिलंदड़ किस्म का लड़का रहा है। उस घर का माहौल तो पता नहीं कैसा हो गया है, पर इस घर में सारी रौनक मनीष के दम से ही हुआ करती थी। बाहर भी उसके चाहनेवालों की कमी नहीं थी। जहाँ खड़ा होता था, अपने इर्द-गिर्द भीड़ जुटा ही लेता था। अपने हँसमुख और सुदर्शन व्यक्तित्व के कारण लड़कियों को भी वह आकर्षित किए रहता था। अंजू-मंजू की सहेलियों का

तो वह चहेता 'भैया' हुआ करता था।

अपने बेटे की लोकप्रियता पर जितना उन्हें नाज था, उतनी ही महिमा को चिढ़ थी। पति की मंडली उसे फूटी आँखों नहीं सुहाती थी। आभिजात्य की उसकी कल्पनाएँ बहुत अलग थीं। वह मनीष को उनमें फिट करना चाहती थी और सारे झगड़े वहीं से शुरू होते थे।

मनीष धीरे-धीरे घर से छिटकता जा रहा है, यह वे भी अनुभव कर रही थीं। पर बाहर क्या कोई तार सचमुच जुड़ गया है या यह भी महिमा का एक वहम ही है?

महिमा के यहाँ जब भी जाने का मन हुआ, इसी असमंजस ने उनका रास्ता रोक लिया, किसी भी अप्रिय विवाद से ये हमेशा बचना चाहती हैं और महिमा है कि बहस के लिए जैसे तैयार खड़ी रहती है।

उस दिन भी फिर जाना नहीं हो सका। फल-फूल की डलिया वहीं पैसेज में रैक पर पड़ी रही।

तीसरे दिन सुबह-सुबह घंटी बजी। दरवाजा खोलकर देखा तो मीनू थी। उन्होंने लपककर उसे अंग में भर लिया—"चलो, अपनी बूढ़ी दादी की तुम्हें याद तो आई। मैं दो दिन से पोटली बाँधकर बैठी हूँ, पर निकलना ही नहीं हो पाया, लेकिन कहते हैं न कि दिल को दिल से राह होती है।"

उनकी बात पूरी होने से पहले ही मीनू छिटककर सोफे पर जा बैठी और गंभीर स्वर में बोली, "दादी! घर से किसी का फोन आए तो बताना मत कि मैं यहाँ हूँ।"

"क्या मतलब?"

"उस दिन आपने चीनू से कहा था कि अगर कभी भागने का मन हो तो सीधे मेरे यहाँ चले आना, मैं छुपा लूँगी।"

"तो तुम भागकर आई हो?"

"जी।"

"क्या फिर कोई झगड़ा हुआ है?"

"हुआ तो नहीं है, पर होगा जरूर। पापा टूर पर दिल्ली गए हुए हैं। आज ही लौटने वाले हैं। मम्मी को पता चला है कि मोनिका आंटी भी उनके साथ गई हैं, बस शाम से ही भरी बैठी हैं, पापा के आने भर की देर है, फिर देखिए, आज कैसा धमाका होता है! उफ दादी, यह सब हमारे ही घर में क्यों होता है?"

"ये मोनिका आंटी कौन है?"

"पापा की कलीग हैं—मिसेज भटनागर!"

"हो सकता है, वे भी दफ्तर के काम से गई हों?"

"हो क्यों नहीं सकता! पर मम्मी की कल्पना तो पंख लगाकर उड़ती है न! हवा देनेवाले भी तो कम नहीं हैं। दफ्तर के ही किसी शुभचिंतक ने उन्हें फोन किया था।"

छीह-छीह, मनीष यह क्या कर रहा है! वे तो जैसे शरम से गड़ ही गईं। आज इतनी सी लड़की के सामने वे किस कदर अपराधी अनुभव कर रही हैं। पर उस इतनी सी लड़की का अगला वाक्य सुनकर तो वे विस्मित ही रह गईं। वह कह रही थी—"अगर मम्मी की आशंका सच भी है तो उपाय क्या है! यह आफत तो उनकी खुद बुलाई है। अगर घर में रात-दिन चखचख मची रहे तो आदमी बाहर स्नेह और सहानुभूति खोजता ही है। उसमें आश्चर्य क्या है? और गलत भी क्या है?"

□

वे मीनू को देखती रह गईं। बित्ते भर की लड़की इतना सब सोच लेती है! ऐसा तो नहीं कि घर के वातावरण ने उसे असमय ही प्रौढ़ बना दिया है? उन्हें महिमा पर गुस्सा आने लगा। अपनी हठधर्मी के कारण उसने बच्चों से उनका बचपन भी छीन लिया है।

शाम तक प्रतीक्षा करती रहीं, पर किसी ने मीनू की खोज-खबर नहीं ली। यूनिफॉर्म पहनकर घर से निकली थी तो दो बजे तक किसी को चिंता भी नहीं होगी। महिमा खुद पाँच के बाद ही घर पहुँचती है। पर उसके बाद? वे पल-पल बेचैन होने लगीं। फिर उनसे रहा नहीं गया। ताव खाकर खुद ही चल दीं। सोच लिया कि दोनों को आज चल-कर डाँट पिलानी हैं—अगर तुम लोग बच्चों को एक शांत और स्नेह भरा घर नहीं दे सकते तो और क्या दोगे? रोटी-कपड़े पर तो अनाथ बच्चे भी पल जाते हैं, पर माँ-बाप से तो कुछ उम्मीदें होती हैं।

चीनू मुँह लटकाए दरवाजे पर ही खड़ा था। वे कुछ कहतीं, इससे पहले ही वह बोल पड़ा—"दादी, दीदी आज सुबह से ही गायब है।"

"क्या मतलब? स्कूल में फोन किया था?"

"नहीं। पड़ोस की वासंती बता रही थी कि वह आज स्कूल गई ही नहीं!"

"सहेलियों के यहाँ देखा?"

"एक-दो के यहाँ देखा था, फिर मम्मी ने ही मना कर दिया।"

"चीनू।" भीतर से कड़कती आवाज आई, "दादी भीतर नहीं आएँगी क्या, जो दरवाजे पर ही सारी रामायण सुना रहा है?"

उन्होंने भीतर आते हुए कहा, "बहू! (भावुक होती हैं दो उनके मुँह से बहू ही

निकलता है) ये चीनू क्या कह रहा है?''

''जो भी कह रहा है, आपने सुन तो लिया।''

''और तुम हाथ पर हाथ धरे बैठी हो? गजब की माँ हो!''

''हाथ पर हाथ धरे कोई नहीं बैठा है, मम्मीजी! सिर्फ चीनू को रोक दिया था। वह तो पूरे शहर में मुनादी करवा देता। मैंने भैया को फोन कर दिया है, आते ही होंगे। हो सकता है मीनू भी वहीं हो।''

''फोन तो मुझे भी किया जा सकता था?''

''जान-बूझकर नहीं किया। एक तो मैं वैसे ही परेशान हूँ, उस पर आपका प्रवचन सुनने की ताकत नहीं थी मुझमें—कम-से-कम आज।''

वे स्तब्ध रह गईं, ''तो मैं प्रवचन देती हूँ?''

''और क्या कहूँ, मम्मीजी! उपदेश देने का एक भी मौका छोड़ती हैं आप! आप खुद सोचकर देखिए, मेरे घर में जरा खटपट हुई नहीं कि आप शुरू हो जाती हैं—आपने कैसे गृहस्थी चलाई है, कैसे पति की सेवा की है, कैसे बच्चे पाले हैं, कैसे संस्कार दिए हैं, कहती नहीं थकी होंगी आप, पर मेरे सुन-सुनकर कान पक गए हैं।''

पलभर को वे चुप रह गईं। मन हुआ, दो घड़ी सुस्ताकर आत्म-निरीक्षण कर लें। क्या सचसुच वे बात-बेबात पर भाषण देने लगती हैं? क्या यह उनकी अनधिकार चेष्टा है? क्या उनकी अनुभव-सिद्ध बातें महिमा को इतनी कड़वी लगती हैं कि उसकी भाषा शिष्टाचार की सारी सीमा लाँघ जाती? इसका तो यह मतलब हुआ कि अपने बच्चों को, उनकी गृहस्थी को बरबाद होते देखते रहो, पर मुँह से कुछ न कहो।

''महिमा,'' उन्होंने बड़ी देर बाद कसैले स्वर में कहा, ''कहने वाली बात होती है, तभी कुछ कहती हूँ मैं। अगर तुम्हें बुरा लगता है तो आगे से चुप रहा करूँगी। मैं जानती हूँ, बच्चों के मामले में तुम मुझसे ज्यादा समझदार हो। मैंने बच्चों को जैसे भी पाला हो, जैसे भी संस्कार दिए हों, पर एक बात जरूर कहूँगी—घर छोड़कर कभी कोई नहीं भागा था। तुम्हारी लड़की अगर घर से भागी है तो सिर्फ तुम्हारी वजह से! यह तो गनीमत समझो कि वह सीधे मेरे पास ही पहुँची थी। कहीं और भी तो जा सकती थी।''

''तो मीनू आपके यहाँ हैं?'' महिमा ने लाख कोशिश की, पर अपनी राहत का एहसास वह छिपा नहीं सकी। दूसरे क्षण उसके चेहरे ने फिर उदासीनता ओढ़ ली और वह सपाट स्वर में बोली, ''मुझे लगा था, नानी के यहाँ ही गई होगी।''

अंतिम संक्षेप

"अच्छा ही हुआ न! इस मन:स्थिति में ननिहाल जाती तो वहाँ भी सब उगल देती। बच्चों को इतना विवेक कहाँ होता है महिमा! तुम्हारे बच्चे अभी इतने बड़े नहीं हुए हैं कि उनके सामने जिंदगी की…"

"मम्मीजी! आप एक बार अच्छी तरह तय कर लीजिए। कभी आप कहती हैं कि बच्चे बड़े हो रहे हैं, कभी कहती हैं कि अभी इतने बड़े नहीं हुए। वैसे सौ बातों की एक बात यह है कि जिंदगी की सच्चाई जानने का हक सबको है। उम्र से इसमें कोई फर्क नहीं पड़ता है।"

"इसीलिए तुम बच्चों को सबकुछ बताए दे रही हो?"

"जी हाँ, ताकि उन्हें सही-गलत की पहचान हो सके।"

"यह पहचान तो उन्हें उम्र के साथ ही होगी, पर इस समय तो उन्हें तुमसे सिर्फ वितृष्णा हो रही है। हमेशा ही होता है महिमा, माँ-बाप जब दो खेमों में बँट जाते हैं तो बच्चे किसी एक का पक्ष ले लेते हैं। और यह पक्ष वही होता है, जो चुप रहता है। वह सारी सहानुभूति बटोर लेता है। तुम कहोगी, मैं फिर शुरू हो गई, पर क्या करूँ, इस लड़ाई में तुम इतनी अकेली पड़ गई हो कि कहे बिना रहा भी नहीं जाता।"

आश्चर्य! इस बार महिमा ने कोई जवाब नहीं दिया। लगा कि इस व्यर्थ की बहसबाजी से वह थक गई है। मजे की बात तो यह थी कि बहस के असली मुद्दे से दोनों ही कतरा रही थीं। मीनू का तो बहाना भर था—वे तो यहाँ मनीष की खोज में आई थीं, पर जब महिमा ने उसका जिक्र तक नहीं किया, तो वे भी चुप लगा गईं। अपना आना उन्हें एकाएक अप्रासंगिक लगने लगा। अत: उठते हुए बोलीं—"मैं अब चलूँगी। लड़की घर में अकेली है। मैं तो इसलिए आई थी कि तुम्हें खबर भी दे दूँ और उसके कपड़े भी लेती चलूँ। दो-चार दिन अपने ही पास रखूँगी।"

महिमा ने कोई प्रतिवाद नहीं किया। चीनू जब तक रिक्शा लाता, वह मीनू का बैग भर चुकी थीं।

☐

लौटते हुए उनकी आँखों के सामने महिमा का बुझा-बुझा सा चेहरा घूमता रहा। इतना हताश और उदास उसे पहले कभी नहीं देखा था। उसने मनीष का नाम नहीं लिया तो क्या हुआ, वे जानती हैं कि वह मन-ही-मन उफन रही होगी। उसके रोष की आँच ने तो आज उन्हें भी नहीं बख्शा था।

और रोष आना स्वाभाविक ही था। उन्हें याद है, जब पहली बार उन्हें उमा के बारे में मालूम हुआ था तो वे कितना रोई थीं। बच्चे अगर गोद में न होते तो वे कुएँ

में छलाँग ही लगा देतीं। अपनी सोने सी घर-गृहस्थी पलभर में उनके लिए मिट्टी हो गई थी। सतीश और अंजू को उठाकर वे सीधे अजमेर अपने पीहर पहुँच गई थीं।

महीना भर खूब आनंद में, भरपूर लाड़-प्यार में बीता। फिर लगा कि धीरे-धीरे भाभियों के तेवर बदलने लगे हैं। ननद के पास बैठकर हँसी-ठिठोली करना, उसकी पसंद की चीजें बनाना, बच्चों के लिए खेल-खिलौने लाना—ये बातें धीरे-धीरे कम होने लगीं। कहाँ तो वे उसे पानी का गिलास नहीं उठाने देती थीं, अब कई बार शाम को पूरा चौका उसके भरोसे छोड़, पति के साथ घूमने निकल जातीं। सिनेमा जाते ननद को साथ ले जाना भी उन्हें नागवार गुजरता। भाइयों के स्नेह के उत्ताप में भी कुछ कमी आने लगी। माँ की आँखें भी जैसे कुछ पूछती सी लगतीं।

तीन महीने बीतते-बीतते उनका मन भर गया और वे चुपचाप घर लौट आईं। अच्छा ही हुआ, जो जाते समय कोई तमाशा करके नहीं गई थीं, नहीं तो लौटने का रास्ता भी नहीं रह जाता। गृहस्थी की गाड़ी पुन: ऐसे चल पड़ी मानो बीच में कोई व्यवधान ही न आया हो। फिर मनीष और मंजू भी आ गए—अपने घर-परिवार में वे पूरी तरह रह-बस गईं।

लेकिन फिर भी जब कभी बाबूजी किसी काम से कानपुर की ओर निकल जाते, उनकी रातों की नींद गायब हो जाती। दिल पर जैसे साँप लोटने लगते। अपनी यह कमजोरी वे महिमा के सामने कभी स्वीकार नहीं करेंगी, क्योंकि वे उसके सामने छोटी नहीं पड़ना चाहतीं। वे जानती हैं कि महिमा उनकी तरह ढुलमुल नहीं रहती। जिस दिन पानी सिर से ऊपर निकल जाएगा, छिटककर दूर खड़ी हो जाएगी। उसके पास सिर्फ संकल्पों का बल ही नहीं है, साधन भी हैं। वे भी अगर महिमा की तरह सक्षम होतीं, तो शायद आज चित्र कुछ दूसरा होता। पर वे शहीदाना भाव लिये अपना दांपत्य निभाती रहीं, क्योंकि पति को जीतने का यही एक नुस्सा उनके पास था। इसी समर्पण भाव के कारण बाबूजी जीवन के अंतिम क्षणों तक आश्रित बने रहे।

खैर, वह तो एक अधूरी प्रेमकथा थी, एक भूली-बिसरी प्रणयगाथा, जिसे उनकी कल्पना ने ही हवा देकर बड़ा बना दिया था। अगर किन्हीं तरल क्षणों में बाबूजी यह आत्मनिवेदन न करते तो शायद उन्हें पता भी नहीं चलता।

पर यह मनीष? लगता है, यह तो सचमुच रास रचा रहा है। अगर ये मिसेज भटनागर वाली बात सच है तो मनीष के घर को अब भगवान् भी नहीं बचा सकते! क्योंकि एक बात तो तय है कि महिमा अन्याय कभी बरदाश्त नहीं करेगी···और हर बार उसे ही कठघरे में तो खड़ा नहीं किया जा सकता।" घर लौटकर देखा, ड्राइंगरूम में एक सूटकेस पड़ा है।

अंतिम संक्षेप

"कौन आया है?" उन्होंने पूछा।

"पापा हैं।" मीनू ने बताया।

"पापा! अब इस वक्त कौन सी गाड़ी है?"

"दोपहर को ही आ गए थे। शायद सीधे दफ्तर चले गए।"

और फिर दफ्तर से घर जाने की हिम्मत नहीं पड़ी होगी। महिमा ठीक ही तो कहती है। बिगड़ैल बच्चे की तरह पहले तो शैतानी करता है, माँ के आँचल में मुँह छिपाने चला आता है। कब तक चलेगा यह सब? कब तक वे उसकी ढाल बनी रहेंगी? उसकी पैरवी करती रहेंगी? बेटे के साथ-साथ उनका विवेक भी खो गया है?

"पापा कहाँ हैं तेरे?"

"फ्रेश हो रहे हैं।"

वे सोफे पर बैठकर उसकी प्रतीक्षा करती रहीं। नहाकर निकला मनीष तो अपने उसी बेलौस अंदाज में बोला, "हाई मॉम! आप इतनी रात को कहाँ चली गई थीं?"

"प्रताप के पास गई थी।" इतनी देर में उन्होंने जवाब सोच लिया था।

"प्रताप के पास?...क्यों?"

"एक तो रिजर्वेशन करवाना था, दूसरे वह बहुत दिनों से कह रहा था कि एक ऑफिस की जरूरत है। मैंने कहा, यहाँ आ जाओ, अगले दो कमरे तुम्हें दे दूँगी। मेरे जाने के बाद कम-से-कम घर में बस्ती तो रहेगी। अगर दूसरा कोई किराएदार रखूँगी और वह घुसकर बैठ गया तो मुसीबत होगी।"

"पर आप जा कहाँ रही हैं?"

"अभी तो अंजू के पास जा रही हूँ। वहाँ से मुंबई मंजू के पास चली जाऊँगी। सोचती हूँ, अमरीका जाने से पहले दोनों लड़कियों के पास एक-एक महीना रह लूँ। वहाँ से डॉक्टर साहब टिकट वगैरह का भी इंतजाम कर देंगे।"

"तुम अमरीका जा रही हो?... क्यों?"

"क्यों न जाऊँ?...मेरा एक बेटा वहाँ भी तो बैठा है। बेचारा कब से बुला रहा है। अभी मेरे हाथ-पाँव साबुत हैं, आँखें भी काम दे रही हैं। अभी जाऊँगी तो कुछ घूम-फिर लूँगी, देख-सुन लूँगी, बाद में तो जैसे यहाँ, वैसे वहाँ।"

मनीष का चेहरा लटक गया। बड़ी देर बाद धीरे से बोला, "जाने का सोचा है, यह तो बड़ी अच्छी बात है, भैया का मन रह जाएगा। पर यहाँ प्रताप को बिठाने की क्या जरूरत है? एक बार जम गया तो उसकी नीयत भी बदल सकती है। संबंधों में दरार पड़ जाएगी।"

"तो तुम आ जाओ," उन्होंने छूटते ही कहा तो मनीष एकदम चौंक पड़ा, पता नहीं क्यों, उनके अवचेतन में यह बात घर कर गई थी कि लड़का बेघर हो गया है। इसलिए बहक गया है। अपनी चारदीवारी में आ जाएगा तो उसका मन स्थिर हो जाएगा।

उसी समय सुखलाल चाय लेकर आया। वे जब घर लौटी थीं तो उन्हें भी चाय की जरूरत महसूस हुई थी। पर मनीष का सूटकेस देखते ही वे सबकुछ भूल-भाल गई थीं। पर सुखलाल तो भैयाजी की आदत जानता है। उनके नहाकर निकलते ही वह चाय ले आया। भीतर जाते हुए वह सूटकेस लेकर चलने लगा तो मम्मीजी ने रोक दिया—"सूटकेस यहीं रहने दो सुखलाल, भैया अभी वापस जाएँगे।"

मनीष और मीनू दोनों ने चकित हो उनको देखा, पर वे उस विस्मित दृष्टि को अनदेखा कर बोलीं, "और देखो, खाना जरा जल्दी ही बना लेना। सफर का थका हुआ है मनीष। जल्दी घर जाकर आराम करेगा।"

"जी, बस अभी बना जाता है।"

"ममा," सुखलाल के जाते ही मनीष ने कहा, "मैं सचमुच ही बहुत थका हुआ हूँ और आज की रात शांति से सोना चाहता हूँ।"

"तो?"

"मैं घर नहीं जाऊँगा।"

"अच्छा! और वह जो सुबह से वहाँ परेशान हो रही है, उसे शांति की जरूरत नहीं है? तुममें तो इतनी भी कर्टसी नहीं है कि आने के बाद उसे फोन ही कर देते?"

"आप, आप क्या वहाँ गई थीं?"

"जाना ही पड़ा। तुम्हारी यह सुकन्या जो सुबह से यहाँ आई हुई है। महारानी बिना कुछ कहे-सुने चली आईं। यह भी न सोचा कि पीछे कोई कितना परेशान होता होगा। वाह, बहुत अच्छे संस्कार दे रहे हो! बिल्कुल तुम्हारी तरह गैर-जिम्मेदार होती जा रही है।

"अरे, तुम लोगों ने इस घर को समझ क्या रखा है? बस मुँह उठाया और चले आए? घर न हुआ जैसे चोरों के छिपने का ठिकाना हो गया! इसीलिए जा रही हूँ मैं। मैं नहीं रहूँगी तो अपने आप एडजस्ट करना सीख जाओगे।"

"तुम नहीं जानती ममा, सबकुछ कितना मुश्किल होता जा रहा है—इट इज सिंपली इंपॉसिबल!"

"तो खत्म कर डालो यह किस्सा हमेशा के लिए, जान तो छूटे!"

"यह क्या कह रही हो ममा तुम?"

"क्यों, इसमें गलत क्या है? जिस रिश्ते में जान ही बाकी न हो, उसे ढोते रहने में क्या तुक है? अच्छा हुआ जो तुम्हारी अपनी पसंद की शादी थी, नहीं तो जिंदगी भर हमें ही कोसते। खैर, वह तो बहादुर लड़की है, अकेले भी निभा ले जाएगी। बच्चों को भी पाल लेगी। पर तुम अपनी सोचो। क्या एक दिन भी अकेले रह पाओगे?"

☐

उनका मन तो हो रहा था कि पूछ लें—क्या वह मिसेज भटनागर तुम्हारे लिए अपना घर-बार छोड़ देगी? पर अपने ही बेटे से इस तरह की चर्चा करना उन्हें अशोभन लगा।

मृदुल स्वर में बोलीं, "बेटे, मैं हमेशा तो रहूँगी नहीं। कभी-न-कभी अपने निर्णय तुम्हें ही लेने होंगे। जितनी जल्दी इसकी आदत डाल लो, अच्छा है।"

खाने की मेज पर ऐसा सन्नाटा कभी नहीं रहा। बेचारा सुखलाल बड़ा दुखी हुआ। मालकिन अकेली रहती तो उसे खाना बनाने में कोई रस नहीं आता, पर जब भैयाजी या बच्चे आते हैं, वह अपना सारा पाक-कौशल उड़ेल देता है। पर आज उसे दाद नहीं मिली। मनीष तो बस थाल जुठार कर ही उठ गया था। मीनू भी जितनी देर बैठी, मुँह फुलाए बैठी, पर उन्होंने कोई इसरार नहीं किया, जरा भी मनुहार नहीं की। खाने-पीने के लाड़ बहुत हो चुके।

जब तक भोजन समाप्त हुआ, सुखलाल रिक्शा लेकर आ गया। वैसा आदेश पहले ही दिया जा चुका था। गाड़ी में बैठते हुए मनीष का चेहरा ऐसा लग रहा था मानो किसी जिद्दी बच्चे को जबरदस्ती स्कूल भेजा जा रहा हो, लेकिन इस बार उनका मन नहीं पसीजा। हाँ, मीनू एकदम पापा की परछाईं सी साथ जाने के लिए तैयार हो गई, पर उन्होंने सख्ती से मना कर दिया। गुस्से में पैर पटकती वह ऊपर कमरे में चली गई और भड़ाक से दरवाजा बंद कर लिया।

"जाते ही चीनू को भेज देना," विदा के रूप में उन्होंने बस इतना ही कहा। टैक्सी आँखों से ओझल होते ही वे भीतर आईं। घर एकदम खामोश था। इसी एकांत की तो उन्हें प्रतीक्षा थी। उन्होंने तुरंत नंबर घुमाया—"महिमा, तुम्हारा भगोड़ा कैदी मैं वापस भेज रही हूँ। जो सजा देना चाहो, दे देना। मैंने अपने दरवाजे बंद कर लिये हैं, चाहो तो तुम भी कर लेना। मैं कुछ नहीं कहूँगी।

"एक बात और। और यह आखिरी बात है, महिमा, पति ताले में कैद करके रखने की चीज नहीं है। उसे तो मन की डोर से बाँधना पड़ता है। वह चाहे कहीं भी भटकता रहे, बसेरे के लिए अपने ठिकाने पर ही लौट कर आता है।"

☐

शापित शैशव

दरवाजे की घंटी इतनी जोर से बजी कि क्षण भर को हम सभी सहम गए। मैं समझ गई कि पारुल आई है और खूब भरी हुई आई है। दरवाजा खुलते ही वह घर में दाखिल हुई, पर रोज की तरह दनदनाती हुई अपने कमरे में गुम नहीं हुई। रसोई के दरवाजे पर खड़े होकर उसने तीखी आवाज में पूछा, ''आपने नीलम के यहाँ फोन किया था?''

''हाँ, किया था।''

''और सोनल के यहाँ भी?''

मैंने स्वीकारोक्ति में सिर हिला दिया।

''क्यों?''

अब इस 'क्यों' का कोई क्या जवाब दे!

''इस तरह शहर भर में मुनादी करवाने की क्या जरूरत थी?''

अब इस सिरफिरी लड़की को कोई कैसे समझाए कि लड़की रात के दस-ग्यारह बजे तक घर नहीं लौटती तो घबराहट होती ही है। फिर उसकी मेज पर यहाँ-वहाँ लिखे नंबरों को घुमाना भी पड़ता है।

''दरअसल तुम्हारे पापा यहाँ...''

''उससे कोई फर्क नहीं पड़ता,'' उसने कड़कती आवाज में कहा, ''पापा घर पर रहें या न रहें, मेरे लिए शहर भर के फोन खड़खड़ाने की कोई जरूरत नहीं है। यू हैव नो राइट ऐंड आइ हेट इट...आइंदा खयाल रखें।'' उसने निर्णायक स्वर में कहा और पैर पटकती हुई अपने कमरे में गुम हो गई। गुस्से से, अपमान से मेरा पूरा शरीर काँप रहा था, पर मैंने बड़ी मुश्किल से अपने को जब्त किया। मुझे मालूम था कि लछमी, रामधन बड़ी उत्सुकता से यह सारा प्रसंग देख रहे हैं। उत्तेजना से उनकी आँखें जैसे फटी जा रही हैं। वे शायद रात से ही घात लगाए बैठे

थे कि अब कुछ अभूतपूर्व होकर रहेगा। एक तो सौतेली माँ का ठप्पा और दूसरे बिटिया का ऐसा घनघोर अपराध!

पर मैंने उन्हें निराश ही किया। मैं तो अपनी कोई भी प्रतिक्रिया व्यक्त नहीं करना चाहती थी, पर एकदम चुप्पी लगा जाना भी शायद मेरे हक में अच्छा न होता। वे लोग इसे कमजोरी ही समझते। इसलिए बेजारी की मुद्रा बनाकर मैंने कहा, ''घर में कोई बड़ा-बूढ़ा न रहे तो ऐसा ही होता है। बच्चों को न बोलने की तमीज आती है और न रहने का ढंग!''

''अरे बड़ी-बूढ़ी थीं तो उनकी कौन सुनवाई होती।'' रामधन बोला, ''अम्माँजी बेचारी खुद डरी-डरी सी रहतीं। आया ने मार लड़ियाकर मूँड़ पे बिठा लिया था। कुछ कसर थी तो बोरडिंग में पूरी हो गई।''

''चलो, तुम सब्जी छौंको। और कुछ नाश्ता-पानी चाहिए हो तो पूछ लो। इन बातों का तो कोई अंत ही नहीं है।'' मैंने सभा का समापन करते हुए कहा और अपने कमरे में चली आई।

सारा दिन मेरी आँखों के सामने उसका वह तमतमाया चेहरा घूमता रहा। कैसा तो सुंदर रूप पाया है, पर गुस्से में कितना विकृत हो जाता है! इस लड़की से कैसे पार पाया जाएगा?···एक सुव्यवस्थित भविष्य के लालच में मैंने यह कैसा अनचाहा बोझ उठा लिया?···नहीं, अनचाहा कहना तो गलत होगा। उस समय तो कितनी ललक थी, कितना उत्साह था, पर अब?···

डॉक्टर कुमार ने कोई बात नहीं छिपाई थी। पहले से आगाह कर दिया था ···'रजनीजी, मेरे घर में आपको कोई कष्ट नहीं होगा, कोई असुविधा नहीं होगी, इसका मुझे विश्वास है। ईश्वर की कृपा से सुख-सुविधा का सारा सामान घर में मौजूद है। पर हाँ, घर में मेरी एक बिटिया भी है, जो अपने में एक समस्या है। बोलती है तो पत्थर सा मारती है। अब तक तो हॉस्टल में थी, इसलिए आचार-व्यवहार का कोई ढंग मैं उसे सिखा नहीं पाया हूँ। हाईस्कूल करने के बाद अब मैं उसे घर पर ले आया हूँ। सोचा था, कल को उसे शादी करके फिर दूर जाना ही है। कुछ दिन तो बाप के पास रहे, कुछ तो मन के तार जुड़ें···

'पर बड़ा मुश्किल लग रहा है, बल्कि अब तो मैं इस चिंता में घुल रहा हूँ कि इस उजड्ड को ब्याहेगा कौन? अगर कोई माई का लाल दहेज के लालच में ले भी गया तो चार दिन बाद ही मेरे दरवाजे पर छोड़ जाएगा। इसीलिए···पत्नी की मृत्यु के इतने वर्षों बाद मैंने फिर से शादी करने का फैसला कर लिया है। सोचता हूँ, घर में सौतली ही सही, माँ आएगी तो एक वातावरण बनेगा, कुछ संस्कार जगेंगे—

ईमानदारी की बात तो यह है कि यह शादी मैं अपने लिए नहीं, अपनी बेटी के लिए कर रहा हूँ।

सच है, डॉक्टर कुमार ने कोई बात छिपाई नहीं थी। लेकिन फिर भी मैं स्थिति की भयावहता की कल्पना नहीं कर पाई थी, बल्कि मैंने तो यह रिश्ता एक चैलेंज के रूप में, एक चुनौती के रूप में स्वीकार किया था। पैंतीस वर्ष की आयु में मुझे सत्रह साल की लड़की की माँ बनने में कोई आपत्ति नहीं थी।

अब लगता है, उस सत्रह वर्षीया आफत को देखे बिना ही यह चुनौती स्वीकार करना मूर्खता थी, पागलपन था।

□

मेरी और पारुल की पहली मुलाकात ही बड़ी लोमहर्षक थी। बिटिया को उसकी सहेली के यहाँ छोड़कर डॉक्टर केवल एक दिन के लिए इंदौर आए थे। हमारी शादी बहुत ही सादे समारोह में संपन्न हुई। भोज का आयोजन भी लंबा-चौड़ा नहीं था। भैया ने केवल कुछ चुनिंदा दोस्तों और परिजनों को ही बुलाया था। फिर भी रात के ग्यारह बज ही गए। भाभी उतनी रात को विदा करने के लिए तैयार नहीं थीं। पर इनकी जिद के आगे उन्हें हार माननी पड़ी। कोई बारात की विदाई तो थी ही नहीं। हम दोनों ही कार में बैठकर चले तो चार बजते-बजते घर पहुँच गए।

मैंने यह कभी नहीं सोचा था कि मेरे लिए बंदनवार सजे होंगे या किसी ने अल्पना डाली होगी। मैंने यह भी नहीं सोचा था कि शहनाई की मंगलध्वनि मेरा स्वागत करेगी या कि ढोलक की थाप से पूरा मोहल्ला गुंज़ायमान होगा। हम लोगों की शादी तो एक अनुबंध मात्र थी, भैया-भाभी ने उसे एक उत्सव का रूप दे दिया था, बस।

इस ओर वह उत्साह नहीं होगा, यह मुझे मालूम था। फिर भी मुँह-अँधेरे अपने ही हाथों से ताला खोलकर घर में दाखिल होते मन बुझ सा गया।

''वेलकम होम।'' उन्होंने औपचारिकता बरती।

''थैंक्यू'' मैंने शिष्टाचार निभाया। थोड़ा सा मुसकरा दी, ताकि मेरी हताशा जाहिर न हो।

''थक गई हो न। अभी आराम कर लो। इतनी रात में घर क्या देखोगी।''

''जी हाँ, अभी तो अपना कमरा ही दिखा दीजिए।''

कमरे में जाते ही मन प्रसन्न हो गया। लगा कि आने वाले के सम्मान में इसे नए सिरे से सजाया गया है। 'डोर-मैट' से लेकर बाथरूम में रखे टॉवल तक सबकुछ नए-नए से थे—नया भी और ताजा भी। मन के किसी कोने में जो एक काँटा सा था कि मैं किसी की बासी गृहस्थी सजाने जा रही हूँ, वह कसक एकदम दूर हो गई।

वॉश लेकर बाहर आई तो देखा, ये कॉफी लिये मेरी प्रतीक्षा कर रहे हैं।

'थैंक्यू', मैंने मग उठाते हुए कहा, पर यह धन्यवाद निरी औपचारिकता नहीं थी। मैंने हृदय से उनका आभार माना था। इस समय सचमुच कुछ पीने का मन हो रहा था, पर घर में कोई था ही नहीं जो अनुरोध करता। अपने आप बनाना कुछ अच्छा नहीं लग रहा था। मैं सचमुच कृतज्ञ थी कि मुझे आते ही रसोई में पैर नहीं देना पड़ा।

मैं तो सोच रही थी कि अब तो सुबह होने को है, सोकर क्या होगा! पर कब आँख लग गई, पता ही नहीं चला। सुबह उठी तो दिन काफी चढ़ चुका था और ये तैयार हो चुके थे।

"आज छुट्टी नहीं लेंगे?" मैंने कातर स्वर में पूछा।

"जल्दी लौट आऊँगा," इन्होंने मुझे आश्वस्त किया, "आओ, नाश्ता कर लेते हैं। मैं रुका हुआ हूँ।"

नाश्ते की मेज पर ही रामधन से मुलाकात हुई। उसी ने फिर लछमी से मेरा परिचय करवाया।

"ये मेरी गृहस्थी के दो आधार-स्तंभ हैं, इन्होंने परिहास में कहा, "पर मुझे तो तीसरे की तलाश थी।" आखिर मुझसे रहा नहीं गया, पूछ ही लिया, "बिटिया से नहीं मिलवाएँगे?"

क्षण भर को उनके चेहरे पर असमंजस के भाव उभरे, "वह शायद..."

"बेबी तो सवेरे ही लौट आई है," रामधन ने सूचना दी—"बुलावे का?

"नहीं, नहीं रहने दो, हमीं चले जाएँगे," इन्होंने तुरंत कहा और इतनी फुरती से खड़े हो गए, मानो पलभर की भी देर की तो रामधन बिटिया को बुला लाएगा।

"आओ," इन्होंने कहा और मैं घिसटती सी उनके पीछे चल दी। मुझे आश्चर्य भी हो रहा था और बुरा भी लग रहा था। क्या मैं इस योग्य भी नहीं कि कोई उत्सुकता से झाँक ही ले? मिलने के लिए ठेठ कमरे में ही जाना पड़ेगा?

पिछले बरामदे से सटा हुआ सबसे आखिरी कमरा उसका था। दरवाजा बंद था और भीतर माइकल जैक्शन चीख रहा था।

इन्होंने नोक किया।

"खुला है," अंदर से कर्कश आवाज आई। दरवाजा ठेलकर हम दोनों भीतर गए। बिस्तर पर औंधी लेटी वह कोई पुस्तक पढ़ रही थी। हमें देखते ही जींस में कसी उसकी टाँगों का हवाई नृत्य थम गया। "ओह पापा, आप हैं! मैं समझी रामधन होगा।" इन्होंने आगे बढ़कर पहले कैसेट बंद किया, फिर गंभीर स्वर में

बोले, "निक्की! मेरा मतलब है इनसे मिलो। ये तुम्हारी मम्मी हैं।"

"ओह, आई सी!"

बस इससे ज्यादा कोई प्रतिक्रिया नहीं। उसने अपनी पोज तक नहीं बदली। इन्हें भी बुरा लगा। एकदम चीखे, "निक्की! यह क्या है! केयर आर यूअर मैनर्स! डू यू हैव एनी! टैग से उठकर बात नहीं कर सकती तुम!" वह एकदम उछलकर खड़ी हो गई। अपने छोटे-छोटे बालों को गरदन के एक झटके के साथ पीछे फेंकते हुए बोली, "आपकी आज्ञा शिरोधार्य है पिताश्री। लीजिए, मैं खड़ी हो गई। अब अगर आप चाहेंगे तो मैं माताश्री की चरण वंदना भी कर सकती हूँ।"

गुस्से से इनका चेहरा तमतमा उठा। मुझे डर हुआ कि कहीं ये बेटी को एक झापड़ ही रसीद न कर दें। मैंने अपनी दोनों हथेलियों में उनका दाहिना हाथ थाम लिया। सोचा, मेरे स्नेह के उत्ताप से उनकी उत्तेजना कुछ तो कम होगी।

"चलिए," मैंने मनुहार की और इन्हें उसी तरह थामकर बाहर ले आई। बाहर आकर देखा, लछमी और रामधन दोनों कमरे की ओर कान लगाए बैठे हैं। उन्हें जरूर ही निराशा हुई होगी। एक बात का यकीन जरूर आ गया कि इस घर में अगर कभी कोई नाटक हुआ तो दर्शकों का अभाव नहीं रहेगा। अपने कमरे की सुरक्षित चारदीवारी में आकर मैंने खुलकर साँस ली। इतनी देर से दम जैसे घुटा जा रहा था, लेकिन ये अब भी गुस्से से थरथर काँप रहे थे।

"प्लीज रिलैक्स!" मैंने इनके बालों में उँगलियाँ फिराते हुए कहा। अपरिचय की सारी दीवारें संवेदना के उस प्रवाह में बह गए। कुछ क्षण बाद ये भी नॉर्मल होने लगे।

"सॉरी रजनी!" इन्होंने भर्राई आवाज में कहा।

"फॉरगेट इट," मैंने इन्हें आश्वस्त करते हुए कहा, "विश्वास कीजिए, मैंने किसी बात का जरा भी बुरा नहीं माना है।"

"आप जरा उस लड़की की ओर से तो सोचकर देखिए। आप एक अनजान औरत को एकदम उसके सामने ले जाकर खड़ा कर देते हैं और कहते हैं—यह तुम्हारी माँ है। बताइए!…और आप उससे अपेक्षा करते हैं कि वह तमीज से पेश आए, उसकी प्रतिक्रिया एकदम नॉर्मल हो? हाऊ कैन इट बी पॉसिबल? देखिए, बच्चे के मन में माँ की एक तसवीर होती है। वह हर किसी को माँ के रूप में स्वीकार नहीं कर सकता।"

"लेकिन निक्की को तो अपनी माँ याद भी नहीं है। कुल जमा दो साल की तो थी वह।"

''उससे क्या फर्क पड़ता है! उसने माँ के चित्र तो देख होंगे। उसी के सहारे उसकी कल्पना ने एक तसवीर बनाई होगी। क्या पता वह मन-ही-मन उस तसवीर को पूजती होगी। आप उससे यह आशा तो नहीं कर सकते कि वह मुझे देखते ही अपनी सारी श्रद्धा, सारा आदर मुझे दे दे। इसमें समय लगता है, बल्कि मेरा तो यह आग्रह भी नहीं है कि वह मुझे मम्मी ही कहे। उसके अंतर्मन से जो संबोधन निकलेगा, मेरे लिए वही स्वीकार्य होगा।''

ये चुप ही बने रहे।

''सुनिए,'' मैंने अनुनय भरे स्वर में कहा, ''आज हमारी शादी का पहला दिन है। क्या मैं आपसे कुछ माँग सकती हूँ?''

इन्होंने प्रश्नार्थक नजरों से मुझे देखा।

''आप निक्की को मेरे सामने या मेरे लिए डाँटेंगे नहीं। वह मेरे साथ कैसे भी पेश आए, आप कुछ नहीं कहेंगे। यह मेरी लड़ाई है। इसे मैं अकेले ही लड़ना चाहती हूँ। आप बीच में पड़ेंगे तो मैं यह बाजी निश्चित ही हार जाऊँगी। इसलिए प्लीज…!''

''एज यू प्लीज,'' बड़ी देर बाद इन्होंने कहा और उठकर ड्यूटी पर चले गए।

कितनी दिलेरी से मैंने यह चुनौती स्वीकार की थी! किस बहादुरी से ऐलान किया था कि यह मेरी लड़ाई है, इसे मैं अकेले ही लड़ूँगी। पर अब लग रहा है कि यह बड़बोलापन मुझे महँगा पड़ रहा है। यह जंग जीतना उतना आसान नहीं है, यह लड़की तो मुझे परछाईं भी नहीं छूने देती, इस उठापटक में उसके पिता भी दूर छिटकने लगे हैं।

□

मैंने एक संकल्प लिया था—घर का वातावरण जब तक सहज और सामान्य नहीं हो जाता, तब तक हम न तो किसी रिश्तेदार को आमंत्रित करेंगे, न स्वयं कहीं जाएँगे। जब भी जाना होगा—तीनों साथ जाएँगे।

रिश्तेदारों का तो वैसे भी कोई खतरा नहीं था। माँजी की मृत्यु के बाद मेहमानों का सिलसिला वैसे भी थम गया था। खाली घर में दीवारों से सिर फोड़ने कौन आता! इन्हें भी किसी के यहाँ जाने का या बुलाने का चाव नहीं रह गया था, पर कहीं बाहर जाने के लिए वे अकुला उठे थे। घर में हमेशा एक अव्यक्त तनाव बना रहता, जिससे इनका मन घर से भागने को होता था। यों तो बिटिया रानी हमारी किसी बात में दखल नहीं देती थी, पर उसकी यह उपेक्षा ही मन पर बोझ बन जाती थी।

पर कहीं जाना भी तो आसान नहीं था। हम लोग कहीं पिक्चर या पार्टी में भी जाते तो मेरा मन अपराध बोध से ग्रस्त हो जाता। शहर से दूर जाने का तो सवाल ही

नहीं उठता था। निक्की को क्या हर बार सहेली के यहाँ भेजा जा सकता था? उसे ही यह क्या अच्छा लगता? घर पर उसे नौकरों के भरोसे छोड़ना भी तो संभव नहीं था। लोगबाग मखौल नहीं उड़ाएँगे?

"तुम हर बार उसकी बात बीच में क्यों ले आती हो?" ये झल्लाते।

"लेकिन उसे एकदम नजरअंदाज भी तो नहीं किया जा सकता।" मैं समझाती।

आखिर एक दिन मैंने कह ही डाला—"आप ही ने तो कहा था कि यह शादी आप सिर्फ बिटिया के लिए कर रहे हैं।"

"हाँ, कहा था," ये चीखे, "तो क्या इसी की सजा दे रही हो मुझे?"

और फिर दो दिन तक बच्चों की तरह मुँह फुलाए घूमते रहे।

इन्हें इस तरह नाराज करके जिसे मनाने का मैं प्रयल कर रही थी, वह मुझे जरा भी लिफ्ट नहीं दे रही थी। मेरा हर प्रयास वह विफल कर रही थी। गृहप्रवेश के दूसरे दिन तड़के मेरी आँख खुल गई। श्रीमानजी गहरी नींद में सो रहे थे। सोचा, अपने लिए फर्स्ट क्लास चाय बना ली जाए। कल का पूरा दिन मानसिक ऊहापोह में और औपचारिकताओं में बीत गया। एक बार भी चाय का मजा नहीं आया।

रसोई में जाते हुए देखा; निक्की के कमरे की लाइट जल रही है। सोचा, दोस्ती के लिए अच्छा मौका है। उसके पिताजी भी साथ में नहीं हैं। मैंने फटाफट दो कप चाय बनाई और दरवाजे पर हल्के से नॉक किया—"निक्की!"

दरवाजा इस तेजी के साथ खुला कि मैं सहमकर दो कदम पीछे ही हट गई। फिर सँभलते हुए मैंने कहा, "मैंने तुम्हें डिस्टर्ब तो नहीं किया न? तुम्हारे कमरे में रोशनी देखी तो सोचा कि सुबह की चाय निक्की के साथ ही पी जाए।"

"मेरा नाम पारुल है। पापाश्री ने शायद आपको बताया नहीं।"

"ओह सॉरी," अपमान के उस घूँट को किसी तरह पीते हुए मैंने कहा, "अच्छा बताओ, नाश्ते में क्या लोगी? आज तुम्हारी पसंद का ही नाश्ता बनाते हैं।"

"मेरी चिंता रहने दें," उसने कप हाथ में लेते हुए कहा, "मेरा नाश्ता रामधन बना देगा। आप तो जिनकी सेवा के लिए आई हैं, उन्हीं का खयाल रखें, मेहरबानी होगी।"

मन हुआ, कह दूँ—पगली, मैं तो तेरे लिए ही इस घर में आई हूँ। तेरे पापा मुझे तेरे लिए ही ब्याहकर लाए हैं, पर वह जिस तरह काट खाने को दौड़ रही थी, वहाँ ऐसी कोमल अनुभूतियों के लिए गुंजाइश ही कहाँ थी!

इसके बाद मैंने उसे जब भी पुकारा या जब भी उसका उल्लेख किया 'पारुल' कहकर ही किया। इन्होंने एक-दो बार कहा भी—"अरे, मैं तो भूल ही चला था कि

इसका नाम पारुल है।''

''इसीलिए तो,'' मैं कहती, ''इसीलिए तो मैंने ठान लिया है कि उसका असली नाम ही चलाऊँगी। इतना प्यारा नाम है और आपकी देखा-देखी सब उसे निक्की कहे चले जाते हैं, कोई बच्ची है अब वो?''

चायवाले प्रसंग की कड़वाहट भूलने में मुझे दो-चार दिन लगे। उसके बाद मैंने फिर कमर कस ली। उसकी अनुपस्थिति में एक दिन मैंने उसके कमरे का मुआयना किया। वह ठीक वैसा ही था, जैसा मैंने सोचा था। उसे तरतीब देने की कोशिश में मेरे पूरे तीन घंटे खर्च हुए। मैंने पहले तो उसका बिस्तर ठीक किया, पलंग की चादर बदली। फिर खिड़कियों के परदे बदले। यहाँ-वहाँ बिखरे कपड़ों को समेटा, धुले-अनधुले कपड़ों को अलग किया। मेज पर फैली किताब-कॉपियों को करीने से जमाया। ड्रेसिंग टेबल का शीशा साफ किया, शीशियों के ढक्कन यथास्थान रखे। स्टूल पर कैसेट्स के ढेर को स्टैंड में फिट किया, बाथरूम में नई साबुनदानियाँ रखीं, गीले तौलिए सूखने के लिए फैलाए।

इतना सब करने के बाद लछमी को झाड़ू लगाने की आज्ञा देकर मैं अपने कमरे में आकर लेट गई। थक तो गई थी मैं, पर मन प्रसन्न था। सोचा, पारुल भी देखेगी तो उसका जी खुश हो जाएगा। मुँह से चाहे कुछ न कहे, मन-ही-मन एहसास तो होगा कि माँ भी कोई चीज होती है।

ठीक चार बजे उसकी लूना गेट के अंदर दाखिल हुई और मैं उठकर बैठ गई। पता नहीं किस अव्यक्त अनुभूति से मेरा हृदय धड़कने लगा। रोज की तरह वह सीधे अपने कमरे में गई और दूसरे ही क्षण वह मेरे सामने थी।

''धन्यवाद,'' उसने कहा, पर उसकी आँखें और उसका स्वर उस धन्यवाद का समर्थन नहीं कर रहे थे।

''आपने मेरे कबाड़खाने को कमरे की शक्ल देने की कोशिश की, इसके लिए आभारी हूँ। पर भविष्य में यह कृपादृष्टि न कीजिएगा। मुझे अच्छा नहीं लगता।''

और वह उल्टे पाँव कमरे में लौट गई। क्षोभ और अपमान से सुलगती हुई मैं पता नहीं कब तक वहीं बैठी रही।

अपमान की यह आवृत्ति तो पता नहीं कितनी बार हो चुकी है।

☐

उस दिन घर में कथा थी। रामधन का ही आग्रह था कि शादी के उपलक्ष्य में और कुछ नहीं तो एक कथा ही हो जाए। उसने खुद बोल रखा था कि साहब का घर बस जाएगा तो कथा करवाऊँगा। उसके संकल्प का मान तो रखना ही था!

बड़े उत्साह से मैंने सारी तैयारी की। इस घर में हालाँकि कोई वातावरण नहीं था, पर माँ के यहाँ तो नित्य पूजा-पाठ की परंपरा थी। सुबह-शाम ठाकुरजी की आरती होती थी। धूप-अगरबती की महक से सारा घर सुवासित हो जाता था। मंत्रोच्चार से एक मंगलमय पवित्र वातावरण की सृष्टि होती थी। अपने उस परिवेश को उस दिन के लिए मैंने इस घर में भी जीवित कर लिया। बड़े मनोयोग से पूजास्थल को सजाया-सँवारा, सुंदर अल्पना से अलंकृत किया। माँजी की अलमारी से पूजा के सारे उपकरण निकालकर उन्हें चमकाया, बड़े उत्साह से प्रसाद बनाया, विधि-विधान से पूजा हुई, कथा बाँची गई···और जब आरती का समय आया, पता नहीं क्यों मुझे दुर्बुद्धि हुई और मैंने लछमी से कहा, ''बिटिया को आवाज दे दो, आरती हो रही है।''

बिटिया रानी कमरे में अवतीर्ण हुईं। जींस और लूझर! उसकी रोज की पोशाक! पर पता नहीं क्यों, पंडितजी के सामने जरा संकोच हो आया और जब आरती लेने का समय आया तो मुझसे नहीं रहा गया, ''बेटे, जूते पहनकर आरती नहीं लेते।''

बस वह एकदम पलटकर चली गई। न आरती ली, न प्रसाद लिया। मन एकदम खराब हो गया। मेरे ही अनुरोध पर इन्होंने अपने एक-दो मित्रों को सपरिवार खाने पर बुला लिया था। सोचा था, जरा उत्सव का वातावरण हो जाएगा, पर उल्टे मातमी सन्नाटा सा छाया रहा।

अजीब सा आलम था। मैं उस पर अपना पूरा स्नेह उड़ेल देने को बेचैन थी, अपनी ममता का आँचल फैलाए बैठी थी, लेकिन वह···सोलह-सत्रह साल की लड़की को गोद में लेकर दुलराया तो नहीं जा सकता, उससे तो दोस्ती ही की जा सकती है। पर जब-जब मैंने दोस्ती का हाथ बढ़ाया, उसने निर्ममता से झटक दिया; जब-जब प्यार से उसे कुछ समझाना चाहा, बिच्छू सा डंक मारकर उसने मुझे आहत कर दिया।

और कल रात तो हद ही हो गई।

महारानी सुबह आठ बजे जो कॉलेज गई तो रात तक लौटी ही नहीं, ये सेमिनार के लिए दिल्ली गए हुए थे। मेरी तो चिंता से जान सूख गई। रामधन से कहा कि पास-पड़ोस में कोई सहेली रहती हो तो पता कर लो। पर उसने साफ मना कर दिया। बोला, ''बेबी गुस्साती हैं!'' उसने तो फोन करने से भी मना किया था, पर मेरा मन नहीं माना और मैंने मेज पर यहाँ-वहाँ लिखे नंबरों को घुमा दिया। दो जगह तो कुछ पता नहीं चला, पर तीसरी ने बताया कि शायद मैच खेलने गई

है। आप इस नंबर पर पता कर लें।

नीलम के यहाँ उसकी मम्मी मिलीं। उन्होंने बताया कि लड़कियाँ खेलने गई हैं, लौटने में देर हो सकती है। चिंता की कोई बात नहीं है। उनका कोच साथ में है। अगर बहुत रात को लौटेंगी तो पारुल को वे अपने यहाँ सुला लेंगी।

मैंने उन्हें धन्यवाद देकर फोन रख दिया। संकोच के मारे यह नहीं पूछा कि क्या खेलने गई हैं और कहाँ गई हैं। एक माँ को इतना तो मालूम होना चाहिए। वैसे इतने दिनों में मैं यह तो जान गई थी कि पारुल टेबल टेनिस खेलती है और अपने कॉलेज को रिप्रेजेंट करती है। जानकर सचमुच खुशी हुई थी, पर इसका यह मतलब तो नहीं कि आपको बिना पूछे हर कहीं जाने की आजादी मिल गई। अगर कार्यक्रम ऐन वक्त पर तय हुआ है, तब भी फोन तो किया ही जा सकता है।

रात मैंने कैसे काटी, मैं ही जानती हूँ। डॉक्टर घर पर नहीं थे, नहीं तो मैं इतनी रात उसे घर पर ले आती और सारे आदर्शों को ताक पर रखकर खूब खरी-खोटी सुनाती। सोचा तो यही था कि सुबह जैसे ही वह घर में दाखिल होगी, उसे खूब आड़े हाथों लूँगी। लेकिन यह तो हुआ नहीं, उल्टे वही मुझ पर बरसकर चली गई और मैं बस चुपचाप सुनती रही।

रात को ये दिल्ली से लौटे तो मैंने उन्हें सारा किस्सा सुनाया। पर इन्होंने कोई प्रतिक्रिया व्यक्त नहीं की। उल्टे बड़े लापरवाह ढंग से बोले, ''हाँ, नीलम के यहाँ रह गई होगी। उसकी बड़ी पक्की सहेली है।'' मुझे बहुत ताव आया। एक मैं ही बेवकूफ हूँ, जो रात भर जागती रही, दिन भर सुलगती रही। जिनकी बेटी है, उन्हें तो कोई चिंता ही नहीं है!

फिर अपने पर ही शरम हो आई। बेटी क्या सिर्फ उन्हीं की है! मैंने तो डॉक्टर कुमार को उनके पूरे परिवेश के साथ स्वीकार किया है। फिर क्या मेरी कोई जिम्मेदारी नहीं? बाप की नजरें, जिन्हें पकड़ नहीं पातीं, माँ की नजरें क्या उन खतरों से गाफिल रह सकती हैं। सुबह फिर मैंने एक निश्चय कर ही लिया था। पतिदेव को रोज की तरह चाय-नाश्ता देकर हॉस्पिटल भेज देने के बाद मैं फुरसत में थी। पारुल कॉलेज के लिए तैयार हो रही थी। लछमी अभी आई नहीं थी।

रामधन रसोई में अंडा फेंट रहा था। मैंने एक लंबी लिस्ट और पैसे पकड़ाते हुए उससे कहा, ''काका, जरा बाजार का चक्कर लगाना होगा। तुम्हारे साहब लंबी-चौड़ी फरमाइश कर गए हैं।''

अरे, उनको फरमास का मौका तो अब लगा है। अब तक तो जो कच्ची-पक्की बन गई, सो खा लेते थे।''

"वही तो···सोचती हूँ, कुछ तो उनकी पसंद का बना लूँ। आप झटपट सामान ला दो।"

"अबे हाल जात हैं। बिटिया का नाश्ता बना दें।"

"वह तो मैं बना लूँगी," कहकर मैंने तुरंत गैस जलाकर फ्राइंगपैन चढ़ा दिया। अब अंडे का कटोरा मेरे हवाले करने के सिवा उसके पास कोई चारा ही नहीं रहा। बेचारा चुपचाप झोला उठाकर चला गया।

अब मैदान साफ था। धावा बोलने का यही सुनहरा मौका था। 'मत चूके चौहान'—मैंने अपने आपसे कहा और इष्टदेव का जाप करते हुए दरवाजे पर नॉक किया।

"खुला है!" वह हमेशा की तरह चीखी।

नाश्ते की सजी हुई ट्रे लेकर मैंने कमरे में प्रवेश किया। वह ड्रेसिंग टेबल के सामने खड़ी थी। शीशे में मेरा प्रतिबिंब देखते ही चौंक पड़ी, "आप?"

"हाँ" नाश्ते की ट्रे छोटी टेबल पर रखते हुए मैंने सहज स्वर में कहा, "रामधन जरा जरूरी काम से बाजार गया है। मैंने आमलेट बनाने की कोशिश की है। देखना जरा, ठीक से बना तो है न!"

वह तुनककर बोली, "आपने क्यों तकलीफ की? मैंने आपसे हजार बार कहा है कि···"

"मुझे याद है," मैंने उसे टोकते हुए कहा, "पर वो क्या है बिटिया रानी कि तुम्हारी बदकिस्मती से तुम्हारे पापा मुझे ब्याहकर लाए हैं। इस रिश्ते से अब घर के हर कमरे पर मेरा हक हो जाता है और घर के हर सदस्य की भूख-प्यास देखना मेरा फर्ज बन जाता है।"

वह चकित थी। मुझे आतंकित करने का उसका प्रयास व्यर्थ हो गया था। खीजकर बोली, "आखिर आप कहना क्या चाहती हैं?"

"बताती हूँ," मैंने इत्मीनान से पलंग पर बैठते हुए कहा, "क्योंकि जो बात मैं कहने के लिए आई हूँ, उसे कहे बिना तो मैं यहाँ से जाऊँगी नहीं। मुझे मालूम है कि तुम्हें मेरा कमरे में आना जरा भी अच्छा नहीं लगता। इसलिए भलाई इसी में है कि तुम मुझे शांति से सुन लो, ताकि तुम्हें भी जल्दी छुटकारा मिले और मैं भी अपना काम देखूँ।"

क्षोभ, आश्चर्य और हताशा के मिले-जुले भाव चेहरे पर लिये वह सामनेवाली कुरसी पर धम्म से बैठ गई···"बोलिए।"

"यह हुई न बात! तो अब सुनो, कल तुम गुस्से में थीं, मैं भी नौकरों के सामने

तमाशा नहीं करना चाहती थी। लेकिन आज एक बात ध्यान से सुन लो, जब भी तुम्हें कहीं बाहर जाना हो या आने में देरी की संभावना हो, घर पर बताकर जाया करो। अगर समय पर प्रोग्राम बने तो फोन कर दिया करो, परसोंवाला किस्सा दुबारा रिपीट न हो।''

''यह आपका हुक्म है?''

''ऐसा ही समझ लो।''

''मैं ऐसे हुक्म मानने की आदी नहीं हूँ।''

''मानना पड़ता है पारुल! तुम तो हॉस्टल में रह चुकी हो। जानती हो, वहाँ भी एक डिसिप्लिन होता है, फिर यह तो घर है।''

''घर है, तभी तो! यहाँ तो आजादी से रहने दीजिए।''

''आजादी का मतलब स्वच्छंदता नहीं होता, बेटे। घर में तो अनुशासन बेहद जरूरी है। हॉस्टल में तो एक वॉर्डन होता है। परंतु घर में तो हम स्वयं ही अपने नियामक होते हैं।''

''क्यों? घर में आप हैं तो…'' उसने चिढ़कर कहा, ''आप तो घर को जेल बनाकर रख देंगी।''

''जेल?''

''और क्या, कौन सी कसर छोड़ी है आपने! जेल से भागे हुए कैदी की तरह ही तो मेरा पीछा किया है। पता नहीं कितनों को फोन किया था, उस रात। इससे तो अच्छा था पुलिस में रिपोर्ट दर्ज करा देतीं। उफ…मुझे तो अपनी फ्रेंड्स के सामने आँखें उठाते शरम आ रही थी।'' कहते-कहते सममुच वह रुआँसी हो आई थी।

''कमाल है पारुल, तुम्हें इसलिए शरम आ रही है कि हमने तुम्हारी खोज-खबर ली, तुम्हारा पता-ठिकाना जानने की कोशिश की? अगर हम तुम्हारी ओर से लापरवाह होकर बैठ जाते तो तुम्हें अच्छा लगता? इससें क्या तुम्हारी इज्जत बढ़ जाती? नहीं बेटे, इससे इज्जत बढ़ती नहीं, घटती है। शरम की बात यह नहीं है कि घर पर किसी को तुम्हारी फिक्र नहीं है, शरम की बात तो तब होती, जब तुम दिन भर गायब रहतीं और कोई तुम्हें तलाश न करता, तुम इतनी फालतू नहीं हो, पारुल! तुम इस घर की लाडली बिटिया हो…अच्छा, खैर अब नाश्ता कर लो।''

□

उस दिन नाश्ता अनछुआ ही रह गया। लछमी ने ट्रे मेरे सामने रखकर बड़ी अर्थपूर्ण दृष्टि से मुझे देखा। मैंने कोई लिफ्ट नहीं दी और लापरवाही से कहा, ''आज मैंने बनाया था न! अच्छा नहीं बना होगा, कोई बात नहीं, कैंटीन में खा लेगी। वहाँ

तो सब चीजें मिलती हैं।"

आलोचना का इतना अच्छा मौका हाथ से निकल जाने पर लछमी उदास हो गई। फिर बड़ी देर तक रामधन के साथ खुसुर-फुसुर होती रही। शायद रामधन ने बताया भी हो कि आज बहूजी ने जबरदस्ती अपने हाथ का नाश्ता खिलाना चाहा था, तभी बेबी भूखी चली गई। जो भी हो।

चार-पाँच दिन तक वह यों ही अनमनी बनी रही। खाना भी ऐसा-वैसा ही खाती रही। रामधन मनुहार भी करता रहा। मैंने न ध्यान दिया, न मनाने की कोशिश की। मैं वह सीमा पार कर चुकी थी। अब पहल उसे ही करनी थी। मैं केवल प्रतीक्षा कर रही थी—एकदम तटस्थ भाव से।

पर मेरी यह तटस्थता कितनी सतही थी, इसका शीघ्र ही पता चल गया। उस दिन सुबह से ही रिमझिम शुरू हो गई थी। जाते समय पारुल रेनकोट के लिए गेट से लौटकर आई थी। यह मैंने देखा था। ये जब लंच के लिए आए, पानी तब भी बरस रहा था, पर हल्का था। हम लोग खाना खाकर लेटे ही थे कि बारिश तेज हो गई। तीन बजे तक तो उसने घनघोर रूप धारण कर लिया।

"देखिए तो, कैसा धुआँधार बरस रहा है!"

"सावन का महीना है, अब भी नहीं बरसेगा?"

"मुझे तो पारुल की चिंता हो रही है। कॉलेज भी तो मरा शहर के दूसरे छोर पर है।"

"रेनकोट लेकर गई है न!"

"ओफ्फो, ये पानी तो देखिए, ये क्या रेनकोट के बस का है! तिस पर वह लूना से गई है। पूरी भीग जाएगी।"

"तो घर आकर कपड़े बदल लेगी।"

"आप तो कमाल करते हैं।"

"तो मुझे क्या करने को कहती हो?"

"उसे जाकर ला नहीं सकते?"

"जरूर ला सकता हूँ। पर जानती तो हो, वह लड़की कैसी तूफान है। मैं चला भी जाऊँ तो क्या वह मेरे साथ आएगी?...और लोगों के सामने मेरा तमाशा बन जाएगा...और देखो, कहीं फोन मत करना, उस दिन जैसा नाटक हो जाएगा।"

"तो क्या हाथ पर हाथ धरे बैठे रहें?" मैंने चिढ़कर कहा, "कैसे बाप हैं आप?"

"पानी ही बरस रहा है, कोई प्रलय नहीं आया है, जो तुम इतना परेशान हो

शापित शैशव

रही हो। उसकी बहुत सी सहेलियाँ वहीं आसपास रहती हैं। थोड़ी देर के लिए कहीं भी रुक जाएगी। नाउ रिलेक्स…"

किसी के रिलेक्स कह देने से क्या होता है! मेरी चिंता तो वैसी ही बनी रही, पता नहीं कितनी बार तो मैंने दरवाजे के चक्कर लगाए होंगे, पता नहीं कितनी बार तो कहा होगा—लड़की पता नहीं कहाँ रह गई है?

शाम को पानी का जोर थोड़ा कम हुआ, पर लड़की का कहीं पता नहीं था। मेरी व्यग्रता और बढ़ गई थी। सोच लिया कि अगर सात बजे तक वह नहीं लौटी तो उसके पिता को गाड़ी निकालनी ही होगी।

मैं घड़ी की सुइयों पर ही नजरें गड़ाए थी कि रामधन की आवाज सुनाई दी, "बहूजी! बेबी आ गई।" मैं दौड़कर दरवाजे पर पहुँची। देखा, लथपथ चली आ रही है। साथ में दो मूर्तियाँ और हैं—?

"लीजिए साहब, सँभालिए अपनी अमानत। अरे, ऐसा तूफान मचाया कि बस। बरसते पानी में आना पड़ा।"

"पागल," मैंने पारुल को हल्की सी चपत लगाते हुए कहा, "अपने साथ आंटी को भी गीला कर दिया! फोन कर देती, पापा खुद जाकर लिवा लाते।"

"उसने मुझसे नहीं कहा था बहनजी, वह तो अकेली ही आ रही थी। पर बताइए, जवान-जहान लड़की को ऑटो में अकेली कैसे भेज दें? जमाना कितना खराब चल रहा है। लड़कियों को तो कुछ कहो तो बुरा लगता है। पर आप ही बताइए…"

"आप भीतर तो आइए।"

"ऑटो खड़ा है।"

"उसे मैं विदा कर देती हूँ। ये आपको छोड़ आएँगे। पारुल, तुम जाकर झटपट कपड़े बदलो नहीं तो बीमार पड़ जाओगी।"

☐

भीतर जाकर मैंने रामधन को अदरक वाली चाय बनाने का आदेश दिया, लछमी के हाथ ऑटो के पैसे भिजवाए, इन्हें तैयार रहने की सूचना दी और फिर दो तौलिए लेकर बाहर आ गई। तब तक माँ-बेटी ड्राइंगरूम में आ चुकी थीं। मुझे लगा कि आगंतुक महिला भीतर आने को उत्सुक ही थीं, तभी तो जरा से अनुरोध पर मान गईं।

"डॉक्टर साहब आज शायद घर पर ही हैं?" उन्होंने पूछा।

"जी हाँ। रोज तो छह बजे ही निकल जाते हैं, आज पारुल की वजह से रुक

गए। उसे लेने ही जा रहे थे, पर पता नहीं था न कि कहाँ पर है।''

''सब की सब हमारे घर पर ही इकट्ठा हो गई थीं। मैंने भी वीसी आर लगा दिया—वही 'मैंने प्यार किया' पता नहीं कितनी बार देखती हैं, ये लोग। पर आज तो पिक्चर आधी भी नहीं हुई और सब की सब खड़ी हो गईं। पारुल तो एकदम सड़क पर चल दी। बड़ी मुश्किल से रोका उसे मैंने और साथ ले आई। बहुत डरती है आपसे।''

''जी…''

''नहीं जी, डर तो होना ही चाहिए, चोट माँ की हो या बाप की, लड़कियों को थोड़ी तो दहशत होनी चाहिए।''

''दरअसल चिंता हो जाती है,'' मैंने मिमियाते हुए कहा, ''एक बार पता रहे न कि कहाँ है तो फिर कोई बात नहीं, पर…''

''यही तो…यही तो मैं इनसे कह रही थी। घर में माँ होने से बहुत फर्क पड़ता है। भले ही वह…''

''मम्मी!'' उनके 'सौतेली' कहने से पहले ही लड़की ने डपट दिया, ''मम्मी, तुम्हें कुछ मालूम तो है नहीं, बस बोलती जा रही हो। डर-वर की कोई बात नहीं है। दरअसल, उसकी गीतांजलि और शाहीन से झड़प हो गई थी। इसीलिए वह पिक्चर छोड़कर चल पड़ी थी।''

''अरे, मुझे तो पता ही नहीं चला। क्या हुआ था?'' मम्मी की आँखें उत्सुकता से फैल गईं।

बिटिया ने हताश होकर मेरी ओर देखा। फिर संक्षेप में बताया, ''अरे, वो गीता और शाहीन हैं न, बहुत नाटक करती हैं। खुद ही पिक्चर लगाने को कहा और खुद ही बीच में उठकर खड़ी हो गईं। बोलीं कि देर हो रही है, घर जाएँगी। पारुल ने कहा कि ऐसी भी क्या जल्दी है, थोड़ी देर बाद चलते हैं, घर तो सभी को जाना है। तो दोनों कहती क्या हैं, तुम्हारी बात अलग है, तुम तो 'फ्री-बर्ड' हो। घर पर कोई कहने-सुननेवाला नहीं है। लेकिन हमारी अम्माँ लोग तो हमारी जान ही ले लेंगी। बस पारुल को ताव आ गया।''

अच्छा हुआ कि उसी समय चाय आ गई और मैं प्रस्तुत घटना पर टिप्पणी करने से बच गई। चाय पीते ही बिटिया उठ खड़ी हुई, मजबूरन माँ को भी उठना पड़ा। मैंने इन्हें आवाज दी। तब तक पारुल भी कपड़े बदलकर आ गई थी। पानी अभी थमा नहीं था इसलिए हम दोनों ने मेहमानों को दरवाजे से ही विदा किया। गाड़ी गेट से बाहर निकल गई, तब हम लोग भीतर आए। देखा, पारुल के बालों से

शापित शैशव

अब भी पानी टपक रहा था। मन हुआ उसके कंधे पर पड़ा टॉवेल खींचकर उसका सिर अच्छे से पोंछ दूँ। पर हिम्मत ही न पड़ी। मुझे खुद विश्वास नहीं हो रहा था कि अभी थोड़ी देर पहले मैंने ही हल्की सी चपत लगाई थी। शायद वह मेरी अतिशय व्यग्रता का परिणाम था।

"बाल ठीक से सुखा लो पारुल, नहीं तो जुकाम हो जाएगा। अपना 'ड्रायर' भिजवा दूँ क्या?"

वह सिर्फ मुझे देखती रही।

"अच्छा, पहले गरमागरम चाय तो पी लो, काका ने अदरक डालकर बढ़िया चाय बनाई है।"

"चाय मैं कमरे में पी लूँगी," उसने मेरे हाथ से कप लेते हुए कहा। फिर जाते हुए दरवाजे में ठिठककर बोली, "थैंक्यू मम्मी!"

मैं खुश थी और चकित भी। रात को इच्छा हुई कि यह सुसंवाद इन्हें भी सुना दूँ, पर अपने को रोक लिया। क्या पता, यह उपलब्धि क्षणिक ही हो।

☐

हम खुद समझ नहीं पाते, पर हमारे अवचेतन में एक अदृश्य कंप्यूटर लगा होता है, जो अपने आसपास की आवाजों को नोट करता रहता है। उसमें जरा भी व्यतिक्रम हो जाए तो मन चौंक उठता है। उस दिन ऐसा ही हुआ। सुबह दस बजे लूना की चिरपरिचित आवाज कानों में नहीं पड़ी तो मन बेचैन हो उठा। फिर सोचा— मैं भी कैसी बेवकूफ हूँ! लूना तो कल घर आई ही नहीं।

किचन में जाकर रामधन से कहा, "काका! बेबी तैयार हो जाए तो ऑटो ले आना। लूना घर पर नहीं है।"

"बेबी तो स्यात कॉलीज नहीं जा रहीं…"

"क्यों? तबीयत खराब है क्या?"

"का पता? पड़ी तो हैं।"

"नाश्ता किया था?"

"हाँ, थोड़ा-मोड़ा।"

मैं पलटकर उसके कमरे की ओर चल दी, पर रास्ते में ही ठिठक गई। मेरा कमरे में जाना उसे पसंद आएगा? झिड़क तो न देगी? पर अब बीच रास्ते में से लौटूँगी तो नौकरों के उपहास का पात्र बनूँगी।

"पारुल!" मैंने नॉक नहीं किया, जी कड़ा करके सीधे कमरे में ही दाखिल हो गई। "तुम्हारी तबीयत तो ठीक है न! आज कॉलेज नहीं गई न, इसी से पूछा।"

मैंने अपनी अनधिकार चेष्टा की सफाई देते हुए कहा।

मुझे लगा कि अब वह कहेगी—नहीं गई तो आपसे मतलब? पर वैसा नहीं हुआ। क्षीण स्वर में बोली, ''यों ही नहीं गई, सिर जरा भारी लग रहा था न? सोचा, आज छुट्टी ही सही।''

''सिर तो भारी होगा ही। कल कितना भीग गई थीं तुम। रात को याद ही नहीं रहा, पापा से एकाध गोली ले लेतीं तो ठीक रहता। वैसे गोली लेने से भी कोई फर्क नहीं पड़ता। जुकाम तो अपनी मियाद पूरी करके ही पिंड छोड़ता है। हाँ, दवाई लेने से थोड़ा रिलीफ जरूर हो जाता है।''

मुझे पता ही नहीं चला कि बात कहते हुए मैं कब उसके पास पहुँचकर उसके 'सिर' पर हाथ फेरने लगी थी। जब होश आया तो देखा, मेरा वह स्पर्श उससे सहा नहीं जा रहा है। उसके होंठ काँप रहे हैं और उसने दोनों हथेलियों से आँखें ढाँप रखी हैं। बीमारी की दशा में किसी का स्नेहिल स्पर्श क्या कयामत ढाता है, यह मुझे मालूम है। वह दिलेर लड़की मेरे सामने रोएगी नहीं, यह भी मैं जानती थी, इसीलिए मैंने कहा, ''काका ने बताया कि तुमने ठीक से नाश्ता भी नहीं किया। देखो, मैं अभी फर्स्ट क्लास कॉफी बनाकर लाती हूँ। पीते ही तुम्हारी सुस्ती उड़न-छू हो जाएगी।''

मैंने जानबूझकर किचन में काफी देर लगा दी। उसका सुबह का नाश्ता एक तरह से अनछुआ ही पड़ा था। मैंने साबूदाने के पापड़ और आलू के चिप्स तले, थोड़े से मखाने भी घी में भूने और फिर कॉफी के साथ सारा सरंजाम लेकर उसके कमरे में गई तो बिस्तर खाली था। मेरा अंदाजा सही था। जब वह बाथरूम से निकली तो उसका चेहरा और आँखें दोनों धुले-धुले से थे।

''थैंक्यू मम्मी।'' उसने कप हाथ में लेते हुए कहा। मन हुआ कि उससे कहूँ माँ को यों बार-बार धन्यवाद नहीं देते। पर अपने को रोक लिया। मम्मी कह देने से ही कोई माँ नहीं हो जाती। जिस दिन वह मन से मुझे माँ कहकर स्वीकार करेगी, औपचारिकता की यह दीवार अपने आप टूट जाएगी।

''रामधन काका गाड़ी चला लेते हैं न!''

''हाँ...क्यों?''

''तुम एक चिट्ठी लिखकर दे दो तो वे गाड़ी उठा लाएँगे। वैसे नीलम की मम्मी उन्हें पहचानती तो होंगी न!''

''लेकिन नीलम के यहाँ क्यों जाएँगे? गाड़ी तो छाया के यहाँ है।''

''तो कल जो आई थी, वह छाया थी?''

''और क्या! उसी का घर तो कॉलेज के पास पड़ता है। इसीलिए गाड़ी वहाँ

रख देती हूँ। वह तो बेचारी बहुत अच्छी है। पर उसकी मम्मी...। शी इज सच ए बोर। और उन्हें आपने नीलम की मम्मी समझ लिया। ओह नो।"नीलम सुनेगी तो सिर पीट लेगी।"

"तुम्हारे पापा भी सिर पीट रहे थे। कह रहे थे कि कहाँ फँसा दिया मुझे। पूरे रास्ते वो एक मिनट को भी चुप नहीं हुईं। बेचारे!"उनकी तो औरतों की बकझक सुनने की आदत भी छूट गई है। उनके लिए तो अच्छा-खासा ओवर डोज हो गया होगा!"

☐

बात जरा सी थी, पर हम दोनों हँसी से लोटपोट हो गईं। मेरे तो गले में फंदा ही पड़ गया। इस घर में आने के बाद पहली बार मैं इतना खुलकर हँसी थी। पारुल को भी मैंने पहली बार हँसते हुए देखा था। लगा, यह हँसी हमारी छाती में पता नहीं कब से जमी हुई थी।

"गलती मेरी ही थी," हँसी का दौर थमते ही उसने कहा, "मुझे ठीक से 'इंट्रोड्यूस' करवाना था। पर मेरा मूड उस समय इतना ऑफ हो रहा था..."

"हाँ, नीलम ने...मेरा मतलब है कि छाया ने बताया था।"

वह चुप रही।

"पर उसकी मम्मी क्या समझीं, पता है?"उन्हें लगा कि तुम मेरे डर से जल्दी घर भाग रही हो।"

"ओ गॉड। शी इज इंपासिबल !"

मैं एकदम गंभीर हो आई। सोचा, जो बात मन में इतने दिनों से घुमड़ रही है, उसे कह डालने का यही मौका है। हम दोनों के बीच ऐसे तरल क्षण पता नहीं फिर आएँ कि न आएँ।

"पारुल, एक बात कहूँ?"

मेरे संजीदा अंदाज पर वह चौंक पड़ी।

"बहुत दिनों से तुमसे यह बात कहना चाह रही थी पारुल, कि मुझमें और जो भी दुर्गुण हों, मैं डरने की चीज नहीं हूँ। मुझसे तुम्हें कभी कोई खतरा नहीं है।"

"आप छाया की मम्मी को इतना सीरियसली लेने लगेंगी तो हो चुका!"

"तुम गलत समझ रही हो। छाया की मम्मी ने तो बस इतना किया है कि मुझे अपनी बात कहने का मौका दिया है। तुम यह डर अपने मन से एकदम निकाल दो पारुल कि मैं तुम्हारी किसी चीज में हिस्सा बँटाने आई हूँ। जायदाद का मुझे लोभ नहीं है। मुझे तो एक घर, एक जीवन-साथी की तलाश थी—वह मुझे मिल गया।

साथ ही एक प्यारी सी बिटिया भी मिल गई। अब मुझे कुछ नहीं चाहिए। इत्मीनान रखो, मैं तुमसे तुम्हारे पापा का प्यार भी नहीं छीनूँगी, बल्कि मैं तो अपने हिस्से का प्यार भी तुम्हें देना चाहती हूँ।''

वह कुछ देर तक एकटक मुझे देखती रही। फिर धीरे से बोली, ''जायदाद की बातें तो मैं समझती नहीं। जहाँ तक पापा के प्यार का सवाल है, आप सारा-का-सारा ले सकती हैं। उसमें मेरा हिस्सा कभी नहीं रहा।''

मैं तो स्तब्ध रह गई, इतनी छोटी सी लड़की और कितनी बड़ी बात कह गई···कितनी बड़ी और कितनी कड़वी!

''बेटे!'' मैंने उसे सहलाते हुए कहा, ''प्यार जताना भी एक कला है, जो सबको नहीं आती—खासकर पुरुष तो इस मामले में बहुत ही 'इंट्रोवर्ट' होते हैं। अपने प्यार का प्रदर्शन करना उनके लिए बहुत कठिन होता है। क्या इसीलिए उनके प्यार पर शक करना चाहिए?''

''अगर वे गुस्सा जता सकते हैं तो प्यार जताने से परहेज क्यों करते हैं? प्लीज मम्मी, आप उनकी वकालत मत कीजिए, उन्हें मैं आपसे बहुत पहले से जानती हूँ—उन्हें भी और उनके सब चहेतों को भी, इस घर में मुझे जितना प्यार, जितनी नफरत मिली है, सब मेरे मन में दर्ज है। वक्त आने पर मैं सबका हिसाब बराबर करूँगी।''

आवेश से तमतमाया उसका वह चेहरा देखकर मुझे दहशत सी होने लगी। इतनी सी बच्ची और मन में इतना विष। अच्छा नहीं लगा। पारुल की हमउम्र अपनी भानजियाँ और भतीजियाँ याद आईं, जो तितली की तरह उड़ती-फिरती हैं। जीवन का कोई सुख-दुःख उन्हें ज्यादा देर तक व्यापता नहीं। और यह लड़की? कितनी गाँठें हैं, इसके मन में! सहज स्नेह से वंचित बचपन इसे एकदम खूँखार बना गया है।

''प्यार तो मुझे बस एक ही ने किया था,'' उसने जैसे अपने आप से कहा, ''वही थी, जिसने मुझे ममता का अर्थ समझाया, पर लोगों से वह भी तो नहीं देखा गया।''

''मृत्यु पर तो किसी का वश नहीं है न, पारुल!''

''मैं अपनी माँ की बात नहीं कर रही,'' वह तुनककर बोली, ''उनके प्यार का तो स्वाद भी मुझे याद नहीं है। मैं तो दिद्दा की बात कर रही हूँ।''

''दिद्दा?''

''हाँ, मेरी आया थी वह, पर मेरे लिए तो माँ ही थी। उसने मेरे लिए वह

शापित शैशव

सबकुछ किया, जो एक माँ अपने बच्चे के लिए करती है। मेरी पूरी दुनिया थी दिद्दा। मेरी ढाल थी, मेरा कवच थी। उसके रहते कोई मेरी तरफ आँख उठाकर भी नहीं देख सकता था।''

''फिर वह चली क्यों गई?''

''वह क्यों जाती, परम पूजनीय दादीजी को फूटी आँख नहीं सुहाती थी न, इसीलिए बीमारी के बहाने उसे निकाल बाहर किया।''

''कितनी बड़ी थीं तुम उस समय?''

''यही कोई आठ साल की। दिद्दा को भेज तो दिया, पर दादी से क्या कुछ सँभलता था! मुझे फिर उठाकर नानी के यहाँ पटक आए। नानी बेचारी तो बिस्तर से लगी थीं। घर में मामी का राज था। उन्होंने सुबह-शाम जली-कटी सुनाकर मेरा खून सुखा डाला। फिर साल भर बाद वापस छोड़ गई कि हमारे बस का नहीं है। फिर बुआजी का आगमन हुआ। आप बुआजी से मिली हैं।''

''नहीं तो।''

''जरूर मिलिएगा, जी खुश हो जाएगा! दादी की टू कॉपी हैं। उन्हें तो लगा शायद उन्हें रिमांड होम का गॉर्डन बनाकर भेज दिया गया है। आते ही शुरू हो गईं। छह महीने में मैं भी तंग आ गई। दादी से भी देखा नहीं गया, बोलीं—लड़की को उठाकर हॉस्टल में डाल दो। पापा तो ठहरे श्रवण कुमार! माँ की बात टालने का सवाल ही नहीं था।''

''कितनी बड़ी थीं तुम तब?''

''बारहवाँ चल रहा था। घर छोड़ने का दुःख तो क्या होता, हाँ हॉस्टल की सख्ती रास नहीं आई कुछ दिन। फिर आदत पड़ गई। लेकिन जैसे ही पापाश्री को पता चला कि इसे हॉस्टल लाइफ रास आ गई है, घर ले आए। आप कहती हैं कि वे मुझे प्यार करते हैं तो एक बार तो उन्होंने पूछा होता कि निक्की, तुम्हें क्या अच्छा लगता है? किसके पास रहना चाहोगी? कहाँ रहोगी? बस, मनमानी करते रहे, जैसे निक्की न हुई, कोई गुड़िया हो गई, जहाँ चाहो पटक दो!'' ये आखिरी बात कहते-कहते उसका आवेश रुलाई में बदल गया था।

□

मैं विस्मित थी। कभी सोचा भी न था कि यह नन्ही सी जान अपने अंदर इतना दुःख, इतनी वेदना, इतना आक्रोश समेटे है। मुझे आश्चर्य हो रहा था कि एक ही साँस में वह मुझसे सबकुछ कैसे कह गई। पर यह सब अनजाने में ही हुआ होगा। यह दुःख बरसों से उसके मन में कुंडली मारे बैठा होगा। निश्चित ही अपनी सखी-

सहेलियों से उसने कभी अपना दर्द बाँटा नहीं होगा, नहीं तो उसमें इतना आवेग न होता। अपनी हमजोलियों के बोध में तो उसकी प्रतिभा एक दिलेर लड़की की है। उनके सामने वह अपनी करुण-गाथा कभी नहीं दोहराएगी। मेरे सामने भी वह इतना नहीं खुलती, पर अपने पापा के प्रति गुस्से का इजहार करते-करते वह कब भावुक हो आई, उसे खुद ही पता नहीं चला।

"पारुल," मैंने शांत स्वर में कहा, "अगर मैं कहूँ कि वे तुम्हारे साथ कुछ दिन रहना चाहते हैं, इसीलिए तुम्हें हॉस्टल से ले आए हैं तो क्या विश्वास करोगी?"

उत्तर में उसने मुँह बिचका दिया।

☐

"सुनिए...वो दिद्दा के बारे में आप कुछ बता सकेंगे?"

अच्छे-भले सो रहे थे। एकदम से उठकर बैठ गए। आँखें ऐसे जल उठीं, मानो मैंने कोई अक्षम्य अपराध कर डाला हो। समझ गई, लड़की ने यह तेवर बाप से ही लिये हैं, उसका भी गुस्सा नाक पर ही तो रखा रहता है।

"क्या जानना चाहती हो उसके बारे में? क्यों जानना चाहती हो?" ये गुर्राए।

"बस, यों ही, जरा सी क्यूरियोसिटी थी।"

"देखो, तुम्हारा समय न कटता हो तो लाइब्रेरी ज्वॉइन कर लो या फिर किसी क्लब में जाना शुरू कर दो। लेकिन ये नौकरों-चाकरों में बैठकर गप्पें लड़ाना बंद करो।"

स्तब्ध रह गई मैं!

इस तरह भी कोई मुझसे बात कर सकता है? मुझे भी ताव आ गया, "डॉ. कुमार, याद रहे कि मैं कोई सोलह-सत्रह साल की ब्याहुली नहीं हूँ। आपको मेरी डिग्रियों का ध्यान नहीं रहा, ठीक है। मेरी सीनियर लेक्चररशिप को आपने नजरअंदाज कर दिया, ठीक है। पर मेरी उम्र का तो लिहाज कीजिए। क्या इस उम्र में भी मुझे दूसरों से रहन-सहन के तौर-तरीके सीखने होंगे, अदब-कायदे जानने होंगे?"

वे जैसे जमीन पर आ गिरे—"सॉरी डार्लिंग। बेवजह ऑफ हो गया था," उन्होंने अपराध भाव से कहा। बाद में उन्होंने मुझे कुरेदने की बहुत कोशिश की, पर मैं चुप बनी रही। एक बात उसी समय तय हो गई थी। पारुल की आया के बारे में अगर कुछ जानना भी है तो मैं इनसे नहीं पूछूँगी, क्योंकि मैं जानती थी कि ये 'बेवजह' ऑफ नहीं हुए थे।

हमारी उस छोटी सी अंतरंग बातचीत के बाद पारुल में एक सुखद परिवर्तन आ गया। जबरदस्ती ओढ़े अकेलेपन से वह जैसे एकाएक घबरा उठी। मैं किचन में

होती तो मेरे इर्द-गिर्द मँडराती रहती, अपने कॉलेज की, अपनी सहेलियों की बातें सुनाती, लेक्चरर्स की नकलें उतारती। मैं सुनती और सोचती, कम-से-कम इस काम के लिए तो माँ का घर में होना जरूरी है! नहीं तो बच्चा किसके सामने अपना जमाखर्च खोलेगा? किसे अपनी विजयगाथा सुनाएगा? किससे अपनी व्यथा-कथा कहेगा? अगर कोई सुननेवाला न हुआ तो तरस जाएगा बेचारा! पारुल भी तो तरस गई थी। उसके मन में कितना कुछ जमा हो पाया था। वही तो धीरे-धीरे बाहर आ रहा था। मन का भार हल्का होने से उसके चेहरे का संतप्त भाव भी बिला गया था। एक अपूर्व कोमलता से उसका मुख उद्भासित हो गया था।

जब कुछ करने को नहीं होता तो हम दोनों ताश या कैरम खेलने बैठ जातीं। रामधन काका हमें चाय और पकौड़े बनाकर देते जाते। एक दिन पारुल ने पूछ लिया, ''आप रामधन को काका क्यों कहती हैं?''

''बुजुर्ग हैं न! फिर इस घर के पुराने नौकर हैं, नाम लेना अच्छा नहीं लगता।''

''मुझे ये बातें किसी ने क्यों नहीं सिखाईं?''

''सिखाने के लिए घर में कोई होना तो चाहिए।''

''क्यों नहीं थे?...इतने सारे लोग थे, जिस-तिस बात पर डाँटते रहते थे, पर कायदे की बात कभी किसी ने नहीं सिखाई, दूसरे ही क्षण उसके चेहरे का तनाव कम हो गया। बोली, ''रामधन! मैं भी अब से तुम्हें काका कहूँगी, रामधन काका!''

रामधन हँस दिया। बेबी की इस सनक को उसने गंभीरता से नहीं लिया। वह लेने लायक थी भी नहीं। बरसों की आदत इतनी आसानी से छूटने वाली नहीं थी। हाँ, लछमी और रामधन से बात करने का ढंग जरूर सौम्य हो गया था।

लेकिन पापा से उसकी अब तक कुट्टी बनी हुई थी। उनकी आहट पाते ही वह अपने दड़बे में घुस जाती थी। एकाध बार उन्होंने हमें साथ बैठे देख लिया था। हँसकर बाद में कहा था...''युद्धविराम चल रहा है?''

''हाँ, अब आप नजर तो न लगाइए!''

☐

एक दिन प्रसाद दंपती आ गए थे। डॉ. प्रसाद कुमार के दोस्तों में सबसे घनिष्ठ हैं। दोनों पति-पत्नी बड़े ही हँसमुख, खुशमिजाज और मिलनसार हैं। यों तो पारुल कभी भी मेहमानों के सामने नहीं आती, पर प्रसाद अंकल से उसकी पटती है, वे आते ही उसे खींचकर बाहर निकालते हैं, कॉलेज के हालचाल पूछते हैं, कभी-कभी आइसक्रीम खिलाने बाहर भी ले जाते हैं, उनके बच्चों के साथ तो वह एकदम बच्ची बन जाती है। उनका गदबदा छुटकू, जो नौ साल के अंतराल से पैदा हुआ है,

बड़ा प्यारा है। पारुल तो उस पर जान देती है। देखते ही लपककर उठा लेती है।

उस दिन भी पारुल ने छुटकू को देखते ही किताब फेंक दी। फिर रवि, शशि और नन्हे हनी को लेकर सीधे छत पर चली गई। उन लोगों की धमाचौकड़ी की गूँज नीचे तक आ रही थी।

"दीदी," मिसेज प्रसाद बोलीं, "अब आप भी एक प्यारा सा खिलौना ले आइए। निक्की को बच्चों का कितना शौक है, देख रही हैं न!"

इस उम्र में बच्चे की कल्पना भी मेरे लिए हास्यास्पद थी। संयत स्वर में मैंने कहा, "घर में जो दो बच्चे पहले से हैं, उन्हें ही तो मैनेज करना मुश्किल हो रहा है, नई मुसीबत मोल लेकर क्या करूँगी?"

"कोई मुसीबत नहीं होगी, भाभी, अपने आप दोनों रास्ते पर आ जाएँगे। घर में थोड़ी रौनक हो जाएगी, तो इस तरह भागते नहीं फिरेंगे।"

"और क्या, भाई साहब तो जब देखो, अपने मरीजों से ही घिरे रहते हैं। दीदी, आप भी कुछ कहती नहीं हैं?"

"भाभी क्या कहेंगी, काम जो इतना फैला रखा है, समेटने में देर तो लगेगी। उस वक्त तो समय काटना एक समस्या थी। अकेला घर काटने को दौड़ता था। इसीलिए बेचारा अपने को उलझाए रखता था।"

मैं दोनों की बातचीत तटस्थ भाव से सुन रही थी। एकाएक पूछ बैठी—"आप इन लोगों को कब से जानते हैं, डॉक्टर?"

"कब से मतलब? हम लोग तो साथ में पढ़े हैं।"

"तब तो आपने पारुल की मम्मी को भी देखा होगा।"

"हाँ, मैंने तो देखा है, पर शायद संध्या ने नहीं देखा। क्यों डार्लिंग?"

"हाँ, हम लोगों की शादी में वह नहीं थीं। मैं जब पहली बार माताजी से आशीर्वाद लेने आई तो निक्की को देखा था। आया की गोद में चढ़कर घूम रही थी। तब बिन माँ की उस नन्ही सी बच्ची को देखकर बहुत दुःख हुआ था।"

"लेकिन वह आया भी गजब की थी, भाभी। यह समझ लीजिए कि माँ से बढ़कर थी।"

"इतनी अच्छी आया को उन्होंने निकाल क्यों दिया?"

"यह आपसे किसने कह दिया? निकाला नहीं था भाभी, उसे टी.बी. हो गई थी। यहाँ घर में कैसे रखते? इलाज के लिए उसे हॉस्पिटलाइज तो करना ही पड़ा। कुमार ने खुद सारा इंतजाम किया था। वह जब तक ठीक नहीं हो गई, कुमार बराबर उसके इलाज के लिए पैसे भेजता रहा।"

"उसके घर का पता जानते हैं?"

"कुमार को मालूम होगा..."

"नहीं, मैं उनसे नहीं पूछना चाहती। आप ही किसी तरह पता लगा सकें तो लगाइए।"

"पता तो खैर टी.बी. हॉस्पिटल से भी मिल जाएगा, पर बात क्या है?"

"मैं उसे वापस बुलाना चाहती हूँ।"

"पर क्यों, अब तो वह बहुत बूढ़ी हो गई होगी। निक्की को भी अब आया की जरूरत नहीं रही।"

"आठ-दस साल में कोई इतना बुढ़ाता नहीं डॉक्टर और निक्की को अब भी उसकी जरूरत है। उसके अवचेतन में अब भी वह बसी हुई है। उसे खोने का दुःख अब भी उसके मन में ताजा है। मैं चाहती हूँ, वह फिर से यहाँ आकर रहे और पारुल का बचपन लौटा दे।"

"कुमार, राजी होगा?"

"वह मेरा जिम्मा रहा। पहले आप पता तो लगाइए। ट्रीट इट एज एन अर्जेंट केस-टॉप प्रायरिटी! समझ रहे हैं न।"

"बिल्कुल समझ रहा हूँ, भाभी।"

□

उसके बाद लगातार तीन-चार दिन तक मैं डॉ. प्रसाद के फोन की प्रतीक्षा करती रही। चौथे दिन वे खुद ही आ गए। वह जान-बूझकर ऐसे समय आए थे, जब उनके मित्र घर पर नहीं थे। मैंने मन-ही-मन उनकी समझदारी की दाद दी।

"भाभी, मैंने आपका काम तो कर दिया है, मतलब गंगाबाई का पता तो लगा लिया है। बट आई एम अफ्रेड, आप उसे घर नहीं ला सकेंगी?"

"क्या मतलब?"

"मैं उसका पता लेने टी.बी. हॉस्पिटल गया था। वहाँ पता चला कि छह महीने पहले ही उसे फिर से भरती किया गया है और यह भी पता चला कि इस बार बीमारी बहुत अगले दौर में पहुँच गई है।"

"क्या टी.बी. भी रिलॅप्स होता है, डॉक्टर?"

"यह तो राजरोग है भाभी। इसे चाहिए अच्छी गिजाँ, अच्छी देखभाल। गरीबों के घर पर यह सब कहाँ से मयस्सर होता है। फिर अपना कोई होता तो देखभाल करता। वह तो भाई के घर पड़ी हुई थी। वहाँ तो अपने ही खाने के लाले होंगे। गंगाबाई बेचारी तो इन असुविधाओं की आदी भी नहीं है। शुरू से बँगलों में रही है,

अच्छा खाया है, अच्छा पहना है, भाभी के पीहर में भी उसके ठाठ थे, यहाँ भी उसका दबदबा था। दूसरे माहौल में तो वह जी ही नहीं सकती थी।''

''तो क्या वह उनके पीहर से आई थी?''

''हाँ, निक्की की देखभाल के लिए उसे बुलवा लिया था। उन दिनों भाभी बीमार चल रही थीं न! उनकी मृत्यु के बाद उसके वापस जाने का प्रश्न ही नहीं उठता था···भाभी, एक बात कहूँ?''

''कहिए,'' मैंने निराश स्वर में कहा। निक्की और दिद्दा को लेकर मैंने पिछले दिनों कितने कल्पना-चित्र बनाए थे। अब सब-के-सब मुझे मुँह चिढ़ा रहे थे।

''भाभी, मुझे लगता है, वह बुढ़िया ज्यादा दिन नहीं खींचेगी। हर डेज आर नंबर्ड। अगर निक्की को एक बार उससे मिलवा लाते तो उसका जी खुश हो जाएगा···आप इत्मीनान रखिए, मैं ही ले जाऊँगा उसे।''

डॉ. प्रसाद के साथ पारुल को भेजना कोई मुश्किल नहीं था। उनसे तो पारुल की दोस्ती थी। वादे के मुताबिक वे दूसरे ही दिन आकर उसे ले गए। उनके जाने के बाद मैं अपने दिवास्वप्नों में खो गई।

पारुल आज कितनी खुश होगी। उसे लगेगा, जैसे उसका बचपन लौट आया है। और जब उसे पता लगेगा कि उसकी बिछुड़ी हुई ममता से पुन: मिलवाने के लिए मैंने ही पहल की है तो वह कृतज्ञता से भर उठेगी। मन का सारा कल्मष धुल जाएगा। प्रसाद अंकल उसे यह भी तो बताएँगे कि दिद्दा के इलाज का सारा खर्च पापा उठा रहे हैं। तो फिर वह पापा को भी माफ कर देगी।

और उसके पापा? वे भी तो कितने खुश होंगे। इस मधुर षड्यंत्र की मैंने भनक तक न लगने दी थी। अब पता चलेगा तो सिवा प्रशंसा के कुछ न कर पाएँगे।

उन लोगों को लौटने में कोई दो-ढाई घंटे लग गए। हॉस्पिटल शहर से दूर पहाड़ी पर जो था। मुझे लगा था, गाड़ी से उतरकर वह सीधे मेरे पास दौड़ी आएगी। मेरे गले में अपनी दोनों बाँहें डालकर कहेगी—'हाय मम्मी। यू आर सो स्वीट।' पिछले दिनों हम काफी करीब आ गए थे। फिर भी एक औपचारिक दूरी बनी हुई थी। आज वह भी समाप्त हो जाएगी।

लेकिन वह सीधे कमरे में चली गई। शायद अपना भावावेश मुझसे छिपाना चाहती हो। डॉ. प्रसाद जरूर थोड़ी देर को मेरे पास बैठे। बोले, ''बहुत खुश हुई बुढ़िया। बार-बार बलाएँ ले रही थी, माथा चूम रही थी। आपको और मुझे भी असीस रही थी। लेकिन भाभी, उसकी हालत कुछ ठीक नहीं है। शी मे कोलेप्स एनी टाइम।''

''तो अच्छा ही हुआ, जो आप लोग हो आए। नहीं तो जिंदगी भर को मलाल

रह जाता—मुझे भी और बिटिया को भी!''

''आप ठीक कह रही हैं,'' उन्होंने उठते हुए कहा। उन्हें विदा करके मैं गुनगुनाती हुई सीधे पारुल के कमरे में गई। मुझे क्या मालूम था कि वह मेरी प्रतीक्षा में भरी बंदूक की तरह तनी बैठी थी। मुझे देखते ही फट पड़ी—

''क्यों भेजा था मुझे वहाँ? किसकी साजिश थी ये? बचपन की एक मीठी सी याद मेरे मन में थी, उसे भी आपने तहस-नहस कर दिया। सौतेली माँ हैं न आप! मेरा इतना सा सुख भी आपसे सहा न गया। और आप सोच रही हैं कि आपने बड़ा एहसान किया? मेरी पुरानी आया से मिलवाकर बड़ा नेक काम किया?''

पता नहीं कितनी देर तक वह इसी तरह बड़बड़ाती रही। मैं जड़-मूक बनी उसके आरोपों को झेलती रही। प्रतिवाद करने का या आगे बढ़कर उसे सांत्वना देने का भी मेरा साहस न हुआ।

''उफ, मैं तो सोच भी नहीं सकती कि बचपन में इसी औरत ने मुझे पाला है। मुझे तो यह सोचकर भी झुरझुरी हो आती है कि मैं उसकी गोद में खेलती थी, उसके पास ही सोती थी। उसने बताया कि वह मुझे अपने हाथों से खाना खिलाती थी। छिह! मुझे तो वहीं उबकाई आने लगी। उसका कमरा, उसका बिस्तर उसके कपड़े इस कदर बास मार रहे थे—उफ!''

☐

उसका दर्द मेरी पकड़ में आ गया। दिद्दा उसके लिए एक मधुर एहसास की तरह थी, पर इस मरणासन्न वृद्धा से उसका कहीं कोई मेल नहीं था। उसका रोग-जर्जर शरीर देखकर वह काँप गई थी। उसका स्नेहिल स्पर्श उसे लिजलिजा लगा था। एक तिलिस्म था, जो टूट गया था—और अब वह उन किस्सों पर आँसू बहा रही थी।

मैं उसे समझाना चाहती थी कि पारुल वक्त की मार किसी को नहीं बख्शती। हम सब धीरे-धीरे काल के उसी अंधकूप की ओर बढ़ रहे हैं, जहाँ सबकुछ विरूप हो जाता है, नष्ट हो जाता है। पर जीवन की नश्वरता का दर्शन समझने की भी एक उम्र होती है। पारुल तो अभी उम्र के उस दौर में थी, जहाँ सबकुछ रसमय और रंगीन होता है। उसके लिए तो भविष्य का अर्थ विकास है, विनाश नहीं। वह इस कड़वे सच को, असुंदर यथार्थ को कैसे स्वीकारेगी।

वह फिर लौट गई अपनी उसी कारा में, जो उसने स्वयं निर्माण की थी, मैं फिर दूर फेंक दी गई। पहले भी हम दोनों में बोलचाल नहीं थी। पर तब इतना असहज नहीं लगता था। पर एक बार करीब आने के बाद फिर उसी स्थिति में लौट जाना

बहुत क्लेशकारक लगता था।

उसके पापा अकसर छेड़ देते—"क्यों, युद्धविराम समाप्त हो गया? संधिवार्त्ता विफल हो गई?" तो मैं गुस्से में यह भी न कह पाती कि आप ही की नजर लग गई!

बस, शर्म से सिर झुका लेती।

☐

जीवन फिर पुराने ढर्रे पर चल पड़ा था—एकरस और निरानंद! घर फिर द्वीपों में बँट गया था। इस बीच कई पर्व-त्योहार आए, पर कोई हमें उल्लसित न कर सका, उल्टे वे हमें और अवसाद से भर गए।

30 सितंबर को पारुल का जन्मदिन था। मैं मन-ही-मन कब से उसकी प्रतीक्षा कर रही थी। अच्छा-खासा हंगामा करने का प्लान था, सारी तैयारी भी कर रखी थी। पारुल ने बातों-ही-बातों में बताया कि अरसे से उसका जन्मदिन घर पर नहीं मना है। इतने दिन तक तो वह हॉस्टल में ही थी, पिछले साल पापा को याद ही न रहा।

मैंने तय कर लिया था कि इस बार इतने सालों की कसर निकाल दूँगी, पर मेरा सोचा कुछ नहीं हुआ? पारुल ने साफ इनकार कर दिया। मैंने उसके लिए प्यारी सी ड्रेस खरीदी थी, जो उसने नहीं पहनी। उसके लिए तीन रंगों वाला नाव के आकार का केक बनाया था, जो उसने नहीं काटा। उसकी सहेलियों के लिए कलात्मक निमंत्रण-पत्र बनाए गए थे, जो उसने नहीं भेजे। मेरी सारी मेहनत व्यर्थ हो गई।

दशहरे पर हम लोगों ने जबलपुर जाने का कार्यक्रम बनाया, उसने मना कर दिया। दीपावली पर हमने पूरे घर का रंग-रोगन करवाया, पर उसने अपना कमरा खाली नहीं किया। मैंने रंगोली से पूरा आँगन पूर दिया, पर उसने झाँककर भी नहीं देखा। घर में मैंने मिठाइयों के ढेर लगा दिए, पर उसने प्रशंसा का एक शब्द नहीं कहा। भइया दूज पर मैंने खास तौर से डॉ. प्रसाद के परिवार को आमंत्रित किया, पर उसने बच्चों का टीका नहीं किया।

पहले की भाँति अब वह मुझ पर फुफकारती तो नहीं थी, पर अपनी उपेक्षा से मेरे हर प्रयास को विफल कर रही थी। मेरी चार-पाँच महीने की लंबी छुट्टी समाप्त होने को थी और मेरा मन फिर से ज्वॉइन कर लेने को हो रहा था। इस ऊब से बचने का और कोई उपाय भी तो नहीं था। मैं ईश्वर को धन्यवाद दे रही थी कि उसने मुझे समय पर सद्बुद्धि दी, नहीं तो मैं एकदम इस्तीफा देकर ही आ रही थी। ईश्वर से ज्यादा धन्यवाद तो भैया-भाभी को और अपने सहयोगियों को देना चाहिए, उन्हीं लोगों ने मुझे सलाह दी थी कि फिलहाल लंबी छुट्टी ले लो। और देखो, इस उम्र में

शापित शैशव 175

एडजस्टमेंट बहुत कठिन होता है। नौकरी छोड़ दोगी तो लौटने का भी रास्ता नहीं रहेगा।

एक पारुल की बात छोड़ दी जाती तो इस घर में मुझे सुख–ही–सुख मिला था, पर उस एक दु:ख ने सारे सुख का स्वाद छीन लिया था। निश्चय और अनिश्चिय के बीच झूलता हुई मैं एक दिन सचमुच इंदौर पहुँच जाती कि बीच में ही एक हादसा हो गया।

उस दिन मैं रोज की तरह किचन में व्यस्त थी कि ये आए और गंभीर स्वर में बोले, ''प्रसाद का फोन है तुम्हारे लिए।''

मैं चौंक पड़ी। मेरे लिए?···धड़कते दिल से रिसीवर उठाया, ''हैलो!''

''भाभी, बुरी खबर है।''

''क्या?'' मैंने काँपते स्वर में पूछा।

''पूजनीय दिद्दा चल बसीं!''

मैं स्तब्ध रह गई।

''भाभी···कुछ कहिए भी, क्या करना है?''

''अब कहने को या करने को रहा ही क्या है!''

''मेरा मतलब है, शुड वी टेल द किड?''

''नो, डेफिनेटिली नॉट! शी इज जस्ट ए किड यू नो। अच्छा, अब आप इनसे बात कीजिए, मेरी कढ़ाई जल रही है।'' चोंगा इनके हाथ में देकर मैं भागने ही वाली थी कि इन्होंने हाथ पकड़कर रोक लिया। प्रसाद से दो मिनट बात करके फोन रख दिया और मेरी तरफ मुखातिब हुए। उनकी मुद्रा से मैं समझ गई कि मैं कठघरे में खड़ी हूँ।

जलती हुई आँखों से उन्होंने पहला प्रश्न दागा—

''प्रसाद ने यह खबर पहले तुम्हें क्यों दी? मुझे भी तो दे सकता था?''

''यह बात आप उन्हीं से पूछते तो ठीक रहता।''

''उससे तो खैर पूछना ही है, पर तुम यह बताओ, इस औरत की मौत से तुम्हारा क्या वास्ता है?''

''ओफ्फो! मेरा क्या वास्ता होगा? वे बस मुझसे इसलिए पूछ रहे थे कि पारुल को बताना है कि नहीं। मैंने कह दिया कि कोई जरूरत नहीं है। वह जब जिंदा थीं, पारुल उन्हें देख आई थी बस। मैं रात में तो उस बच्ची को भेज नहीं सकती न!''

''पारुल अस्पताल कब गई थी?''

''गई थी एक दिन। प्रसाद लिवा ले गए थे।''

"पर सुझाव किसका था?"

"मेरा था।"...यही सुनना चाहते हैं न आप। अब आप यह भी कहेंगे कि यह बात मुझसे क्यों नहीं कही गई। तो हुजूर, शुरुआत तो आप ही से की थी, पर आप तो उस नाम को सुनते ही भड़क गए थे। उस समय आप क्या यह सुनने की स्थिति में थे कि पारुल अपनी आया को भूल नहीं पाई है? अब भी वह उसे उतनी ही शिद्दत से याद करती है? क्या आपके पास यह सोचने-समझने की फुरसत थी कि वह अपनी दिद्दा के लिए कितनी बेचैन है?··· और आपकी उस फुरसत का इंतजार मैं नहीं कर सकती थी, क्योंकि उस औरत के पास गिनती के दिन थे। आज मैं खुश हूँ कि आपकी नाराजगी का खतरा उठाकर भी मैंने यह पहल की। आपको और कुछ कहना है?"

क्या कहते बेचारे! मुँह लटकाकर रह गए। विजय के उन क्षणों में मैंने उन्हें यह नहीं बताया कि मेरी वह उदात्त कोशिश कितनी नाकाम रही है, मेरे आत्मविश्वास का दुर्ग कैसे भरभराकर गिर पड़ा है। उस दिन नाश्ता किए बिना ही वे घर से निकल गए। शायद मुझे दंड देने का इससे अच्छा तरीका उन्हें याद नहीं आया। सुबह के गए रात को लौटे। आते ही सीधे नहाने चले गए। मैं समझ गई कि दिवंगता को श्रद्धांजलि देकर लौटे हैं। अच्छा भी लगा, इतना हक तो उस गरीबिनी का बनता ही था।

◻

अब मेरे सामने केवल एक समस्या थी—पारुल को बताऊँ या न बताऊँ? बताऊँ भी तो कैसे? वह तो मुझसे रुख भी नहीं मिलाती। इतनी बड़ी बात एकदम मुँह फेरकर तो मारी नहीं जा सकती न! कुछ माहौल तो बनाना पड़ेगा और इस स्थिति में यह संभव नहीं। और अगर न बताऊँ तो? कल को वह इसी बात पर आरोपों की झड़ी लगा देगी और मुझसे और दूर छिटक जाएगी।

ट्रिंग!··· ट्रिंग!!

रात के सन्नाटे में फोन की घंटी बजी तो मैं हड़बड़ाकर उठ बैठी। तब तक इन्होंने चोंगा उठा लिया था। जब तक वे बात करते रहे मैं बदहवास सी उन्हें देखती रही।

"रिलेक्स डार्लिंग।" उन्होंने फोन रखते हुए कहा, "डॉक्टर के घर में तो जब-तब घंटी बजती ही रहती है। तुम्हें अब तक आदत नहीं हुई?"

"धीरे-धीरे ही तो होगी," मैंने झेंपते हुए कहा, "दरअसल सुबह-सुबह फोन पर वह खबर सुनी है न, तब से दिमाग खराब हो गया है," फिर कुछ रुककर पूछा, "आप वहाँ गए थे न?"

''हाँ, जाना तो था ही। गया भी और कफन-दफन का···मेरा मतलब है अंतिम संस्कार का सारा इंतजाम किया।''

''क्यों, उनके परिवारवाले नहीं आए थे?''

''आए थे, पर सब-के-सब हाथ हिलाते हुए चले आए थे। बॉडी कोई गाँव भी ले जाना नहीं चाहता था। फिर यहीं सब करना पड़ा।''

''चलिए, अच्छा ही हुआ। इसी घर से दानापानी बँधा था उनका। आखिर तक निभ गया, यही खुशी है।'' और फिर कुछ क्षण रुककर बड़े साहस के साथ मैंने कहा, ''सुनिए, मुझे उनके बारे में कुछ बताएँगे?''

इस बार उन्होंने आँखें नहीं तरेरी और न ही गुर्राए, बल्कि शांत स्वर में बोले, ''क्या जानना चाहती हो?''

''यही कि वे कौन थीं···कहाँ से आई थीं?···इस घर में उनका वजूद क्या था?''

''ऐसा कोई लंबा-चौड़ा इतिहास नहीं है। रमा के भतीजों की आया थी। रमा की बीमारी में यहाँ आई थी। खासियत बस यही थी कि जब तक मेरे ससुर जीवित रहे, उसकी तनख्वाह उस घर से ही आती रही।''

''ऐसा क्यों?''

''इसलिए कि उस समय फुलटाइम आया रखने की मेरी हैसियत नहीं थी। हम लोग यानी मैं और अम्माँ उसके लिए इतने उत्सुक नहीं थे। किसी तरह एडजस्ट ही कर रहे थे, पर रमा असुविधाओं में जीने की आदी नहीं थी। इसीलिए उसके पिताजी को दया आ गई। पर उनकी यह दया, यह मेहरबानी हमें बहुत महँगी पड़ी।''

''क्यों?''

''अपने ही घर में हम जैसे किसी के आश्रित हो गए। उसकी उपस्थिति हमें एक हीन-बोध से भर देती थी। वह भी हमें हिकारत से देखती थी। मेरा तो फिर भी थोड़ा लिहाज करती थी, पर अम्माँ को उसने कभी मालकिन का दरजा नहीं दिया। बेचारी अम्माँ! वे तो नौकरानी की नौकरानी बन गई थीं! वे दिद्दा के लिए चाय बनातीं, नाश्ता देतीं, रोटियाँ सेंकतीं। दिद्दा नाक-भौंह सिकोड़कर खाती और अपने साहब को कोसती कि बेबी को उन्होंने किस कुएँ में पटक दिया है!''

''क्या वे लोग बहुत अमीर हैं?''

''अमीर थे। रमा के डैडी की शेयरिंग प्रैक्टिस थी। बहुत कुशल सर्जन थे वे। अपनी उँगलियों के कमाल से उन्होंने वैभव का साम्राज्य खड़ा कर दिया था। लेकिन उस साम्राज्य का योग्य उत्तराधिकारी उन्हें नहीं मिला। बेटा उनका डॉक्टर नहीं बन

सका। शायद इसीलिए उन्होंने रमा के लिए मेरा चुनाव किया था। सोचा होगा, यह गरीब घर का, बिना बाप का लड़का आसानी से काबू में आ जाएगा। मेरे पास अपना अलग साम्राज्य बनाने की कूबत थी। जो सोचा था, वह मैंने करके भी दिखा दिया, पर देखने के लिए न रमा रही, न उसके डैडी! उन्होंने तो बस मेरे संघर्ष का दौर ही देखा।''

''उन्हें...मेरा मतलब है पारुल की मम्मी को क्या हो गया था?''

''दूसरी प्रेग्नेंसी के दौरान छोटा सा एक्सीडेंट हो गया था। डॉक्टरों ने एबॉर्शन की सलाह दी, वह भी करवा लिया। पर पता नहीं क्या कॉम्पलिकेशंस हो गए कि हालत बिगड़ती ही चली गई। कार में डालकर मुंबई भी ले गए थे, पर कुछ फायदा नहीं हुआ। पंद्रहवें दिन उसके शव को लेकर ही लौटना पड़ा। उन्हीं दिनों दिद्दा इस घर में आई थीं। हम लोग तो उन दिनों रमा को लेकर परेशान थे। घर में बस अम्माँ थीं और वह थी। पर एक नफरत का बीज कब पड़ गया, पता ही नहीं चला। एक खाई सी थी दोनों के बीच, जो बढ़ती ही चली गई। रमा जब तक रही तब तक तो सबकुछ दबा-ढका रहा, पर उसकी मृत्यु के बाद दोनों का परस्पर तिरस्कार और घृणा जैसे मुखर हो गए। बहुत कठिन दिन थे वे। मैं रमा के वियोग से आहत था, प्रैक्टिस की कशमकश जारी थी और इधर घर पर जैसे जंग छिड़ी हुई थी। मैं परेशानहाल घर लौटता, तो यहाँ अदालत शुरू हो जाती। मैं बच्ची का ढंग से पता भी नहीं कर पाता। इन्हीं दोनों की चिकचिक मेरा दिमाग चाट जाती। दोस्त, रिश्तेदार और साथी डॉक्टर रोज सलाह देते कि शादी कर लो। बच्ची बड़ी हो जाएगी तो फिर मुसीबत हो जाएगी, वह फिर आसानी से नई माँ को स्वीकार नहीं कर पाएगी। अम्माँ भी इसरार करतीं, पर मेरी हिम्मत ही न पड़ती थी। घर में एक तीसरा मोरचा खोलने की मेरी ताकत नहीं थी।

□

पाँच साल तक घर में यह नाटक चलता रहा और हम माँ-बेटे बच्ची को बरबाद होते देखते रहे। अत्यधिक लाड-प्यार ने उसे जिद्दी और बिगड़ैल बना दिया था। उसमें गलत संस्कार पड़ रहे थे। वह दादी को तो किसी गिनती में ही नहीं लाती थी। बस थोड़ा-बहुत मुझसे डरती थी। उसे डराना मुझे अच्छा नहीं लगता था, पर सोचता कि किसी का तो खौफ हो, नहीं तो लड़की हाथ से निकल जाएगी। फिर धीरे-धीरे सबकुछ मेरी सहनशक्ति से बाहर होता चला गया। मैं समझ गया कि इस घर में इन दो औरतों का साथ रहना मुश्किल है। किसी एक को तो जाना ही पड़ेगा और जाहिर था मैं अपनी माँ को तो कहीं भेज ही नहीं सकता था!''

''इसीलिए दिद्दा को निकाल बाहर किया?''

''नहीं, इतनी बेदर्दी से नहीं निकाला, पर यों कहो कि इत्तिफाक से मुझे एक कारण मिल गया। उन दिनों दिद्दा बहुत खाँसने लगी थी। अम्माँ ने कई बार बताया कि उसकी खाँसी के मारे वे रात भर सो नहीं पाती! पर मैं इसे भी शिकायत का एक पैंतरा समझकर टाल गया था। पर ज्यादा दिन तक अम्माँ को अनसुना न कर सका। मुझे भी दिद्दा की खाँसी सुनाई देने लगी। उस समय तो हम छोटे से घर में थे। तब आज जैसा बड़ा बँगला नहीं था। खाँसने की आवाज कहाँ तक छिपती। महरी ने एक बार दिद्दा को खून थूकते भी देखा, जिसे वह पान की पीक बताती रही। फिर मुझे चिंता हुई। बड़ी मुश्किलों से, निक्की का वास्ता देकर उसे डॉक्टरी जाँच के लिए राजी किया। इन्वेस्टिगेशन के बाद मेरा शक सच निकला। उसे टी.बी. हो गई थी।''

''लेकिन टी.बी. तो अब कोई लाइलाज बीमारी नहीं है।'' मैंने जैसे उन पर आरोप लगाते हुए कहा।

''लेकिन बीमारी तो है। और इलाज भी करना पड़ता है। एक बार पता चल जाने के बाद क्या उसे घर में निक्की के पास रखा जा सकता था? मैंने उसे यहाँ टी.बी. अस्पताल में भरती करवा दिया। दो-ढाई साल बाद वह ठीक भी हो गई। पर मैं उसे वापस घर नहीं लाया। उसके गाँव ही भेज दिया, पर वह जहाँ कहीं भी रही, मैं उसे बराबर पैसे भेजता रहा। आज उसकी अंतिम किस्त भी मैंने दे दी।''

इतनी देर से मैं पेट के बल लेटकर, कोहनियों पर सिर टिकाए उनकी बातें सुन रही थी। दिद्दा की कहानी का पटाक्षेप होते ही मैंने एक निश्श्वास भरा और करवट बदलकर लेट गई। मन बेहद उदास हो आया था, परंतु इस समय जिस अनजान, अनदेखी वृद्धा के प्रति मन में करुणा उमड़ रही थी, वह दिद्दा नहीं, पारुल की दादी थीं। बेचारी। बेटे की शादी के कैसे-कैसे अरमान सँजोए बैठी होंगी, पर मिला क्या? दुःख, निराशा और अपमान!

''रजनी!''

''जी।''

''उसके बाद की कहानी नहीं सुनोगी?''

मैंने एकदम पलटकर उन्हें देखा—''उसके बाद की! मतलब?''

''यह तो निक्की की आया की कहानी थी। निक्की की कहानी भी तो सुनो।''

''वह मुझे मालूम है,'' मैंने उलाहने के स्वर में कहा, ''दिद्दा चली गई तो उसे मामा के यहाँ भेज दिया। वहाँ मामी की पैनी जबान ने उसका जीना मुश्किल

कर दिया। वहाँ से लौटी तो कर्कश बुआ के पल्ले पड़ गई। फिर उनसे भी नहीं सँभली तो हॉस्टल में पटक दिया। यही न!''

''तुमने तो चार लाइनों में सारा इतिहास समेटकर रख दिया, पर जानती हो, इसे जीने के लिए मुझे आठ लंबे साल लग गए हैं और मैं उतना दुष्ट भी नहीं हूँ, जितना तुम मुझे साबित करना चाहती हो।''

''मैंने अपनी ओर से तो कुछ नहीं कहा। पारुल से जितना सुना था, वही बता दिया। अब आप बताइए।''

''यह हुई न बात! जज को चाहिए कि पहले दोनों पक्षों को सुन ले और फिर फैसला करे।''

''प्रोसीड!'' मैंने नाटकीय अंदाज में कहा।

''योर ऑनर, यह सच है कि दिद्दा की बीमारी के बाद मैंने निक्की को मामा के यहाँ भेज दिया था। उस घर में उसका हमेशा स्वागत ही हुआ है। रमा की मृत्यु के बाद तो उन्होंने बार-बार कहलाया था, पर बच्ची के बिछोह की कल्पना से ही मैं घबरा जाता था, इसीलिए भेज नहीं सका। जब मजबूरी में भेजने की नौबत आई, उस समय मेरे श्वसुरजी गुजर चुके थे। दुर्भाग्य से मेरी सास भी खाट से लग गई थीं। घर में आमदनी तो शून्य हो गई थी और निक्की के मामा बिजनेस के नए-नए प्रयोगों में बाप की कमाई फूँक रहे थे। निक्की की मामी यों तो बड़ी अच्छी थीं बेचारी, पर परिस्थितियों ने उन्हें परेशान कर दिया था। छोटे-छोटे तीन बच्चे, घर में अपंग और बीमार सास, गिरती हुई माली हालत—दिमाग खराब करने के लिए यही बहुत था। उसमें पहुँच गई वह जिद्दी और बिगड़ैल लड़की। साल भर घर में जैसे कुहराम मचा रहा था। हारकर बेचारे उसे वापस छोड़ गए। भाभी आँख में आँसू भरकर कहती रहीं—''लाला, लड़कों का साथ है मेरा, पराई लड़की की जिम्मेदारी लेने से जी घबराता है।''

लड़की उस दिन से सचमुच ही पराई हो गई। निक्की ने फिर कभी इधर का रुख नहीं किया। अम्माँ जैसे-तैसे घर सँभाल रही थीं, पर निक्की उनके बस की नहीं थी। इसीलिए मैंने दीदी से चिरौरी की और वे तुरंत चली आईं—साथ में जीजाजी भी थे। वे उसी साल रिटायर हुए थे, पर आशिकी का यह आलम था कि बीवी के बगैर एक दिन भी नहीं रह पाते थे। दीदी भी उनकी रंगीनमिजाजी से वाकिफ थीं। इसीलिए बहू-बेटियों के बीच उन्हें अकेले छोड़ने का खतरा उन्होंने नहीं लिया।

दीदी बहुत उत्साह में भरकर यहाँ आई थीं। वे बहुओं को जता देना चाहती थीं कि दुनिया में उनकी कद्र करनेवाले, उन्हें चाहनेवाले भी हैं। उन्होंने मुझे आश्वस्त

शापित शैशव 181

किया कि वे लड़की को दो दिन में ठीक कर देंगी···और वे एकदम रिंग मास्टर की तर्ज पर शुरू हो गईं। उनकी सख्ती देखकर तो अम्माँ भी सिहर गई थीं। पर बच्ची के कल्याण की कल्पना करके चुप रह गई थीं। उन दिनों निक्की का जीवन एकदम घड़ी की सुइयों पर चलता था। समय पर सोना-जागना, रोज नहाना, दोनों वक्त कंघी करना, ब्रश करना, समय से स्कूल जाना, नियमित होमवर्क करना, दोनों वक्त ट्यूशन पढ़ना इत्यादि-इत्यादि···लड़की जैसे बुआ के हाथों की कठपुतली बन गई थी। दीदी बहुत मेहनत कर रही थीं, पर उनमें ममता की आँच नहीं थी, स्नेह का स्पर्श नहीं था। इसीलिए फिर निक्की बिदकने लगी, और···''

''और क्या?'' मैंने उनकी चुप्पी को तोड़ा।

''आज समझ में आ रहा है, अम्माँ ने किस मुश्किल से यह बात मुझसे कही होगी। मुझे आज भी कहते शरम आ रही है।''

''कौन सी बात?''

''अम्माँ अपने देवतास्वरूप दामाद के प्रति एकाएक शंकालु हो उठी थीं। रसिया तो वे जनम के थे, पर इतनी सी लड़की पर जोर डालेंगे, यह नहीं सोचा था। सहज स्नेह से वंचित, लाड-दुलार के लिए तरसती दस-बारह साल की निक्की आसानी से उनके हाथ आ गई थी। वह दिन भर उनसे चिपटी रहती। दीदी देखतीं और सुलग उठतीं। अम्माँ देखतीं और मन मसोसकर रह जातीं। आखिर एक दिन अम्माँ ने मुझसे कह दिया—'बेटा, इन बूढ़ी आँखों में अब चौकीदारी करने की ताकत नहीं है। तू अगर लड़की को सर्वनाश से बचाना चाहता है तो किसी अच्छे से हॉस्टल में डाल दे, नहीं तो मैं सुख से मर भी नहीं पाऊँगी।'

''अम्माँ ने जीवन भर इतना सहा था कि मैं उनके दु:खों का बोझ और बढ़ाना नहीं चाहता था। इसीलिए वही किया, जो अम्माँ ने चाहा था। बच्ची के कल्याण का दूसरा कोई रास्ता भी नहीं था। पर पता नहीं कहाँ, क्या गलत हो गया। जिसके लिए सारी उठापटक करता रहा, वही मुझसे रूठ गई। मैं तरसकर रह जाता हूँ, पर वह मुझसे बात नहीं करती। करती भी है तो उसकी जबान पर जैसे काँटे उग आते हैं। लहूलुहान कर देती है वह मुझे। उसकी आँखों में झाँकती घृणा मुझे अपनी ही नजर में छोटा बना देती है। मैं उसे···''

इससे आगे वे बोल नहीं पाए। पुरुष थे, शायद इसी से जब्त कर सके, नहीं तो फफककर रो ही पड़ते। मुझे अपने ही ऊपर शरम हो आई। हमेशा पारुल के लिए ही सोचती रही मैं। मेरी बगल में लेटा हुआ यह व्यक्ति···यह भी तो बिल्कुल अकेला है। इसे भी तो अपनों ने ही छला है! किसी ने स्नेह का, संवेदना का स्पर्श नहीं

दिया—केवल समस्याएँ ही दी हैं।

"आपकी भूल क्या थी बताऊँ?" मैंने उनके बालों में उँगलियाँ फेरते हुए कहा, "जिसके लिए आपने इतनी उठापटक की, उसके मन में झाँकने की, वहाँ लिखी इबारत पढ़ने की आपने कभी कोशिश नहीं की। परिस्थितियों पर आपका वश नहीं था, मंजूर है, पर उनकी व्याख्या तो की जा सकती थी, अपनी मजबूरियाँ तो समझाई जा सकती थीं। आपने सोचा होगा, छोटी सी बच्ची है, क्या समझेगी! यहीं आप चूक गए। बच्चे बहुत समझदार होते हैं। शत्रु-मित्र की पहचान वे फौरन कर लेते हैं, उनके संवेदनशील मस्तिष्क पर हर बात का जल्दी और गहरा असर होता है। इसीलिए उनके राग-द्वेष भी स्थायी होते हैं।"

"मेरे पास उस समय इतना सोचने-समझने की फुरसत ही कहाँ थी! मैं तो अपने अस्तित्व की लड़ाई लड़ने में व्यस्त था।"

"इसलिए तो यह मोरचा हार गए," मैंने उस गंभीर प्रसंग को हलके-फुलके ढंग से समाप्त कर दिया, ताकि वातावरण का तनाव कुछ तो कम हो। और वह हुआ भी। थोड़ी ही देर में इनकी नाक बजने लगी

लेकिन मैं सुबह तक आँख नहीं झपका सकी।

☐

मैं कमरे में बैठकर बुनाई कर रही थी कि वह दनदनाती हुई सामने आकर खड़ी हो गई—"मुझे बुलाया था?"

"हाँ, तुम्हारे मामा के यहाँ से मनीऑर्डर आया है—और राहुल की चिट्ठी भी।"

"चिट्ठी?...किस खुशी में?"

"दरअसल हुआ यह कि राखी पर तो मैं चूक गई, पर मैंने तुम्हारे मामाजी को भाईदूज का टीका जरूर भेज दिया था। उसी पत्र में बच्चों के नाम तुम्हारा टीका भी भेज दिया था। उसी का जवाब आया है। तुम्हारे मामाजी ने भी बड़ा सुंदर पत्र लिखा है।"

"आप मेरे लिए रिश्तेदार क्यों जुटाती फिर रही हैं? मैंने आपसे उसी दिन कह दिया था कि मुझे कोई इंटरेस्ट नहीं है।"

"उस दिन की बात और थी पारुल। वे प्रसाद अंकल के बच्चे थे। उसे तुम रिश्ता जोड़ना कह सकती हो, पर ये तो तुम्हारे अपने भाई हैं—तुम्हारे मामा के लड़के हैं।"

शापित शैशव

"नहीं, न तो मेरा कोई मामा है, न भाई। आप ये चिट्ठी और रुपए अपने पास ही रखिए।"

"कम ऑन पारुल—इतना गुस्सा नहीं करते! अच्छा, पाँच मिनट जरा बैठो तो, मुझे तुमसे कुछ बात करनी है। इस तरह तनकर खड़ी हो जाती हो तो मुझे टेंशन हो जाती है।"

अनिच्छा से ही सही, वह पलंग की पाटी पर बैठ गई—जैसे किसी भी क्षण उठकर चली जाएगी।

"अच्छा यह बताओ, तुम्हारा यह गुस्सा असल में किस पर है? मुझ पर? या अपने भाइयों पर? अगर भाइयों पर है तो उन्हें माफ कर दो। अरे, बचपन में तो सभी भाई-बहन लड़ते-झगड़ते हैं, सगे हों तब तो और भी ज्यादा। मेरी माँ कहती थीं कि बचपन में जिनमें लड़ाई होती है, बड़े होकर वे भी एक-दूसरे पर जान छिड़कते हैं। तो बेटे, बचपन की बातें इतने दिनों तक थोड़े ही याद रखते हैं। सब भूल जाते हैं। देखो, तुम्हारे भाई भी भूल गए हैं, तुम भी उन्हें माफ कर दो।

"और अगर तुम मुझसे नाराज हो पारुल तो विश्वास करो, मैंने जान-बूझकर तुम्हें चोट नहीं पहुँचाई। मेरा इरादा तुम्हारा जी दुखाने का नहीं था। दरअसल (मैं साँस लेने के लिए रुकी तो एक बात बिजली की तरह मेरे मन में कौंध गई)...मैं तुम्हें उस जगह कभी न भेजती पारुल, पर मुझे उस मरणासन्न औरत की इच्छा का मान रखना पड़ा। फाँसी पर चढ़ने वाले की भी अंतिम इच्छा पूछी जाती है, उसका सम्मान किया जाता है; फिर ये तो तुम्हारी दिद्दा थीं।"

"आप...आप कहना क्या चाहती हैं?"

"यही कि दिद्दा ने तुम्हें एक बार देखना चाहा था। तुम उन्हें कितना याद करती हो, उससे कहीं ज्यादा वे तुम्हें याद करती थीं। तुम्हारे पास तो फिर भी एक दुनिया थी—स्कूल की, कॉलेज की, पुस्तकों की, सिनेमा की, सहेलियों की। लेकिन उनके पास...तुम्हारी यादों के सिवा क्या था! इसलिए उनकी इच्छा का मान तो रखना ही था। इतना हक तो उनका बनता ही था, उनके प्यार का कर्ज था तुम पर, उसे तो चुकाना ही था। सबको अपने हिस्से का कर्ज खुद ही उतारना पड़ता है। तुम्हें पाल-पोसकर दिद्दा ने इस घर पर जो उपकार किया है, पापा बराबर उसका हिसाब चुकाते रहे हैं। अंतिम संस्कार तक उन्होंने अपना यह कौल निभाया है।"

"अंतिम संस्कार?...किसका?"

"यही कहने के लिए तो मैंने तुम्हें यहाँ बुलाया था। चिट्ठी तो कोई भी तुम्हारे कमरे में दे आता, पर यह खबर तो मुझे ही देनी थी न। पारुल, दिद्दा नहीं रहीं!"

उसका सिहरना मैंने साफ देख लिया।

"अच्छा हुआ जो तुम लोग उस दिन अस्पताल हो आए। तुम्हें देखने की बड़ी साध थी उन्हें। नहीं जातीं तो मन में पछतावा रह जाता।"

वह पलंग की पाटी पर बैठी थी। धीरे से मेरे पास सरक आई, "मम्मी! मुझे क्या फिर वहाँ जाना पड़ेगा?"

□

मैंने देखा, उसके होंठ काँप रहे थे और चेहरे पर भय पुता हुआ था। मृत्यु से साक्षात्कार करने का हौसला कितनों के पास होता है? फिर यह तो, लाख दिलेर ही सही, थी तो एक नन्ही सी लड़की ही! उसके बदहवास चेहरे को देखकर मुझे प्यार हो आया। उसका चेहरा अपनी हथेलियों में थामकर मैंने कहा, "नहीं बेटे, तुम वहाँ क्यों जाओगी? प्रसाद अंकल ने कल पूछा भी था, पर मैंने साफ मना कर दिया। कहीं बच्चे भी ऐसी जगह जाते हैं।"

"थैंक्यू मम्मी," उसने कहा और धीरे से अपने को छुड़ा लिया। थोड़ी देर तक दीवार की ओर ताकते हुए चुपचाप बैठी रही। फिर सहमी सी आवाज में बोली, "उस दिन उन्हें अस्पताल में देखकर मेरा मन कैसा तो हो गया था। वे बाँहों में भरकर मुझे प्यार कर रही थीं और मैं भागने के लिए छटपटा रही थी। वे मेरी बलाएँ ले रही थीं और मैं मन-ही-मन उन्हें कोस रही थी...उन्हें ये सब पता तो नहीं चला होगा न?"

उसका स्वर इतना करुण था कि सांत्वना देना जरूरी हो गया। उसकी पीठ पर हाथ फेरते हुए मैंने कहा, "नहीं बेटे, उन्हें कुछ पता नहीं चला होगा, क्योंकि जो प्यार करते हैं, वे आँख मूँदकर प्यार करते हैं। अपनों की गलतियों देखने वाली नजर ही उनके पास नहीं होती।"

"सच मम्मी?" उसने कहा और मेरी गोद में दुबक गई।

□□□